grafit

Chemnitzer Str. 31, D-44139 Dortmund
Internet: http://www.grafit.de
E-Mail: info@grafit.de

Umschlaggestaltung: Nele Schütz Design
Druck und Bindearbeiten: CPI – Clausen & Bosse, Leck
ISBN 978-3-89425-456-8
1. 2. 3. / 2017 16 15

Thomas Schweres

Die Abräumer

Kriminalroman

grafit

Thomas Schweres ist gebürtig aus Essen und hat Jura, Germanistik und Anglistik studiert. Leider vergeblich. Zur zeitweisen Beruhigung seiner Eltern hat er wenigstens das Volontariat bei Axel Springer abgeschlossen. Seitdem treibt er sich auf dem Boulevard herum. Erst einige Jahre für die große Zeitung und jetzt für den großen Fernsehsender, beschreibt und verfilmt er Sachen, die bei anderen schiefgegangen sind. Sein Insiderwissen aus Polizei- und Pressearbeit bietet Stoff für jede Menge Kriminalromane – nachzulesen auch in dem ersten Fall für Schüppe und Balzack: *Die Abtaucher.*

Für die drei Musketiere Nikos, Joannis und Kostas
Einer für alle …

1999

Die drei Männer trugen blaue Overalls mit Aufdrucken einer Sicherheitsfirma. Über ihre Gesichter hatten sie schwarze Sturmhauben gezogen. Zwei verfügte über die für Wachmänner übliche Bewaffnung am Gürtel, Revolver der Marke Smith & Wesson. Der Dritte bedrohte die Geisel mit einer Maschinenpistole. In den Metallkoffern, die auf dem Fußboden standen, befanden sich 3,6 Millionen Deutsche Mark, die für die Vernichtung bestimmt waren. Und Druckplatten für die neuen Fünfzig- und Einhunderteuroscheine. Auf dem Tisch lag die Empfangsquittung dafür.

Der kleinste der drei Männer trat ans Fenster. Vorsichtig schob er mit seiner behandschuhten Linken ein paar Lamellen des Vorhanges zur Seite und blickte hinaus. »Draußen wimmelt es von Bullen. Nur die Seite zu den Bahngleisen scheint frei zu sein, wie du es prophezeit hast, Roger«, dabei blickte er den Mann mit der MPi an. Zu dem anderen sagte er: »Aber es wird gleich hell, wir müssen uns beeilen.«

»Ich beeile mich doch schon«, meinte sein Komplize keuchend, der auf einer Trittleiter stand und an einer Ecke des Büros die Deckenverkleidung über seinem Kopf abschraubte.

Der Mann mit der Maschinenpistole wirkte wie vom Blitz getroffen. Er wandte sich dem am Fenster zu. Mit Grabesstimme sprach er den Satz, den er aus einem Film kannte: »Du sollst nicht meinen Namen nennen.«

Dann erschoss er die vierunddreißigjährige Bankmitarbeiterin, die bis dahin noch gehofft hatte, heil aus der Sache herauszukommen, weil der Kleine am Fenster ihr vor zwei Stunden beim Gang zur Toilette versprochen hatte, sie zu beschützen, während er sie mit seinen behandschuhten Krallen am ganzen Körper begrapscht hatte. Die Uzi legte der Mann anschließend auf den Tisch.

Die Frau sank zu Boden, auf der weißen Bluse über dem schwarzen Rock bildete sich ein roter Blutfleck. Die Männer achteten nicht darauf. Es gab ein knirschendes Geräusch, als einer von ihnen auf die Brille trat, die ihr im Fallen vom Gesicht gerutscht war. Der Anführer mit dem Namen Roger und der Kleine kletterten in den Schacht der Klimaanlage über dem abgehängten Teil der Zwischendecke. Der dritte Mann wuchtete die schweren Koffer hoch und gab sie ihnen an. Er sah sich noch einmal im Raum um und bemerkte die Uzi, die noch auf dem Tisch lag.

Er kletterte von der Leiter und nahm die Waffe. Als er versuchte, sich mitsamt der Maschinenpistole in den schmalen Schacht zu zwängen, erhellte ein Blitz den abgedunkelten Raum, es ertönte der unglaublich laute Knall einer Blendschockgranate. Nahezu gleichzeitig hechteten fünf Mitglieder einer SEK-Einheit durch die mit einer Ramme aufgebrochene Tür und richteten ihre Waffen auf den Mann auf der Leiter. Weil der die Uzi, die sein Kollege zurückgelassen hatte, noch in der Hand hielt, gab einer der Polizisten in putativer Notwehr einen Schuss ab, der den Bankräuber in die Schulter traf.

Donnerstag

1.

Manchmal wundert man sich schon, aber zu wenig. Das kann fatale Folgen haben.

Nehmen wir einmal Klaus Drabinski. Der dreiundvierzigjährige Stadtinspektor stand in der Nebeneingangstür des Bürogebäudes an der Harkortstraße und blies den Rauch seiner Zigarette nach draußen. Gerade noch hatte er seine Kollegin Ingrid Lodz aus den Räumen des Bürgerdienstes in der zweiten Etage durch das Treppenhaus nach unten begleitet. Eigentlich sollte er jetzt im Schalterraum der Sparbank, die sich im Erdgeschoss des Gebäudes befand, neben ihr stehen und die Einzahlung der städtischen Einnahmen auf das Konto der Stadtkasse beobachten.

Vier-Augen-Prinzip nannten sie das in der Verwaltung. War aber Quatsch, denn Ingrid war schon groß und machte das seit dreiundzwanzig Jahren, drei Mal die Woche. Meist allein, weil fast alle Kollegen, die sie jeweils begleiten sollten, in dieser Zeit lieber an der Tür warteten und eine Raucherpause einlegten.

Also blickte Klaus Drabinski nach draußen und hing seinen Gedanken nach. Er dachte an die alte Originalaufnahme auf Vinyl vom ersten Genesis-Album mit Phil Collins, die er sich heute nach dem Dienst noch kaufen würde. *Nursery Cryme* von 1971, seinem Geburtsjahr. Dass man so ein mehr als vierzig Jahre altes Sammlerstück ungespielt für unter dreißig Euro kaufen konnte, wunderte den Stadtangestellten. Ebenso wunderte sich Drabinski leicht über den etwa fünfunddreißig Jahre alten Mann mit dem Allerweltsgesicht, weil der mit seinem Hoodie und den Baggy Jeans wie ein

Jugendlicher gekleidet war und immer wieder ein paar Schritte nach vorn in den Nieselregen Richtung Sparbank-Eingang machte, dann unvermittelt stoppte, sich wieder unter das Vordach der Spielhalle zurückzog.

Drabinski maß diesem Verhalten keine weitere Bedeutung zu. Wahrscheinlich ein Alt-Junkie, dachte er, zappelt rum, weil er einen Schuss braucht. Irgendwie kam dieser Mensch ihm bekannt vor, aber dann wieder auch nicht. Kein Wunder, mit solchen Typen hatte er in seinem letzten Job beim Gesundheitsamt dauernd zu tun gehabt. Vielleicht, dachte Drabinski, kommt der mir auch bekannt vor, weil sein Gesicht an einen Schauspieler erinnert.

Er wunderte sich ein wenig, wie lange das Einzahlen der städtischen Gelder heute wieder dauerte, inzwischen hatte er schon die zweite Zigarette angezündet und blies den Rauch nach draußen. Er beobachtete die Leute, die durch den Regen eilten, und auch immer wieder mal diesen merkwürdigen Junkie-Typen. Immer noch besser, als oben im Großraumbüro mit Kundenverkehr zu sitzen.

René Hampel wiederum wunderte sich über die tiefe Stimme der Frau, die gerade am Tresen der Sparbank Geld einzahlte. In ihrer ganzen maskulinen Erscheinung erinnerte sie ihn sehr an die Schauspielerin, die die Staatsanwältin im Münsteraner Tatort spielte, den er gestern Abend in einem dritten Programm als Wiederholung gesehen hatte. Fast könnte man denken, eine Transe vor sich zu haben. Dass sie die Geldscheine aus einer Plastiktüte holte, wunderte ihn dagegen nicht. Er hatte die Frau gerade ohne Mantel aus dem Hausflur kommen und die Glastür des Nebeneinganges aufschließen sehen. Deshalb ging Hampel davon aus, dass es sich um eine Verwaltungsangestellte aus dem Bezirksamt über der Sparbank handelte, die gerade die städtischen Tageseinnahmen einzahlte. Wenn dieser Mensch, den er hier erwartete, doch noch kommen sollte, sollte er es jetzt tun.

Jetzt würde ein Überfall sich noch richtig lohnen. In zwanzig Minuten würde ein Geldtransporter vorfahren und den Kassenbestand abholen. Wenn bis dahin nichts passierte, konnte auch er endlich nach fast vier Stunden unnützer Herumlungerei als scheinbarer Kunde, der auf einen Berater wartete, seinen Beobachtungsposten verlassen und sich die Beine vertreten. Was er allerdings tun sollte, falls etwas passierte, das hatte ihm niemand gesagt. Darüber wiederum wunderte sich René Hampel zu diesem Zeitpunkt am wenigsten.

Michaela Schmidt hatte gerade an einem der Beratungstresen nach Herrn Drucks gefragt, der aber, leider, gerade eben aushäusig war und erst nach seiner Mittagspause um vierzehn Uhr zurück sein würde. Das wunderte sie nicht, denn fast immer, wenn man ihn brauchte, hatte dieser Drucks Pause, Feierabend oder Urlaub. Und dieses Mal brauchte sie ihn besonders dringend.

Jetzt stand Michaela an der Kasse an, hinter dieser riesigen Frau von den Bürgerdiensten, der sie vor einer halben Stunde noch ihr Leid geklagt hatte. Unter Michaelas Motorradstiefeln bildeten sich Lachen von dem Regenwasser, das in feinen Rinnsalen aus ihren langen blonden Haaren an der gut gefetteten schwarzen Lederkombi hinunterlief und auf den Boden tropfte. Sie war zu Fuß bei der Commerzbank gegenüber gewesen, für die paar Meter lohnte es nicht, die Kiste anzuschmeißen. Aber auch dort hatte sie kein Geld mehr erhalten. Jetzt wollte sie es hier bei ihrer ›Hausbank‹ noch einmal versuchen. Es ging um ihre Existenz.

Michaela Schmidt wunderte sich sehr über die Menge an Scheinen, die die Frau von der Stadt aus der Plastiktüte holte, vor aller Augen. Fast 7.000 Euro wanderten in einem Meter Diskretionsabstand vor ihr über den Kassenteller. Das war genau die Summe, die sie in drei Stunden dringend benötigen würde. 7.000 Euro und ein paar Nettigkeiten, schätzte sie. Michaela fröstelte bei dem Gedanken, unwillkürlich zog die Vierunddreißigjährige den Reißverschluss ihrer Motorradjacke höher und spürte einen Druck auf der rechten Brust. Automatisch griff sie mit der Linken in die Innentasche ihrer Jacke und hatte die Lösung ihrer Probleme in der Hand, wie sie zu diesem Zeitpunkt noch dachte.

Ingrid Lodz hatte sich auch gewundert und sehr geärgert, als sich Michaela Schmidt hinter ihr an der Kasse angestellt hatte. Nicht zum ersten Mal hatte sie sich oben an ihrem Schreibtisch bei den Bürgerdiensten das Gejammere dieser Frau angehört. Seit Wochen erschien die immer wieder, weil sie und ihr Mann mit den Taxis und dem Transportunternehmen kaum noch Geld verdienten, die Sparbank ihnen aus heiterem Himmel den Überziehungskredit gekündigt hatte und ihr Haus versteigern wollte. Jetzt könne sie, mal wieder, keine Lebensmittel für ihre Kinder einkaufen. Angeblich. Oberinspektorin Ingrid Lodz hatte in ihrem Berufsleben als Teamleiterin der Bürgerdienste schon viele dieser Geschichten gehört und war auch gar nicht zuständig. Für Frau Schmidt war das Sozialamt zuständig, und zwar nicht das hier in Hombruch, sondern das im Nachbarbezirk Hörde, wo Familie Schmidt wohnte. Aber gerade wegen ihres Wohnortes, der speziellen Adresse ›Weingartenstraße‹, hörte Ingrid Lodz der Frau doch immer wieder zu und hatte ihr sogar zwei Mal gegen die Vorschriften von den Kollegen im Sozialamt eine kleine Überbrückungshilfe von jeweils 300 Euro auszahlen lassen. Für diese Familie zum Leben zu wenig, zum Sterben zu viel, das war der erfahrenen Sachbearbeiterin durchaus klar. Aber das sicherte ihr die Dankbarkeit dieser Frau, mit der sie längst eigene Pläne hatte.

Heute allerdings war sie stur geblieben, hatte ihr stattdessen ein Angebot gemacht, dass diese Frau Schmidt eigentlich nicht abschlagen konnte. Aber sie hatte ihr überhaupt nicht richtig zugehört, angeblich keine Zeit gehabt, etwas von einem lebenswichtigen Termin gefaselt. Deshalb wunderte Ingrid Lodz sich schon sehr darüber, Michaela Schmidt hier an der Kasse zu sehen. Wenn deren Situation so war, wie sie sie ihr beschrieben hatte, gab es für die hier nichts ein- oder auszuzahlen.

Noch mehr wunderte sich Ingrid Lodz, als sie nasses Leder auf ihrer Haut spürte, am Rückenausschnitt ihrer Bluse, und den kalten Stahl einer Messerklinge an ihrem Hals. Ingrid Lodz wusste nicht, ob sie jetzt Angst haben sollte. Sie war überrascht, sie war verwundert, vor allem aber war sie extrem verärgert. Denn so war das hier nicht geplant.

Und die junge, dreiundzwanzigjährige Bankangestellte? Julia dachte nur: Kein Wunder, das musste ja mal so kommen. Von den Kollegen war nur noch dieser Immobilienheini da, irgendwo hinten in seinem Büro. In der Schalterhalle war sie ganz allein. Sie drückte den Knopf unter ihrer Theke. Stiller Alarm.

2.

Georg Schüppe saß in seinem Büro im Dortmunder Polizeipräsidium und starrte auf seine Schalke-Wand. Nach dem elften Spieltag standen die Bayern auf Platz eins, wie immer. Sein Verein auf Platz elf, noch hinter dem Aufsteiger Paderborn. Der BVB auf dem letzten Platz. Das musste man sich mal vorstellen. Es ersparte dem Gelsenkirchener immerhin die hämischen Kommentare der schwarz-gelben Kollegen, erstmals seit Jahren. ›Der Spaten‹, so nannten sie ihn wegen seines Nachnamens Schüppe, »solle doch mal seinen Verein ausmisten«, haha. Oder »eine gescheite Taktik ausgraben«. Obwohl ihn das Fußballgequatsche eigentlich nervte, prophezeite er den schwarz-gelben Kollegen im Gegenzug den Abstiegskampf gegen Paderborn. Dann war Ruhe. Wobei im Zusammenhang mit Fußball derzeit sowieso kaum über

Spiele geredet wurde. Sondern fast nur über die Verwerfungen beim FC Bayern. Ausgelöst durch die Ermittlungen gegen Uli Hoeneß saß mittlerweile der gesamte Vorstand wegen ›schwarzer‹ Transferzahlungen über Schweizer Konten und versuchter Schiedsrichterbestechung mit unverzollten Rolex-Uhren in Haft. In der Presse war von der ›Betriebssportsgruppe Stadelheim‹ die Rede.

Vor ihm auf dem Schreibtisch lagen die Akten zum Fall ›Maske‹, im Papierkorb neben Schüppe die Reste des Abschiedsgeschenks von Kroko. Ursprünglich war das ein Plakat mit der Ankündigung eines Atze-Schröder-Auftrittes in der Westfalenhalle gewesen. Die Mitarbeiter des KK 11 hatten den Kopf des Comedian durch den von Holger Krokowski ersetzt, weil der mit seinem Outfit dem Komiker so ähnlich sah. Kroko, elf Jahre lang sein Assistent und Stellvertreter, hatte das Plakat seinem Chef weitergeschenkt. Ein Jahr lang hatte es in der Ecke gelegen, hatten sie ihn mit der Frage genervt: »Wann willst du denn endlich den Kroko aufhängen?«

»Wartet mal ab, der hängt sich irgendwann von selbst auf«, hatte Schüppe stets geantwortet. Neid auf Krokowskis Karriere bei der Sicherheitsgruppe hatten sie ihm unterstellt, natürlich unausgesprochen. Mit Krokos spektakulärer Enttarnung und der Festnahme des ›Replacement Killer‹, wie die von der Sicherheitsgruppe ihn großspurig nannten, hatte sich das Thema ›Neid auf Kroko‹ ja glücklicherweise erledigt. Und der komische Kauz Schüppe hatte mit seiner Einschätzung mal wieder recht behalten, was zu seiner Beliebtheit im KK 11 nicht eben beitrug.

Was kümmerte ihn das. Dem Kommissariat für Gewaltdelikte gehörte er nur noch pro forma an. Nach den Ereignissen des letzten Jahres hatten alle, die an der Vereitelung des ersten offiziell gewordenen Attentates auf einen Spitzenpolitiker nach zwanzig Jahren beteiligt waren, ein paar Wünsche frei gehabt. Und Polizeipräsident Ritterswürden hatte ihn auf sein Bitten von der Kommissariatsleitung entbunden, Schüppe war jetzt eine Art Sonderermittler. In dieser im Dienstrecht nicht vorgesehenen Position war er direkt dem Präsidenten unterstellt, hatte, natürlich in Absprache mit dem Chef der Kriminalpolizei, Zugriff auf Unterstützungskräfte aus allen Kommissariaten. Er hatte auch nichts mehr mit den lästigen Verwaltungsaufgaben eines KK-Leiters am Hut, das machte jetzt Schumacher. Schüppe konnte sich die Fälle aussuchen, die ihn interessierten. Theoretisch. Praktisch wusste er, dass diese Konstellation nur möglich war, weil sein oberster Chef ihn deckte. Deshalb musste er dem bei der Auswahl seiner Fälle auch ein paar Gefallen tun. Ritterswürdens Interesse galt vornehmlich der Einbruchsbekämpfung und den lästigen Neonazis. Die Allzweckwaffe Schüppe sollte es jetzt richten, denn sein Chef brauchte in diesen Bereichen positive Ergebnisse.

Das Telefon klingelte. Wenn man vom Teufel spricht.

»Schüppe, ganz kurz. Sie müssen sofort nach Hombruch. Da läuft uns gerade ein Banküberfall aus dem Ruder.«

»Aha?«

»Ja, klingt erst mal komisch, ich weiß. Wir haben einen Mann in der Bank, weil wir einen männlichen Serientäter erwartet haben. Stattdessen hält eine Kundin einer anderen ein Messer an den Hals. Mit unserem Mann vor Ort haben wir seit drei, nein jetzt schon vier Minuten keinen Kontakt mehr. Und ich dachte, weil Sie doch aus Ihrer SEK-Zeit Erfahrung mit Geiselnahmen haben …«

»Okay, Herr Ritterswürden. Bin schon unterwegs. Ich nehme einen von den Bankräubern mit.«

›Bankräuber‹ nannten sie intern die Kollegen des Kriminalkommissariats, das für dieses Delikt zuständig war. Während Schüppe sich mit der einen Hand die Dienstwaffe aus der Schreibtischschublade griff und ins Halfter steckte, wählte er mit der anderen die Nummer des KK 13.

»Schüppe hier, ist euer Gültekin im Dienst? Okay, ich

brauche den … Umso besser, wenn er da sowieso hinwill. Soll auf dem Parkplatz auf mich warten.«

Während des Gesprächs hatte sich Schüppe seinen alten Trenchcoat geschnappt und war aus dem Büro gestürmt. Auf dem Gang drückte er einem verdutzten Kollegen das schnurlose Telefon in die Hand, zog sich im Gehen den Mantel über. Gut, dass das mit dem Laufen wieder besser funktionierte. Seit der OP vor sechs Monaten spürte er das kaputte Knie kaum noch. Dabei fiel ihm ein, dass er die Voltaren in der Schreibtischschublade vergessen hatte.

3.

Erst als er zögerlich aufstand, bemerkte Michaela den unscheinbaren Typen, der wohl schon die ganze Zeit über in der Ecke gesessen hatte. Sie sah, dass er unter seiner Lederjacke eine Pistole im Hosenbund trug. Instinktiv vollführte sie mit ihrer Geisel eine Neunzig-Grad-Drehung in seine Richtung. Wenn der Mann jetzt ziehen und schießen würde, konnte er sie hinter der massigen Frau nicht treffen. Doch der Mann wirkte weder angriffslustig noch ängstlich, er schien überrascht und unschlüssig zu sein, wie er sich verhalten sollte. Michaela konzentrierte sich ganz auf ihn. Die Bankangestellte, die rechts neben ihr hinter dem Banktresen zitternd den Kasseninhalt und das Geld aus der Plastiktüte der Stadt in den Rucksack packte, stellte nach ihrer Einschätzung für sie keine Gefahr dar.

Der Mann hob die Hände zur Seite, in einer beschwichtigenden Geste. »Ich bin von der Polizei Dortmund. Bitte lassen Sie das. Wir können immer noch …«

»Ich weiß nicht, was wir können, Schimanski. Aber du kannst jetzt mal deine Wumme aus der Buxe ziehen, sie auf den Boden legen und zu mir rüberschieben. Gaaanz langsam, in Zeitlupe bitte!«

Michaela wunderte sich über ihren aggressiven Tonfall und ihre vulgäre Wortwahl. Jetzt klang sie ja fast wie ihr früherer Freund Julius, als der die Videothek in Scharnhorst überfallen hatte. Sie war damals scheinbar unbeteiligte Kundin und sollte aufpassen, dass draußen niemand merkte, was drinnen vorging. Sie hatte sich von den 260 Mark damals einen Hunderter abgeben lassen und sich anschließend von Julius getrennt. Weil sie nicht Teil einer kriminellen Karriere werden wollte. Und weil sie beim Verhör den zwölf Jahre älteren Polizisten Uwe Trigges kennengelernt hatte, der dem jungen, unerfahrenen Mädchen später auf dem weitläufigen Übungsgelände der Spezialkräfte so einiges beigebracht hatte, wenn seine Kollegen dort gerade nicht trainierten. Auch das Schießen. Und jetzt stand sie hier als Bankräuberin. Verdammte Scheiße! Mit ihrem Messer, dass sie aus Angst vor Überfällen immer in der Jacke trug. Und in diesem Moment auch mit einer funktionsfähigen Walther P99 in der Hand.

4.

Nur einige hundert Meter weiter verließ Tom mit Charly den Salon von Gerda Krüger. Dort hatte seine Freundin das Beschneiden des Eichhörnchens überwacht. »Dieses tote Eichhörnchen auf deinem Kopf«, so hatte sein Kameramann Harry mal Toms Frisur bezeichnet. Seitdem hieß das wirr sprießende Gebilde auf seinem Haupt eben so. Auch noch mit Mitte fünfzig, so stand es in seinem Pass, trug Tom die Haare lieber etwas länger. Früher waren es seine Eltern gewesen, heute waren es die Jüngeren, die über seine Haarlänge nörgelten. Aber die Generationen vor und nach ihm trugen ja auch freiwillig Krawatten. Beide.

Charly war eine der wenigen, denen die Länge und Dichtheit seiner Haare gefiel, aber nur im Prinzip. Deshalb zerrte sie ihn jedes Vierteljahr in den Damen- und Herrensalon von Gerda Krüger, um das Schlachten des Eichhörnchens persönlich zu überwachen. Mit dieser Zeitverschwendung hatte Tom heute einen Teil seines freien Tages verbracht.

Seitdem seine finanzielle Situation nicht mehr ganz so angespannt war, hatte seine Freundin ihm diesen freien Donnerstag abgerungen. Einmal in der Woche könne die neue Dortmunder Filiale der Fernsehproduktionsfirma Broadcast.TV doch auch geschlossen bleiben, hatte sie argumentiert. Wenn es hier Arbeit gäbe, müssten an diesem Tag eben Harry und Lydia, das zweite Team von Broadcast.TV, aus der Essener Redaktion der Firma zum Drehen herüberkommen.

Tom sah im Prinzip auch ein, dass es reichte, wenn er in seinem Alter nur noch fünf Tage in der Woche arbeitete, nach dreißig Jahren in der Knochenmühle des aktuellen Journalismus. Trotzdem kam der Reporter sich wie ein Frührentner und Verräter vor, als sie sich mitten in der Woche mitten am Tag und im Regen auf ihre Bikes schwangen und Richtung Bolmke losradelten. Tom hatte eine GoPro an den Lenker montiert, vielleicht könnte er ja Aufnahmen von ein paar Sprüngen oder Geländefahrten machen, die irgendwann mal für einen Fernsehbeitrag zu gebrauchen wären. So versuchte er, das schlechte Gewissen über seine urlaubsähnlichen Tätigkeiten zu beruhigen. Denn wenn er ehrlich zu sich selbst war, musste er zugeben, dass bei seinem Fitnessstand und einem Gewicht von fast einhundert Kilo bei 181 Zentimeter Höhe auf dem Rad keine großen Sprünge mehr möglich waren.

Bis zu dem Moment, an dem sie an der Ampel der Stockumer Straße warteten, um auf den Weg in Richtung Waldgelände einzubiegen, funktionierte diese Zwangsberuhigung auch. Dann hörte Tom Martinshörner. Ein-, zwei-, dreimal Polizei, zählte er, einmal Feuerwehr. Wahrscheinlich Rettungswagen. Die unterschiedlichen Sirenentöne akustisch zu unterscheiden, hatte er bereits vor Jahrzehnten gelernt. Das waren eindeutig zu viele für eine bewusstlose Oma in der Einkaufsstraße oder einen harmlosen Blechschaden mit leichter Körperverletzung.

»Tohommm! Wahrscheinlich nur ein Scheißunfall! Jetzt entspann dich doch mal!«, meckerte Charly und hielt an der Kreuzung an. Seine Freundin kannte ihn ganz gut. Jetzt rasten die Autos an ihnen vorbei, bogen Richtung Fußgängerzone ab. Die Sparbank dort war in den letzten Wochen schon zwei Mal überfallen worden, wusste Tom aus den Polizeimeldungen. Er radelte gemächlich weiter, zog dabei das 6310i aus der Hosentasche, das er beim Sport immer dabeihatte. Dieses Handy war kleiner, handlicher und ausdauernder als die modernen Smartphones, deren Akkus nach wenigen Stunden den Geist aufgaben. Er wählte die Nummer der Polizei Dortmund. Null, zwo, drei, eins, eins, drei, zwei – scheiße, er hatte die Durchwahl von Flawes vergessen. Das passierte ihm in letzter Zeit häufiger, dass er Telefonnummern vergaß, und es machte ihm Sorgen. Charly fand das blödsinnig, sie kannte keinen anderen Reporter, der so viele Durchwahlen von Polizeipressesprechern auswendig wusste wie er. Aber Tom musste immer an seine Großmutter denken, bei der er groß geworden war. Mit so kleinen Vergesslichkeiten hatte das damals bei ihr auch angefangen.

5.

Ingrid Lodz fasste unwillkürlich an die Stelle ihres Halses, an der sich in der Scheibe des Glaskastens um die Kasse ein schmaler roter Streifen spiegelte. Blut. Diese Wahnsinnige hat mich wahrhaftig angeritzt, dachte sie ärgerlich.

Wegen dieser Handbewegung schwenkte Michaela Schmidt die Pistole, die noch immer auf den Polizisten Hampel gerichtet war, an die Schläfe ihrer Geisel, zischte warnend: »Gaaaanz vorsichtig, Frollein!«

Die Bankräuberin legte das Messer weg und schloss mit der jetzt freien Hand den Reißverschluss ihres Rucksacks. Dabei blickte sie bedauernd auf die vielen Geldbündel. Wahrscheinlich sogar mehr Kohle, als sie benötigte. Aber diese Geschichte hier würde für sie nicht gut ausgehen, das hatte sie im Gefühl. Wenn sie jetzt alles richtig machte, konnte sie vielleicht wenigstens ihre Familie retten. Und das Haus.

Nachdenken.

Ein Polizist kommt niemals allein, hatte Uwe immer gesagt, während er ihre Muschi streichelte, bis sie feucht wurde und ihr Begehren fast unerträglich war. Also hatte der Vogel hier noch mindestens einen Kollegen draußen.

Michaela ging, Ingrid Lodz als Deckung vor sich herschiebend, ein paar Schritte Richtung Schaufensterscheibe. Die großen Plakate, mit denen die Sparbank für ihre günstigen Kredite für Kauf und Modernisierung von Eigenheimen warb, gaben ihr Sichtschutz. Gegenüber, auf der anderen Seite des Platzes, stand in etwa dreißig Meter Entfernung ein unscheinbarer weißer Opel Astra Caravan. Hinter dem Steuer sah sie eine aufgefaltete BILD-Zeitung. Hinter der Zeitung saß wahrscheinlich der Kollege ihres Bullen hier und hatte von nichts was mitbekommen. Die nächste Polizeiwache war etwa zwei Kilometer entfernt, die wären nach einem Alarm in vier bis fünf Minuten hier. Und sie weg. Ja, so könnte es gehen.

Michaela dirigierte ihre Geisel zurück zur Theke, wandte sich an die bibbernde Angestellte: »So, Fräulein, du gibst mir jetzt mal so einen kleinen Kartoffelsack an, in dem ihr Hartgeld transportiert. Danke. Und du, Schimanski«, sie deutete mit der Waffe auf René Hampel, den Polizisten, »du kommst jetzt mal brav zur Tante. Stopp. Umdrehen. Jetzt nimmst du mit der linken Hand dein Handy und suchst die Nummer deines Kollegen raus, der da draußen im Auto sitzt. Aber noch nicht wählen. Zeig mal her. Ach, Lewandowski heißt der? Passt ja. Ein ganz fixer. Jetzt hältst du dir das Handy ans

Ohr. Wenn du aber dabei schon den grünen Knopf drückst, bist du tot! Die rechte Hand an den Hinterkopf. Und du, Frau Stadtverwaltung«, sie ließ Ingrid Lodz los, hielt sie aber mit der P99 weiter in Schach, »... nimmst jetzt die Acht aus seinem Gürtel und bringst sie an seinen Handgelenken an. Bisschen strammer, bitte, das mögen die. So. Und jetzt stülpst du ihm den Sack über den Kopf und die Hände.«

Michaela trat einen Schritt zurück, um alle drei im Blick behalten zu können.

»Und jetzt, mein Freund, drehst du dich im Kreis. So lange, bis ich stopp sage«, wies sie Hampel an.

Während der Polizist begann, sich wie ein Tanzbär zu drehen, nahm die Bankräuberin der Stadtangestellten den Schlüssel aus der Tasche.

»Welcher ist der für die Tür da?« Sie wies auf den Nebeneingang der Sparbank. Ingrid Lodz zeigte ihn ihr. Wieder zu dem Beamten: »Stopp!«

Kommissar Hampel, erst seit Kurzem und, wie ihm langsam dämmerte, wohl nicht mehr lange beim MEK, stand mit gefesselten Händen, in der Rechten das Handy am Ohr, das alles verborgen durch den über seinen Kopf gezogenen Leinensack, jetzt völlig orientierungslos im Raum, mit dem Gesicht zur Eingangstür, etwa vier Schritte entfernt.

»Du drückst jetzt den Wählknopf an deinem Telefon und gehst geradeaus los. Ganz langsam. Direkt vor dir ist die Eingangstür, keine Bange, die öffnet sich automatisch. Wenn dein Kollege das Gespräch annimmt, lässt du dich zu seinem Auto lotsen. Ich habe dich im Visier, vergiss das nicht. Sobald du rennst oder er das Auto verlässt, bevor du an der Beifahrertür angekommen bist, werde ich dich mit deiner eigenen Waffe von hinten erschießen. Hast du das verstanden?«

Eine Bewegung unter dem Geldsack schien Zustimmung zu signalisieren.

Vor dem Beamten teilte sich die elektrische Glastür des Eingangs. So, der Mann war beschäftigt, sein Kollege auch.

»Fräulein, jetzt darfst du deinen Notfallknopf unter der Theke endlich drücken. Da wartest du doch die ganze Zeit drauf. Los, mach schon!«, rief Michaela der jungen Bankangestellten zu.

Wenn sie das nicht längst heimlich gemacht hat, dachte Michaela, und ging schnellen Schrittes zur Nebeneingangstür. Währenddessen steckte sie die Waffe in den Hosenbund. Das Messer hatte sie auf der Theke liegen lassen, fiel ihr ein, aber die beiden Frauen in der Sparbank würden ihr damit jetzt wohl nicht mehr gefährlich werden. Die Polizei erst mal auch nicht, die beiden MEK-Kasper waren beschäftigt, und die Grünen würden erst mal hierher zur Sparbank kommen, das gab ihr einen kleinen Vorsprung bei der Flucht. Sie schloss die Tür zum Treppenhaus mit Ingrids Schlüssel auf, nickte dem verdutzten Pausenraucher Drabinski, der gerade zu seinem Arbeitsplatz zurückgehen wollte, weil die Ingrid heute wieder so lange brauchte, freundlich zu und verließ das Gebäude durch die Seitentür.

Von gar nicht so weit weg hörte sie Martinshörner. Entweder sind die Bullen heute besonders fix oder das kleine Mädchen hat den Knopf tatsächlich schon vorher gedrückt, überlegte Michaela, während sie ihren schwarzen Integralhelm aufsetzte.

Mit einem kräftigen Tritt auf den Anlasser startete sie ihr Motorrad. Sie zügelte ihre Hand, der Einzylinder tuckerte gemächlich los. Erst als sie an den Streifenwagen vorbei war, die ihr entgegenkamen, drehte sie den Gasgriff ihrer Enduro voll auf.

Um die Ecke, auf dem Platz vor der Kirche, waren ein paar Passanten stehengeblieben und starrten den Mann an, der mit einem Sack über dem Kopf offensichtlich orientierungslos und ganz langsam über den Platz auf ein Auto zutorkelte. Darin saß ein anderer Mann. Der hatte die Seitenscheiben heruntergefahren und gab lautstark Anweisungen. Dabei hielt er ein Telefon ans Ohr, dessen es nicht bedurft hätte:

»Mehr nach links, sonst läufst du gegen den Brunnen. So ist gut, jetzt geradeaus. Etwas mehr rechts, jetzt noch zwanzig Meter geradeaus.«

Wurde hier gerade ein Film gedreht? Die Jüngeren tippten auf ein neues Format von Stefan Raab, die Älteren suchten nach dem blondierten Karnevalssänger, der die Nachfolge von Kurt Felix bei Späßen mit der versteckten Kamera angetreten hatte.

Der Mann mittleren Alters in der Kleidung eines Teenagers, der sich unter das Vordach der Spielhalle gegenüber zurückgezogen hatte, erhielt einen Anruf. Er hörte kurz zu und verschwand in einer der Seitenstraßen.

6.

Tom stand schwer atmend auf dem Feldweg, der zu dem Waldgebiet führte. Charly war etwa zweihundert Meter vor ihm stehen geblieben. Tom hielt mit einer Hand das Bike fest, wählte mit der anderen die Nummer der Zentrale der Polizei und ließ sich durchstellen. »Tag, Herr Flawes, Balzack hier. Was ist denn in Hombruch los?«

»Was soll denn da los sein?«

Wie immer stellte der Pressesprecher sich erst mal ahnungslos. Wollte wohl wissen, was Tom schon wusste. Also blieb ihm nur der Bluff: »Na, da wird doch gerade mal wieder die Sparbank überfallen!«

»Ach so, ja. Gerade erst passiert, Kollegen sind unterwegs. Genaues weiß ich noch nicht. Aber nix Spektakuläres. Keine Verletzten, keine Toten, also nix für Sie, haha.«

»Und über die Höhe der Beute …«

»… können wir jetzt noch nichts sagen und würden es auch nicht, um keine Nachahmer anzulocken. Das wissen Sie doch.«

»Aber vielleicht können Sie mir ja wenigstens eines sagen:

Ist das nicht die Filiale, die in den letzten Wochen schon mal überfallen wurde?«

»Zwei Mal sogar. Am 7. und am 21. War aber ein anderer Täter.«

»Woher wissen Sie denn das schon so genau? Ihre Leute sind gerade erst auf dem Weg zum Tatort und Sie wissen schon, wer es war?«

»Das habe ich nicht gesagt. Wir wissen nur, wer es nicht war!«

Tom schwieg einen Moment. Weil er genervt war von diesem Katz- und Maus-Spiel, aber auch, weil Florian Flawes ihn sowieso nicht verstanden hätte. Akustisch. Denn in diesem Moment wurde ein helles, kreischendes Motorengeräusch immer lauter. Es stammte von einem weißen Geländemotorrad mit schwarzer und roter Aufschrift, das aus Richtung Fußgängerzone angerast kam und, ohne auf die Ampeln zu achten, die viel befahrene Durchgangsstraße querte. Die Fahrerin raste auf ihrer Enduro an Charly und Tom vorbei in den holprigen Feldweg, der an einer Kleingartenanlage vorbei in ein Waldgebiet führte, die Bolmke. Die hat es aber eilig, dachte Tom. Yamaha XT 500, registrierte er automatisch, eines der frühen Baujahre, Anfang der Achtziger. Er verstand nicht viel von Motorrädern, aber dieses Modell war damals sein Jugendtraum gewesen. Bis auf die Felgen.

»Was ist denn das für ein Krach, Balzack? Stehen Sie im Sägewerk?«

»Nee, ich bin mit dem Fahrrad unterwegs. Hier raste nur gerade so eine Bekloppte mit einer Yamaha XT 500 vorbei.«

»Das Modell mit den goldenen Felgen?«, fragte Flawes. Er klang sehr interessiert.

Vielleicht ist das ja früher auch sein Traummotorrad gewesen, wir sind ja ungefähr gleich alt, dachte Tom. »Sie kennen sich aber aus. Genau richtig, Baujahr 81 bis 86. Davor und danach waren die Felgen silbern.«

»Mensch, Balzack, das ist unsere Täterin! Flüchtig auf einem weißen Geländemotorrad mit goldenen Rädern, sagen Zeugen. Machen Sie jetzt keinen Quatsch, die hat eine Neun-Millimeter! Sagen Sie mal schnell, in welche Richtung die fährt, dann kann ich das den Kollegen durchgeben. Und rühren Sie sich nicht vom Fleck!«

»Was, echt?« Tom war sofort elektrisiert, gab Charly hektische Handzeichen, sich in die Richtung zu bewegen, in die das Motorrad verschwunden war. Charly guckte ihn an, als ob er sie geschlagen hätte, mit einem gequälten, tief verletzten Blick, und rührte sich nicht. Die sollte sich nicht so anstellen, nur wegen des freien Tages.

Tom setzte sich auf sein Bike und fuhr in Charlys Richtung, während er Flawes antwortete: »Die Frau ist in den Weg zum Kleingarten reingefahren, da wo das Hinweisschild *Zur Quelle* steht. Wenn die einmal quer durch die Bolmke fährt, und mit der Enduro geht das ja …«

»… kann sie auf der anderen Seite sofort auf die B1 auffahren, ich weiß. Tschüss, Balzack.«

Tom steckte sein Telefon weg und trat in die Pedale. Schnell hatte er Charly erreicht, die ihn immer noch unglücklich anstarrte. Jetzt fiel es ihm ein. Es ging um die Bolmke. Hier war sie früher immer mit ihrem geliebten Hund Max spazieren gegangen, hatte sie ihm erzählt, und hier war sie seit dessen Tod nie mehr gewesen. Zu viele Erinnerungen.

»Pass auf, die Frau auf der XT gerade, das war eine Bankräuberin. Wenn du nicht in den Wald willst, kannst du ja hier warten und die Polizisten einweisen, wenn die irgendwann mal eintreffen. Und sag Harry und Lydia Bescheid, die sollen kommen, das wird 'ne große Geschichte. Ich fahre mit dem Bike hinterher, um zu sehen, wo die genau hinwill. Vielleicht bekomme ich sie noch ins Bild. Obwohl das mit der GoPro scheiße ist, viel zu weitwinklig.«

»Im Leben nicht!«, protestierte Charly. »Ich habe nur gesagt, dass ich hier privat nicht mehr hinwill. Aber jetzt sind wir ja wohl im Dienst, oder? Allzeit bereit!«

Triumphierend zückte Charly einen Camcorder aus der Satteltasche, hing sich das Ding am Trageband um den Hals. Sie tippte kurz eine WhatsApp an Lydia und fuhr ebenfalls los, Tom und dem schwächer werdenden Motorengeräusch hinterher. Wenn uns einer sieht, dachte Tom. Wie zwei Kinder, die auf ihren Fahrrädern Räuber und Gendarm spielen. Manchmal liebte er seinen Job. Und er liebte Charly, weil es ihr nicht anders zu gehen schien.

Sie strampelten mit ihren Mountainbikes – zum Glück waren es Mountainbikes, bei diesen Schlaglöchern hier – über den Feldweg vorbei an den Kleingärten, über den Parkplatz der Gaststätte *Zur Quelle*, hinunter in das sumpfige Tal, durch das die Emscher mäanderte. Die steilen Hänge waren nach dem letzten Krieg mit meist schnell wachsenden Bäumen aufgeforstet worden und durchzogen von Wanderwegen, um deren angemessene Benutzung sich Jogger, Mountainbiker und Hundehalter stritten. Jetzt wurde das gequälte Jaulen des Yamaha-Motors wieder lauter, sehen konnten sie nichts. Es ging steil bergab, Charly blieb zurück. Tom raste weiter, ohne Rücksicht auf Verluste. Und wenn er später Achten im Vorderrad hätte, weil er ständig gegen Baumwurzeln knallte, in diesem Moment war es ihm egal. Und wenn er sich langlegen würde, das Bike komplett kaputt wäre, würde er eben rennen. Und wenn er sich bei einem Sturz das Bein bräche, eben humpelnd weiterrennen. Oder kriechen.

Da vorne zwischen den Bäumen, irgendwo, da gab es ein Bild, das wollte er haben. Als Erster. Als Einziger. Exklusiv.

Die Motorengeräusche veränderten ihre Lautstärke jetzt nicht mehr, der Abstand schien gleich zu bleiben. Wahrscheinlich kam die Motorradfahrerin wegen der Spaziergänger nicht richtig voran. Tom dagegen hatte freie Bahn, weil die verschreckten Menschen, die mit ihren Hunden auch bei diesem Wetter vor die Tür mussten, bereits wegen des Motorrades zur Seite gestoben waren, der Enduro mit offenen Mündern hinterherstarrend.

Hinter dem Steg über den Emscherbach ging es wieder steil bergauf, sehr steil, vorbei an ein paar Schrebergärten, oberhalb derer diese hässliche Fußballschüssel thronte. Dort würde der Vorsprung der Motorradfahrerin wieder wachsen. Deshalb musste Tom sie bis zum Steg eingeholt haben, sie irgendwie ins Bild bekommen. Noch sah er sie nicht einmal.

Plötzlich hörte er ein Aufheulen des Motors, dann nichts mehr. Die Dame scheint sich auf die Fresse gelegt zu haben, dachte Tom, verlangsamte seine Geschwindigkeit etwas. Bis man eine abgesoffene XT 500 wieder angetreten hatte, das dauerte, wusste er. Tom dachte an Flawes Warnung wegen der Waffe, die die Täterin dabeihatte. Der Weg machte eine Kurve, er fuhr jetzt auf den Steg zu, dort sah er sie liegen, die Maschine, halb im Wasser. Und die Frau, ihr schmerzverzerrtes Gesicht, während sie versuchte, sich aufzurappeln. Und er sah …

Tom spürte einen Schlag gegen die Brust, der ihm den Atem nahm, ihn nach hinten vom Bike riss. Noch bevor er mit dem Hinterkopf auf einen Stein aufprallte, sah er die schweren, grauen Wolken und Zweige mit Blättern, von denen sich einige bereits von einem trockenen Grün ins Rötliche und Braune zu verfärben begannen. Er hörte den Nachhall eines Schusses, der direkt vor ihm abgegeben wurde, und dann den Schrei von Charly, wohl noch in der Kurve hinter ihm. Dann hörte er nichts mehr.

7.

Schüppe und Gültekin wollten gerade in die Harkortstraße einbiegen, als sie über Funk von den Ereignissen in der Bolmke erfuhren. Schüppe dachte nur kurz nach, gab dann kurz und knapp seine Anweisungen, während Gültekin auf der Kreuzung mit rubbelnden Pneus einen filmreifen U-Turn hinlegte und zurückraste in die Richtung, aus der sie gekommen waren.

Dieser Gültekin war auch eine ehemalige SE-Kraft, das merkte man. Nicht nur an der gleichzeitig spektakulären und doch sicheren Fahrweise. Mit ehemaligen Spezialkräften arbeitete Schüppe am liebsten, die blieben auch unter Druck ruhig, darauf konnte man sich verlassen, nicht nur als Beifahrer. Bei Amin Gültekin kam noch der kurdische Migrationshintergrund hinzu. Schüppe wusste gar nicht genau, ob die Eltern des Kollegen Türken, Iraker, Syrer oder Libanesen waren. Jedenfalls konnte Gültekin sich mit all diesen Menschen verständigen, anscheinend perfekt. Ein nicht zu unterschätzender Vorteil heutzutage im Ruhrgebiet.

Die Tatortaufnahme in der Bank, das Feststellen der Personalien aller anwesenden Personen und die Spurensicherung, da brauchte er nicht dabei zu sein. Zumal sowieso zwei Kollegen vor Ort gewesen waren und die Täterin freundlicherweise mit einer Dienstwaffe ausgestattet hatten.

Während Gültekin den alten Dienst-Golf mit Fackel und Musik über die Stockumer Straße prügelte, blickte Schüppe in den Fußraum des Autos. Zum Glück hatte er seine stabilen Wanderschuhe an.

Als sie an dem Waldparkplatz vor der *Quelle* ankamen, parkte dort bereits ein RTW. Quer vor dem Weg hinab in das Tal stand ein Streifenwagen. Zwei junge Kolleginnen waren dabei, den Zugang mit rot-weißem Flatterband abzusperren. Die eine trug einen blonden Pferdeschwanz, der keck unter der Dienstmütze herausbaumelte. Ihre dunkelhaarige Kollegin hatte bei dem Versuch versagt, ihre Mähne unter der Kappe zu bändigen. Die langen Locken wehten im leichten Wind. Schüppe würde sich da nie dran gewöhnen: Frauen bei der Schutzpolizei. Um wie hier einen Tatort abzusperren, Schaulustige und Presse abzuhalten, dazu mochte es ja reichen. Aber im Wach- und Wechseldienst, wo man mitten in der Nacht auch gern mal einer Horde betrunkener Randalierer entgegentreten musste, bezweifelte er den Nutzen des »weiblichen Einfühlungsvermögens« und der »deeskalierenden Wirkung« von Frauen in Uniform, die von den Theoretikern in der Politik immer so gerühmt wurden. Wie ihm männliche Kollegen wiederholt berichteten, war das in der Praxis eher umgekehrt: Besonders Halbstarke fühlten sich eher zum Widerstand angestachelt, vor Frauen wollte man das Gesicht nicht verlieren. Männliche Migranten nahmen die weiblichen Kolleginnen erst recht nicht ernst, fühlten sich durch Anweisungen von Frauen sogar zusätzlich provoziert. Und bei Großeinsätzen wie Demos oder Fußball wurden die Damen von fürsorglichen Kollegen zum Selbstschutz in der dritten Reihe versteckt, da war dann nichts mehr mit Gleichberechtigung.

Vorsichtig stieg Schüppe über den matschigen Weg ins Tal hinab, hinter Gültekin her. So ganz traute er dem neuen Knie noch nicht. Gewohnheitsmäßig griff er in seine Jacke, aber die Voltaren hatte er ja im Schreibtisch vergessen.

Unten bot sich ihm ein bizarres Bild: Auf dem Steg, der über die Emscher führte, lag, mit der Vordergabel im Wasser, ein altes Enduro Motorrad mit verbeultem Tank. Davor, am Anfang des Steges zwischen zwei Bäumen, ein Mountainbike. Noch ein paar Meter davor, wo der Morast in eine Schicht trockener Blätter überging, saß auf einer Trage ein Mann, der heftig gestikulierend mit zwei Sanitätern in leuchtend roten Warnjacken diskutierte, die versuchten, seinen Oberkörper auf die Trage zu drücken und ihm dabei eine Beruhigungsspritze zu verpassen. Der Rücken des Mannes war nass, an dem T-Shirt klebten Schlamm und verfaulte Blätter. Um den Kopf trug er einen turbanartigen weißen Verband.

Als Schüppe den Mann erkannte, verspürte er neben Zorn auch eine ungeheure Erleichterung, die er aber niemals gezeigt oder zugegeben hätte. Der Doch-nicht-Tote war also Tom Balzack, wie er leibte und lebte. Keine Anweisungen befolgend und mit denen schimpfend, die es gut mit ihm meinten.

Zwischen diesem Trio und den beiden Zweirädern lag eine Frau in einer schwarzen Motorradkombi. Mit einer Waffe in der rechten Hand. Wahrscheinlich tot, weil sich um sie fast niemand kümmerte. Bis auf eine andere Frau mit wallend roter Mähne, die etwas in der Hand hielt, das auf die blutige Wunde an der rechten Schläfe der Motorradfahrerin gerichtet war. Die Rothaarige erkannte Schüppe sofort. Was sie in der Hand hatte, erst nach ein paar weiteren Schritten in ihre Richtung. Charly, ausgerechnet. Statt sich um ihren verletzten Freund zu kümmern, filmte sie wahrhaftig die Tote mit einer Videokamera ab. Und mit dieser Frau war er drei Jahre lang zusammen gewesen.

Schüppe ging auf Balzack zu, sprach ihn an. Doch in diesem Moment sackte der Reporter auf der Trage zusammen.

1999

Ich, Tom Balzack

Ich liege auf dem Boden und bewege mich so wenig wie möglich. Hier zwischen den Gleisen ist es staubig, aber gleichzeitig feucht. Komisch. Mein Name ist Tom Balzack, ich bin Reporter und verdiene ein Schweinegeld. Denn ich arbeite für die Mutter aller Magazine. Dafür muss ich allerdings mehr liefern als andere. Darum liege ich jetzt hier, wenige hundert Meter vom Aachener Hauptbahnhof entfernt, flach auf dem Boden zwischen den Schienen. Vor mir mein Kameramann. Ein Zug fährt vorbei, fast in Schrittgeschwindigkeit. Verdammt nah. Wir können das Gesicht des Lokführers erkennen. Wenn der uns auch gesehen hat, werden wir hier gleich vom SEK abgefischt, dann war es das mit den Exklusivbildern vom Zugriff, auf den wir warten.

Es ist die einzige Seite des Gebäudes, die nicht abgesperrt ist, und wir sind die einzigen Reporter hier. Die Polizei hat nicht damit gerechnet, dass sich Journalisten zwischen den Zügen heranpirschen würden. Wir befinden uns im Schussfeld der Täter.

Der Kameramann wechselt fluchend die Kassette. Er gibt mir die mit den Bildern von den Geiselnehmern und ihrem Opfer hinter den hell erleuchteten Fenstern der Landeszentralbank, legt ein frisches Betacam-Band ein. Für alle Fälle. Falls sie uns festnehmen, können sie die jungfräuliche Kassette beschlagnahmen, zusammen mit der Kamera. Uns bleibt dann noch das Tape mit den Tätern im Gebäude. Ich scharre mit der Hand eine Kuhle, beerdige das Band mit den brisanten Aufnahmen unter dem Schotter. Stelle merken und später abholen.

Es ist 3:30 Uhr, in einer knappen Stunde geht die Sonne auf. Dann wird wohl der Zugriff erfolgen. Wird immer im Morgengrauen gemacht, wenn die Täter am müdesten sind.

Die Täter. Mein Kameramann hat sie mir gezeigt, durch den Sucher der Kamera. Wir waren beide sehr erschrocken, als wir sahen, was passierte. Ich bin müde, sehr müde. Ich darf nicht einschlafen, ich habe etwas Wichtiges gesehen. Mir ist kalt.

Plötzlich zieht jemand an meinen Beinen. Ein anderer beugt sich über mich. Er trägt einen schwarzen Kampfanzug und eine Sturmhaube.

»Balzack, was machst du wieder für einen Blödsinn? Bringt ihn hier weg!«, zischt der Polizist vom Sondereinsatzkommando, das wir neuerdings nur noch SEK oder Spezialeinsatzkommando nennen dürfen. Weil Sondereinsatz nach Sonderbehandlung klingt. Woher kennt der Polizist meinen Namen und woher weiß ich, dass der Mann Georg Schüppe heißt?

8.

»Balzack, was machst du wieder für einen Blödsinn?«, zischte Schüppe dem Verletzten zu, der aus seiner Bewusstlosigkeit aufwachte und sich langsam wieder berappelte. »Bringt ihn hier weg!«, wies der Kommissar die Sanitäter an.

Tom Balzack stellte fest, dass er auf einer Krankentrage lag und zwei Sanitäter dabei waren, ihn darauf mit Gurten zu fixieren. »Georg, kannst du den beiden Kasper bitte erklären, dass sie mich nicht gegen meinen Willen ins Krankenhaus transportieren dürfen? Lasst mich endlich los, ihr Idioten!«

Tom schien zunehmend zu Kräften zu kommen, er schrie und tobte, während die beiden Sanis weiterhin versuchten, ihn anzuschnallen. Um seine Beine hatten sie in Höhe der Oberschenkel bereits einen Transportgurt gebunden. Gegen den zweiten Gurt in Höhe des Brustkorbs wehrte Tom sich vehement, indem er sich immer wieder aufsetzte. Dabei schimpfte er wie ein Rohrspatz. Neben der Platzwunde am Hinterkopf habe er möglicherweise eine Gehirnerschütterung, vielleicht sogar einen Schädelbruch, und das müsse im Krankenhaus untersucht werden, argumentierten die Sanitäter. Seinen Widerstand gegen die Einlieferung deuteten sie als posttraumatischen Schock, erklärten sie dem Kommissar.

So einen Schock würden sie selbst erleiden, wenn sie nicht sofort mit dieser versuchten Freiheitsberaubung aufhören würden, drohte Tom den beiden. Wegen so einer kleinen Schramme sei er doch nicht außer Gefecht zu setzen. Er doch nicht! Außerdem müsse er hier jetzt arbeiten.

Viele, die ihn kannten, hielten Tom für extrem cholerisch. Da war etwas dran, durchaus. Aber oft setzte Tom seine Schreierei auch kalkuliert ein. Wie jetzt zum Beispiel, wo er mit seinem lautstarken Rumgetobe die Aufmerksamkeit des Kommissars auf sich ziehen wollte. Denn der sah schon wieder zu Charly rüber und setzte sich in Bewegung.

Charly war in ihr Tun vertieft, nahm ihren Exfreund erst wahr, als er direkt vor ihr stand und mit ausdruckslosem Gesicht fordernd seine Hand ausstreckte.

»Ich habe ... du ... er ...«, stammelte sie nur, nickte in Toms Richtung. Georg sagte nicht ein Wort, aber sein Blick, kalt und voller Verachtung, ließ sie erröten. Was hätte sie auch zu ihrer Rechtfertigung vorbringen können? Dass sie dachte, Tom sei tot, als sie um die Kurve den Berg hinabgefahren kam und ihn dort liegen sah? Dass sie ihr Fahrrad an einen Baum geworfen hatte, die letzten Meter schreiend zu ihm gerannt war, sich zu ihm hinuntergebeugt hatte, vorsichtig seinen Kopf auf ihr Knie gebettet und ihn beschworen hatte, wieder zu sich zu kommen? Dass er als Erstes, noch ganz benommen, gefragt hatte: »Wo ist der Kerl?« Und als sie ihn verständnislos anblickte: »Keine Zeit für Zärtlichkeiten, Baby, du musst die Bullen rufen, sei vorsichtig!«, genuschelt hatte. Dass Tom sie flüsternd angewiesen hatte, zuerst die Polizei zu rufen, wunderte sie jetzt im Nachhinein. Normalerweise versuchten sie immer, sich Zeit zum Drehen zu verschaffen, und riefen erst dann die Behörden. Jedenfalls, wenn es vertretbar war.

Sie hatte vor Erleichterung, dass Tom nicht mehr passiert war, erst mal einen Streifen geheult. Dabei hatte sie versucht, mit dem Mineralwasser aus ihrer Satteltasche die Wunde an seinem Hinterkopf zu reinigen.

»Was soll der Scheiß, willst du mich taufen oder mir die letzte Ölung geben? RUF! DIE! POLIZEI! Und dreh!«, hatte Tom sie heiser angebrüllt, danach ermattet die Augen geschlossen.

Sie hatte seinen Kopf von ihrem Oberschenkel auf ihre Jacke gebettet, die jetzt genauso vom Blut versaut war wie ihre Jeans, die 110 gerufen, die Situation geschildert und losgelegt. Dass der Frau in der Motorradkombi nicht mehr zu helfen war, konnte ein Blinder erkennen. Als Erstes schraubte sie die GoPro an Toms Mountainbike los, steckte sich den Chip in die Tasche und warf die kleine Actioncam in die Emscher. Das tat ihr in der Seele weh, ging aber nicht anders. Wenn die Polizei die Minikamera bei ihr fände, würde sie auch nach dem Chip suchen.

Dann begann sie, mit ihrer Handycam alles abzufilmen. Zuerst eine Supertotale, das Motorrad, das Bike und die tote Frau. Dann die Frau allein total, ein Schwenk von den Füßen nach oben zum Kopf. Das Einschussloch an der rechten Schläfe close. Die Waffe in der rechten Hand close. So nah war sie noch nie dran gewesen. Das Motorrad total und close den zerbeulten Tank. Den Rucksack der Frau, der offen am Ufer lag, mit ein paar Geldscheinen drin. Sie schwenkte vom Rucksack auf das Flüsschen, das offenbar den Rest der Beute weggespült hatte. Als Charly die Sanitäter mit ihren Leuchtwesten ankommen sah, hatte sie schnell auch den Chip aus dieser Kamera entfernt und in ihre Hosentasche gesteckt. Dann hatte sie weitergefilmt. Auf die paar Bilder, die der kleine eingebaute Speicher der Handycam jetzt noch aufzeichnete, konnte sie locker verzichten. Denn dass die Polizei die Kamera sicherstellen würde, auch ohne rechtliche Grundlage, war ihr klar gewesen. Dass sie es ausgerechnet mit Georg zu tun bekommen würde, nicht.

Wortlos drückte sie ihm die Kamera in die Hand. Schüppe öffnete eine Klappe auf der Unterseite des Geräts, zeigte mit dem Finger auf den leeren Schacht. »Chip?«, fragte er nur.

Charly schüttelte den Kopf: »Nur, was auf dem internen Speicher ist.«

Der Kommissar wandte sich um, rief nach Gültekin, gab ihm die Kamera, zeigte dann auf Charly: »Diese Zeugin muss vernommen werden. Pass auf, dass sie nicht noch mehr Spuren am Tatort zertrampelt. Ach so, sie bleibt hier, bis die Spusi da ist und Abdrücke ihrer Schuhsohlen gemacht hat.«

Charly wollte protestieren, die Chips mit den Aufnahmen brannten in ihrer Tasche, sie musste dringend hier weg, die Speicherkarte in den Rechner einlesen und an die TV-Sender überspielen. Aber Schüppe beachtete sie überhaupt nicht mehr, betrachtete jetzt die Leiche. Etwa Mitte dreißig, knackige Figur, zumindest in der Lederkombi. In der rechten Hand die P99, gut, dass sie die Polizeiwaffe jetzt sicherstellen konnten, bevor jemand damit noch mehr Unsinn machte. Der schwarze Integralhelm lag ein paar Meter weiter, wie weggekickt. Einschussloch an der rechten Schläfe, scheinbar aus sehr kurzer Distanz, vielleicht sogar aufgesetzt. Keine unnatürlich abgewinkelten Gliedmaßen.

Kurz sah er sich das Motorrad an. Bis auf den eingebeulten Tank wirkte es auf ihn nicht kaputt, aber er war kein Experte. Merkwürdig. Die Frau kam also den Hang runtergerast in die Schlucht. Legte sich hier auf den Bart, warum auch immer. Das passierte diesen Enduro-Fahrern alle Nase lang. Statt aber das Motorrad aufzuheben, wenigstens zu versuchen, es wieder zu starten, hatte die Frau die Waffe genommen, den Helm abgesetzt und sich erschossen? Kurzschlussreaktion? Oder war sie doch verletzt, hatte sich vielleicht den Fuß verknackst und konnte die Maschine nicht über den Kickstarter antreten, nicht mehr laufen oder fahren? Hm.

Schüppe blickte sich prüfend um. An einem der Bäume, direkt links, wo der Steg anfing, bemerkte er drei Einkerbungen in der Rinde, die sich um den ganzen Baumstamm zogen. Von einem Messer? Nicht tief genug. Als ob jemand ein Seil darum gewunden hätte. Aber ein Seil hätte die Rinde nicht beschädigt. Ein Stahlseil?

Er lief zu dem Baum auf der anderen Seite, das gleiche Bild in ungefähr 1,30 Meter Höhe. Wenn hier ein Stahlseil gespannt gewesen wäre, hätte es die Motorradfahrerin unweigerlich vom Bock gerissen. Und Tom auch. Die Lage des Mountainbikes und des Motorrades auf dem Steg passten dazu, aber die Leiche der Frau befand sich zu weit weg. Schüppe blickte auf die Uhr. Wann kamen die Spusi und der Gerichtsmediziner endlich?

Schüppe ging zu Tom hinüber, der immer noch nach ihm schrie. Zu den Sanitätern gewandt, machte der Hauptkommissar eine Scheibenwischerbewegung und sagte: »Lasst ihn, ihr habt eure Pflicht getan, dem ist nicht zu helfen.«

Die beiden zuckten grinsend die Achseln. Sie konnten warten.

»Georg, ganz wichtig, ein Mann! Pass auf Charly auf!«,

schrie Tom, endlich von den Sanitätern befreit, richtete sich auf und wollte von der Trage springen. Dass das keine gute Idee war, nicht nur wegen des Spanngurtes um seine Beine, bemerkte er im nächsten Moment. Ihm wurde flau, alles drehte sich und in Zeitlupe sackte er ein weiteres Mal ohnmächtig zusammen.

Seine Freundin hatte die Szene beobachtet, kam jammernd angerannt. »Tom, oh, Tom, nicht schon wieder!«

Schüppe sah die beiden Sanitäter fragend an.

»Kreislauf, in Verbindung mit der Beruhigungsspritze, die wir ihm verpasst haben.«

Nach wenigen Sekunden kam der Reporter wieder zu sich. Seine Gliedmaßen waren schwer, er konnte sie kaum bewegen. Er nahm alles wie durch Watte wahr, er wollte reden, musste dringend mit Georg sprechen, es ging nicht. Sein Geist war klar, aber der Körper gehorchte ihm nicht. Toms Gaumen fühlte sich an, als ob er ein lebendes Küken im Mund hätte.

Die Sanis banden ihn endlich fest und begannen den Aufstieg zum Parkplatz, wo ihr RTW wartete. Tom brabbelte irgendwas, dabei lief ihm Speichel aus dem Mundwinkel. Sein Gesichtsausdruck wirkte auf Schüppe fast schon verzweifelt. Wahrscheinlich, weil er jetzt hier seine Geschichte nicht weiterdrehen kann, dachte Schüppe. Dieser Wahnsinnige. Er hatte den Eindruck, dass sich Balzacks Mimik etwas entspannte, als er Charly hinter der Krankentrage herstapfen sah.

»Ich fahre mit ins Krankenhaus. Du siehst ja, dass er mich braucht!«, zischte sie dem Kommissar im Vorbeigehen zu.

Schüppe kannte diesen Tonfall von früher und seufzte. Da gehen sie hin, deine einzigen Zeugen, dachte er.

9.

Einen Moment lang hatte Andreas Schmidt so etwas wie Hoffnung verspürt. Als er aus der Ferne, sich nähernd, das Geräusch der XT gehört hatte. Seiner XT, beziehungsweise Michaelas XT. Dieses Motorengeräusch war einmalig. Und dann die Martinshörner. Wenn seine Frau direkt die Kavallerie mitgebracht hatte, würden sie der tödlichen Falle vielleicht noch entgehen, die diese Bestien für sie aufgestellt hatten. Doch bevor er weitere klare Gedanken fassen konnte, war wieder der Mann mit der Spritze gekommen.

Der Transportunternehmer lag auf dem Holzfußboden der Hütte. Vom Hals abwärts eingewickelt wie eine Mumie in sein eigenes Paketband, von dem er immer reichlich auf dem DHL-Wagen hatte. An den Stellen, an denen seine Jeans und sein T-Shirt zerrissen waren, hatte der Mann das Band direkt über seine blutenden Wunden geklebt. Auch seine linke Hand, die zu einer unförmigen Fleischmasse angeschwollen war, hatte der Ältere der Männer nach der »Behandlung« wieder mit Paketband an seinem Körper fixiert. Wenigstens spürte Andreas jetzt keine Schmerzen mehr. Alle paar Stunden, wenn er durch Bewegungen und Gestöhne zeigte, dass die Wirkung nachließ, setzten sie ihm eine neue Spritze. Anschließend wurde ihm warm, er sah bunte Bilder, verspürte ein wohliges Gefühl. Bevor er wieder in einen tiefen Schlaf hinwegdämmerte, konnte er dann aber kurzfristig Teile seiner Umgebung wahrnehmen, obwohl sie seinen Kopf mit dem Fanschal umwickelt hatten, er kaum etwas sehen und nur durch die Nase atmen konnte, weil auch sein Mund mit Paketband zugeklebt war.

Es waren insgesamt wohl drei Männer. Ein älterer um die sechzig mit schröderschwarz gefärbten Haaren, die pomadig nach hinten gegelt waren, lang über den Nacken hingen. Er hatte dünne Beine, eine dicke Plauze und Oberarme wie Baumstämme. Sein Gesicht war von Aknenarben übersät und seltsam starr, ohne Mimik. Die Mundwinkel waren dauerhaft heruntergezogen, das gab seinem Gesicht einen spöttischen Ausdruck. Auf Andreas wirkte der Kerl leicht irre. Denn im Gegensatz zu dem fratzenhaften Gesicht waren seine kalten, harten blauen Augen ständig in Bewegung, ihm entging nichts. Vor diesem Mann, bei dessen Anblick er an John Travolta in *Pulp Fiction* denken musste, auch wegen der Einstiche in den Armbeugen, hatte Andreas Schmidt Angst.

Der andere war etwas jünger, vielleicht Anfang fünfzig, und sehr schlank. Er schien auch sehr klein zu sein. Von seiner Position auf dem Fußboden aus konnte Andreas das nicht genau einschätzen, aber etwa eins fünfundsechzig bis ein Meter siebzig kam wohl hin. Er hatte einen Bürstenhaarschnitt, der Andreas wegen der Haarfarbe an den oberen Teil eines Feuermelders erinnerte. Die Gesichtshaut dieses Mannes war sehr hell, was durch die dicke schwarze Hornbrille noch betont wurde. Über einem rot, weiß und grün kariertem Hemd mit offenem Kragen trug er, nein, versank er förmlich in einem Anzug, der den Vereinsfarben eines Klubs in Herne-West nachempfunden zu sein schien. Ein kräftiges Königsblau nannte man das wohl. Andreas fiel auf, dass die viel zu langen Hosenbeine auf Wanderschuhen aufsetzten, mit denen der Mann offensichtlich durch Morast gelaufen war. Wahrscheinlich befand sich die Hütte, in der sie ihn gefangen hielten, also auf einer sumpfigen Wiese. Oder in einem Wald.

Wegen der knalligen Farben seiner viel zu großen Kleidung ähnelte der Mann einem Clown. Allerdings einem bösen Clown, deshalb nannte Andreas den Typen für sich den Joker, nach dem Gegenspieler von Batman. Andreas Schmidt, den seine Freunde vom Fanklub nach einem alten Helden des Vereins nur ›Acki‹ riefen, versuchte, sich jedes Detail seiner Umgebung und speziell das Aussehen dieser

Männer zu merken. Irgendwann, so hoffte er, würde er das alles der Polizei schildern können.

Die Männer waren nicht immer beide da. Manchmal, wenn Andreas wach wurde, befand sich für eine kurze Zeit überhaupt niemand im Raum. Manchmal hatte er aber auch den Eindruck, dass es noch jemanden gab. Diese Person sah und hörte er niemals. Sie sprach nie und vermied es, in sein Sichtfeld zu geraten. Aber er war sich ganz sicher. Denn in den kurzen Phasen, wenn er bei relativ klarem Bewusstsein war, hörte er, wie hinter ihm ein schwerer Sessel zurechtgeschoben wurde oder die Dielen knarrten, obwohl der Joker und Travolta sich vor ihm befanden. Manchmal sprach auch einer der beiden über ihn hinweg in diese Richtung.

Ganz zu Anfang, nachdem sie ihn auf dem Parkplatz des Volksbades niedergeschlagen und verschleppt hatten, wollten sie alles über sein Haus und seine Familie wissen. Wie der aktuelle Stand seiner Hypotheken bei Bausparkasse und Versicherung war, wo er die Kontoauszüge aufbewahrte. Und wo seine Frau und seine Kinder sich aufhielten. Immer wieder hatten sie ihn das gefragt, Travolta in gleichbleibend ruhigem, fast gelangweiltem Tonfall, der Joker mit zunehmend nervöserer, zum Schluss kreischender Stimme. Jedes Mal, wenn er wach wurde, ging es von vorn los. Dabei konnte er ihnen doch gar nicht helfen, selbst wenn er gewollt hätte, um diese Dinge kümmerte sich seine Frau. Einmal hatten sie ihn gefragt, was er denn davon hielte, einen Kaufvertrag über 50.000 Euro für sein Haus zu unterschreiben. Dann könne man das Ganze hier doch beenden.

Das würde er niemals tun, dann habe er ja kein Haus mehr und trotzdem noch 130.000 Euro Schulden offen, dann könnte er gleich den Strick nehmen, außerdem sei das Haus mittlerweile 400.000 Euro wert, mindestens, hatte er versucht zu erklären.

»Ein Strick, ja … eine interessante Variante«, hatte Travolta gesagt. Andreas hatte weitergeredet, den Männern erklärt, dass seine Unterschrift allein ihnen nicht nütze, nicht ohne Michaelas. Und die würde niemals unterschreiben. Nie. Travolta hatte nur genickt und ganz ruhig gefragt, ob er Links- oder Rechtshänder sei.

Wie nebenbei hatte der Mann sich zu ihm auf den Boden hinuntergebückt, Andreas konnte seinen fauligen Mundgeruch und Schweiß riechen. Travolta hatte ihn scheinbar mühelos zum Tisch geschleift, seinen Oberkörper angehoben und Andreas mit dem Rücken gegen ein Tischbein gelehnt, damit er in eine sitzende Haltung kam. Er hatte seine linke Hand vom Paketband befreit und sie hochgezogen, sodass sie flach auf dem Tisch lag. Seinen Ellbogen und sein ganzes Gewicht hatte Travolta auf Andreas' Unterarm gepresst, um seine Handfläche zu fixieren. Dann hatte er mit einem uralten öligen Schlosserhammer vier Mal wuchtig zugeschlagen. Nicht schnell hintereinander, aber auch ohne große Pausen, etwa in dem Rhythmus, mit dem man einen dicken Nagel in eine Wand hämmert. Jeder Schlag traf einen seiner Finger genau am mittleren Gelenk. Der Schmerz kam erst zwischen dem zweiten und dem dritten Treffer. Er raste wie ein Blitz durch seinen Körper bis in den Kopf, wo er sich festsetzte, rotierte, keinen Ausweg fand, den Schädel förmlich explodieren lassen wollte. Andreas hatte reflexhaft versucht, die Hand vom Tisch herunterzuziehen, doch sie wurde dort durch Travoltas Gewicht festgehalten wie in einem Schraubstock. Er wollte schreien, atmen, bekam keine Luft mehr durch die Nase, die sich durch sein schnelles Ein- und Ausatmen mit Schleim füllte. Sein Körper zuckte und bäumte sich auf, vergeblich. Als Travolta die Hand losließ, wurde auch der Oberkörper nicht mehr am Tischbein gehalten und fiel seitlich auf den Boden, wo Andreas durch seinen zugeklebten Mund wimmerte und keuchte, sich wand wie ein Aal. Travolta bückte sich zu ihm, er wickelte Paketband von einer weiteren Rolle und klebte damit Arm und Hand wieder am Körper seines Opfers fest. Wieder kam er Andreas mit seinem Schweiß und seinem fauligen Atem ganz nahe und sagte ihm, er müsse diese Aktion als ein Zeichen der Hoffnung sehen. Er habe schließlich nur die linke Hand genommen. Und solange er noch hoffe, dass Andreas Schmidt mit der rechten Hand die notwendige Unterschrift leiste, könne der auch noch hoffen, dass sein Leben verschont würde.

Als seine dumpfen Schmerzensschreie nicht aufhörten und trotz des Klebestreifens über dem Mund und dem über das Gesicht gewickelten Fanschal zu laut wurden, hatte Travolta ihm wieder eine dieser Spritzen verpasst. Man würde sich später weiter unterhalten, hatte er noch gesagt. Und irgendetwas über Andreas' Kinder, das hatte er schon nicht mehr verstanden. Außerdem war es ihm egal. Ihm war alles egal, solange nur die Schmerzen wegblieben und er pünktlich, bevor sie wiederkamen und sich ins Unerträgliche steigerten, nur die nächste Spritze erhielt, zurück in sein Traumreich dämmern konnte.

Der Mann, den Andreas Schmidt für sich den Joker nannte, schälte mit einem Fahrtenmesser an dem massiven, aus Bauholz zusammengezimmerten Tisch einen Apfel, als sich die Tür öffnete. Er blickte nur kurz auf; Travolta betrat die Hütte.

»Na, hat alles noch geklappt?«, fragte der Rothaarige mit einem, wie Andreas fand, ängstlichem Unterton. Travolta nickte nur, zeigte auf die Leinentasche, die er in der Hand hielt.

»Was machen wir mit den Sachen hier?«

»Das Stahlseil kommt in die Werkzeugkiste, das Eisen behältst du ja wohl bei dir. Die Kohle können wir bunkern.«

Travolta steckte die Pistole in den Hosenbund, während sein Komplize das zusammengewickelte Stahlseil aus der Tasche nahm und in die Werkzeugkiste legte. Mit einem Hooligan Tool, einem Stemmeisen, wie Andreas es noch nie gesehen hatte, lockerte der Clown eine der massiven Bodendielen, die auf quer liegende Vierkantbohlen genagelt waren, hob sie an und legte Geldbündel, die sich ebenfalls in dem Leinenbeutel befunden hatten, in den Zwischenraum. Dabei murmelte er Zahlen vor sich hin.

Während der Joker die Diele wieder auf dem Querträger festnagelte, fragte er Travolta: »Hast du eine Ahnung, wie viel?«

Das Narbengesicht sah den anderen mit seinem spöttischen Gesichtsausdruck an. »Wie viel hattest du denn gefordert? Müssten jedenfalls so um die siebentausend sein. Ein bisschen was habe ich im Rucksack gelassen, ein Bündel in die Emscher geworfen. Vielleicht glauben sie ja, es wäre alles weggespült worden.«

»Hat dich auch niemand gesehen?«

Der Ältere presste die Lippen zusammen, schüttelte energisch den Kopf und blickte zur Seite. Niemand hat mich gesehen, dachte er. Nur der Balzack-Bengel. Er hatte gerade das Stahlseil lösen wollen, als ausgerechnet dieser Reporter wie Kai aus der Kiste aufgetaucht und ihm quasi vor die Füße gefallen war. Er hätte ihn leicht erschießen können, hatte die Waffe schon gehoben, wollte abdrücken, da war ihm wieder eines dieser Bilder erschienen.

Er sah, wie die Kugel sich auf den Weg machte. Balzacks Kopf durchschlug. Dann weiterflog, rasend schnell, in Lichtgeschwindigkeit durch die Zeit in Richtung Vergangenheit rotierte. Dort an einer Stelle eine Kurve beschrieb, den umgekehrten Weg nahm, in die Gegenwart zurück. Er konnte genau sehen, wie die Patrone durch die Bäume auf ihn zugeschossen kam, tief in seine eigene Brust eindrang, dort stecken blieb.

Er wusste nicht, wie lange er so verharrt hatte. Als seine Erstarrung sich löste, lag dieser Balzack immer noch vor ihm und vielleicht hatte der ja auch gar nichts gesehen. Eine Frau schrie in der Ferne, er nahm noch schnell das Seil auf, und dann hatte er sich vom Acker gemacht. Aber das brauchst du alles nicht zu wissen, Rotschopf, dachte er.

»Was ist mit dem?«, fragte Travolta in Richtung des Gefesselten in der Ecke.

»Der hat eben deine Medizin bekommen. Schläft jetzt wieder.«

»Sicher?«

Der Joker nickte, Travolta wirkte genervt.

»Dann sind wir ja hier so weit durch. Ich muss jetzt sofort wieder los. Gleich wird es hier vor Bullen wimmeln. Du solltest auch verschwinden«, sagte der kleine Mann in dem zu großen Anzug und erhob sich, um den Raum zu verlassen. Der andere stoppte ihn.

»Du bleibst hier, Rotschopf. Ich habe noch etwas mit dir zu besprechen.«

Der Mann blickte unsicher, setzte sich dann zögerlich wieder auf seinen Stuhl.

10.

Als ihr Smartphone einen Plington abgab, um auf eine neue WhatsApp-Nachricht hinzuweisen, stand Lydia vor der Arbeitsplatte der Küchenzeile und schälte ein paar Birnen. Sie hatte sie zuvor im Obsthof vor dem Fachwerkhaus aufgesammelt, in dem die Essener Redaktion von Broadcast.TV untergebracht war. Sie machte das fast jeden Tag, um Harry ein paar Vitamine zukommen zu lassen. Dass der sich fast nur von selbst gedrehten Zigaretten und Kaffee ernährte, konnte nach ihrer Einschätzung auf Dauer nicht gut gehen. Und außer ihr kümmerte sich ja keiner um den Jungen.

Harry befand sich ebenfalls in der Wohnküche, saß ihr gegenüber mit seinem Laptop am Schreibtisch seines Chefs. Das hatte er sich angewöhnt und räumte diesen Platz nur, wenn Tom einen seiner unregelmäßigen Besuche unternahm. Angeblich saß Harry lieber dort, weil er Lydia, die nach wie vor ihren Arbeitsplatz im Nebenraum hatte, wo auch sein eigentlicher Schreibtisch stand, nicht mit dem Gestank seiner Selbstgedrehten belästigen wollte. Und weil die Aussicht von Toms Schreibtisch aus dem Fenster in den Wald ihn beruhigte.

»Harry, kannst du mal nachsehen, was das ist?«, bat sie ihn.

Harry griff nach dem Telefon. »Von Charly. Wir sollen sofort nach Dortmund kommen. Banküberfall mit Geiselnahme, sie verfolgen gerade die Täterin. Übrigens in Hombruch, Harkortstraße.«

Lydia drehte sich zu Harry um. Aufgeregt sagte sie: »Täterin, Verfolgung ... Klingt nach einer geilen Geschichte.«

Harry sah demonstrativ gelangweilt aus dem Fenster. Dieser übertriebene Enthusiasmus seiner Freundin ging ihm auf die Nerven.

Lydia war kaum noch zu bremsen. »Pack das Auto, ich mache hier in der Zeit fertig, das Obst können wir mitnehmen für unterwegs.«

»Jawoll, Chefin«, antwortete Harry mit ironischem Unterton und erhob sich.

Während er die Treppe rauf- und runterlief, von oben, wo sie ihren Materialraum hatten, Kamera, Stativ, Lichtkoffer, Tontasche und Kabeltrommeln ins Auto schleppte, schnippelte Lydia eilig weiter.

Hatte sie sich im Ton vergriffen? Als Chefin wollte sie sich bestimmt nicht aufspielen. Aber sie hatte den Eindruck, Harry in letzter Zeit sowieso nichts recht machen zu können. Unentwegt schien ihn etwas zu beschäftigen. Sie hatte natürlich eine Ahnung, worum es dabei ging: Auch wenn bis heute nicht klar war, ob damals in Holland der Killer wirklich an Harrys Messerwürfen gestorben war, nagte die Sache noch an ihm. Wenn er nur mit ihr darüber reden würde ... Und wenn da vielleicht nicht noch etwas anderes sein sollte ...

Lydia packte die geschnittenen und geschälten Birnen in eine Cellophantüte. Fünf Minuten später saßen sie in Harrys schwarzem Dodge Nitro. Während der Kameramann den Dieselmotor zum Leben erweckte, sagte Lydia neben ihm nachdenklich: »Hombruch. Da fing letztes Jahr alles an. Wenn das wieder so eine Geschichte wird …«

»Ach, Quatsch, wovon träumst du nachts, Lydia. So eine Story erlebt man nur einmal im Leben«, antwortete Harry.

11.

Er wäre ja unauffällig außen rumgefahren, aber Amin Gültekin musste sich unbedingt den direkten Weg mit dem Auto durch die Fußgängerzone bahnen. Für Schüppe waren das südländische Machomanieren, er agierte lieber diskret. Zum Glück war der kurdische Kollege wenigstens multitaskingfähig, konnte trotz des Rundumscannens quer laufender Passanten noch seine Einschätzung des Tatortes liefern.

»Also, die Frau und dieser Reporter sind nicht zufällig an der gleichen Stelle mit ihren Zweirädern gestürzt. Ich halte die Theorie mit dem Stahlseil für sehr wahrscheinlich, Chef. Allerdings muss da jemand gewartet und es blitzschnell wieder abgebaut haben, diese Kamerafrau kam ja nur ganz kurz danach. Und Ihnen hätte sie es ja wohl gesagt, Chef, wenn sie eine weitere Person dort gesehen hätte, oder?« Fragend blickte er Schüppe an. Offensichtlich kannte der Kollege die alte Geschichte.

Schüppe nickte. »Sehe ich auch so, mach weiter.«

»Trotzdem muss es diese Person dort gegeben haben. Der oder die hätte dann auch die Bankräuberin erschossen. Denn an Selbstmord glauben wir doch beide nicht, oder?«

Schüppe nickte erneut. »Und weiter?«

Gültekin überlegte kurz, antwortete dann etwas zögerlich: »Nun ja, alles andere wäre noch mehr Spekulation. Da müssen wir wohl die Obduktion und die Spurenauswertung abwarten. Aber … theoretisch könnte es natürlich auch der

Reporter gewesen sein … Wenn Ihre Freundin ihm geholfen und er sich bewusstloser gestellt hat, als er wirklich war.«

Ärgerlich winkte Schüppe ab. »Seine Freundin, nicht meine. Nicht mehr. Das traue ich denen nicht zu. Eiskalt und ziemlich skrupellos sind die beiden, ja. Aber nur im Job. Charly kenne ich seit Langem, wie du scheinbar weißt, und Balzack kenne ich sogar noch viel länger. Die beiden sind sauber. No way.« Dabei schüttelte er heftig den Kopf.

Damit war das Gespräch beendet. Es hinterließ zwei schweigsame Polizeibeamte, die sich ihre Enttäuschung über den jeweils anderen nicht anmerken ließen.

12.

Weil das nächstgelegene Krankenhaus in Hombruch keine Kapazitäten frei hatte, war Tom zu einem anderem im Klinikviertel gefahren worden. Hinten im Rettungswagen hielt Charly seine Hand. Ihr Freund war bei Bewusstsein, aber so stark sediert, dass er sich weder bewegen noch sprechen konnte. Was ihren Tom natürlich nicht davon abhielt, es zu versuchen. Doch es kamen nur stammelnde Töne und Gesabber aus seinem Mund. Charly hatte den Eindruck, dass er ihr irgendetwas unbedingt mitteilen wollte. Typisch Tom. Was als Nächstes zu tun war, wusste sie doch selbst. Und ihr Essener Team war ja hoffentlich inzwischen auch eingetroffen.

Sie musste eigentlich dringend den Inhalt der Speicherkarten überspielen. Aber erst mal wissen, was mit Tom ist. Das war jetzt das Allerwichtigste. Die Blutung am Kopf hatte schon aufgehört, konnte sie sehen. Und der Kopf ist der stabilste Teil eines Körpers, hatte ihr mal ein Türsteher erklärt. Damals, im Studium, als sie im *Orpheum* hinter der Bar gearbeitet und beobachtet hatte, wie ein betrunkener Gast zu Boden gegangen war und ein anderer ihm immer wieder gegen den Kopf getreten hatte, bis ein Türsteher endlich eingegriffen hatte. Sie hatte den Mann damals für halb tot gehalten. Der hatte sich aufgesetzt, sich ein Mal übergeben, ein paarmal geschüttelt und war dann schwankend wieder an die Bar gekommen, um sich ein weiteres Whiskey-Cola zu bestellen.

Und ihr Freund war ja auch hart im Nehmen. Sie hatte schon mehrfach erlebt, wie er sich mit Grippe, Erkältungen, Kopf- und Gliederschmerzen, selbst mit neununddreißig Grad Fieber morgens aus dem Bett quälte, um seine Krankheit »wegzuarbeiten«, wie er es nannte. Er hielt seinen Körper für unkaputtbar und hatte ihr das noch im Urlaub auf Formentera demonstriert: Trotz seines jahrzehntelangen Konsums einer ganzen Schachtel filterloser Zigarillos, die er auf Lunge rauchte, war er in seinem Alter und untrainiertem Zustand genau mit dieser Lunge immer noch in der Lage, zwei Minuten achtundzwanzig unter Wasser die Luft anzuhalten. »Forever thirtyeight!«, hatte er geschrien und die Arme hochgerissen, als er danach wie ein Seehund den Fluten entstiegen war.

Charly fragte sich, warum sie ausgerechnet jetzt an diese Situation denken musste. War das wieder ihre übliche Methode der Selbstkonditionierung, mit der sie sich immer Mut machte?

Denn heute gefiel Tom ihr gar nicht, wenn sie ehrlich war. Als er auf der Trage aus dem Wagen geladen wurde, wollte er ihre Hand nicht loslassen, in seinen Augen standen Tränen. Merkwürdig, so wehleidig kannte sie ihn nicht. Obwohl er ein Mann war.

In der Ambulanz musste sie vor dem Untersuchungsraum warten, bis nach zwanzig Minuten ein Arzt herauskam und ihr erklärte, dass ihr Mann scheinbar Glück gehabt habe, nur eine ganz leichte Gehirnerschütterung, nach allem, was man sagen könne. Die folgende Aussage des Arztes konnte sie einordnen, weil sie wusste, dass Tom Privatpatient war: Zur Sicherheit würde er aber noch in die Röhre geschoben, sie könne auf das Ergebnis des MRT in der Kantine warten. Charly nickte wissend. Bei ihr als Kassenpatientin hätte man auf diese teure ›Vorsichtsmaßnahme‹ verzichtet. Oder ihr einen MRT-Termin in drei Wochen gegeben.

Charly entschied, dass sie Tom mehr helfen konnte, wenn sie sich um das Drehmaterial kümmern würde, statt in der Krankenhauskantine herumzulungern. Während sie das Hospital verließ, wählte sie Harrys Nummer. »Wo steckt ihr?«

»Immer noch auf der A40, da war der übliche grundlose Mittagsstau in Bochum, jede Menge Lehrer-Volvos mit Tempo achtzig auf der linken Spur. Wir sind aber laut Navi in fünf Minuten vor Ort«, tönte Lydias Stimme über die Freisprechanlage des Dodge, wie Charly an dem blechernen Klang erkannte.

»Okay. Fahrt am besten direkt zur Bank. Außenschüsse, O-Töne Zeugen, vielleicht hat jemand ein Handyvideo gedreht. Das Übliche eben. Falls es Polizei-O-Töne vor Ort gibt, mitnehmen. Falls nicht, fahrt ihr zur Pressestelle. Danach kommt ihr ins Studio, da können wir Rough Cuts schneiden und Material überspielen.«

»Du meinst also in eure Wohnung. Wo ist Tom denn?«, fragte Harry.

»Der hatte einen Unfall, mit seinem Fahrrad, als wir die Bankräuberin verfolgt haben. Liegt jetzt im Krankenhaus. Nix Schlimmes, leichte Gehirnerschütterung. Behaltet das aber möglichst für euch. Ruft mich an, falls irgendetwas ist.«

»Ach, dann habe ich ja jetzt zwei Chefinnen …«, hörte sie den Kameramann rufen.

Lydia unterbrach ihn: »Halt die Klappe, Harry. Der arme Tom. Ist gut, Charly, wir machen das so und melden uns.«

Das läuft also, dachte Charly. Harry mit seiner jahrelangen Erfahrung und Lydia mit ihrem Enthusiasmus würden das schon wuppen. Sie müsste sich jetzt endlich um die Speicherkarten kümmern. Und das am besten von ihrer nahe gelegenen Wohnung in der Redtenbacherstraße aus, von der ein Zimmer auch als Studio diente und mit drei der schnellsten verfügbaren Internetleitungen ausgestattet war. Tim, ihr IT-Spezialist, hatte diese Leitungen irgendwie zusammengebastelt, sodass sie ihr Material in bester Qualität in 1,5-facher Echtzeit an die Sender überspielen konnten. Allerdings kostete das Herausrechnen des Materials zusätzliche Zeit. Sie würde also einen Rough Cut machen, einen Rohschnitt mit den besten Szenen, damit die Menge des Materials sich in Grenzen hielt.

Erheblich schneller würde das natürlich vom Landesstudio des Staatsfunks aus gehen, das sich fast in Sichtweite des Tatortes befand. Aber beim Dortmunder WDR konnten sie sich nicht mehr blicken lassen, seitdem sie nach einer halsbrecherischen Fahrt aus dem Sauerland am Pförtner gescheitert waren. Sie wollten damals ganz schnell überspielen, die für sie gebuchte Überspielzeit lief schon, die Leitung stand, sie kannten auch den Weg zum Regieraum. Aber der Pförtner wollte sie nicht hineinlassen, unbedingt noch zwei Besucherausweise anfertigen, suchte umständlich nach den dazu notwendigen Formularen und telefonierte nach jemandem, der sie zum Regieraum führen sollte. Vorschrift, Fremde dürften sich nicht allein im Gebäude bewegen. Außerdem wollte er ihre Presseausweise sehen. Als Tom sie ihm schwungvoll und, nun ja, leicht erregt anreichen wollte, hatte er übersehen, so jedenfalls die offizielle Lesart, dass das Kläppchen der gläsernen Durchreiche noch geschlossen war. Der von Splittern übersäte Pförtner hatte dann vom Zeitlupen- auf Normalmodus umgeschaltet und blitzschnell einen Alarmknopf gedrückt, was einen lauten Sirenenton, die Evakuierung des Gebäudes, einen Polizei- und Feuerwehreinsatz und reichlich Schreierei zur Folge hatte, bei dem mehrfach das Wort »Hausverbot« gefallen war. Ihr Material hatten sie an diesem Tag jedenfalls in die Tonne kloppen können. Seitdem überspielten sie in Notfällen aus ihrem eigenen ›Studio‹, was de facto eigentlich ihre Wohnung war.

Charly machte sich zu Fuß auf den Weg dorthin, der fünfzehnminütige Spaziergang würde ihr guttun. Es war gerade vierzehn Uhr, sie war noch gut in der Zeit. Wieder an der frischen Luft, fühlte sie sich plötzlich matt und ausgelaugt. Tausend Gedanken gingen ihr im Kopf herum. Was nicht alles hätte passieren können. Wenn diese Bankräuberin Tom bemerkt und auf ihn geschossen hätte, zum Beispiel. Statt auf sich selbst. Oder warum sich Georg so intensiv die beiden Bäume angesehen hatte, die den Steg über die Emscher flankierten. Wie weit wohl ihre wasserdichte GoPro-Kamera in dem Bach treiben würde, ob es Sinn machte, sie später dort zu suchen? Hatte immerhin rund 400 Euro gekostet. Was aus ihrem unverschlossenen Bike werden würde, wenn die Polizei vom Tatort abgerückt war. Alles egal, wenn es nur Tom bald besser ginge. Was hatte er ihr wohl so Wichtiges sagen wollen? Sie würde es später erfahren, wenn er wieder wach war.

Ganz in Gedanken und nur automatisch, weil sie es an dieser Stelle immer machte, blickte Charly in die Auslage des Geschenkeladens, dessen Fassade leuchtend grün gestrichen war und über dessen Schaufenster in Schreibschrift *Unterhaltung* stand. In der Scheibe spiegelten sich andere Passanten. Ein Fußgänger fiel ihr auf, der abrupt stehen blieb und sich zur Seite wandte, weil er bemerkte, dass sie sein Spiegelbild sehen konnte. Als Charly sich nach dem Mann umblickte, war er verschwunden.

13.

Vor der Sparbank hatte sich eine beträchtliche Menschenmenge versammelt. Noch keine Kamerateams, dachte Schüppe erleichtert. Dann bemerkte er Schneidengel, der Zeugen suchte und die Gaffer nach Handyvideos befragte. Georg Schüppe nickte einem Fotografen zu, immerhin war Roberto sein Fast-Ex-Schwager. Genauer sein Ex-fast-Schwager, korrigierte er sich selbst. Aber die Beziehung mit Robertos Halbschwester Charly, die jetzt Balzacks Kamerafrau und Lebensgefährtin war, lag ja nun schon einige Jahre zurück. Heute war er froh, wieder mit seiner Gisela zusammen zu sein. Schüppe blickte sich auf dem Platz um. In der Mitte stand Ein Brunnen, darum herum einige Bronzeskulpturen. Eine davon, ein Mann, schien mit einem Sack voller Geldstücke auf dem Rücken in Richtung Sparbank zu streben. Oder in Richtung Bezirksamt, das über der Sparbank angesiedelt war.

In der Schalterhalle war das Gewusel groß. Im Bereich der Theke nahmen Kollegen von der Spurensicherung Fingerabdrücke, wahrscheinlich ein sinnloses Unterfangen bei den vielen Menschen, die da den ganzen Tag hinfassten, um Geld zu empfangen oder abzuliefern. Ein anderer Beamter bearbeitete winzige Blutflecke auf dem Fußboden. In einer Sitzecke redete ein Mann mit grauem Bart beruhigend auf eine junge Frau ein. Wahrscheinlich der Notfallseelsorger, dann musste das die Bankangestellte sein. Einer von Gültekins Kollegen vom KK 13 unterhielt sich mit zwei Männern, von denen einer seine Jacke ausgezogen hatte und über dem Arm hielt. Sein T-Shirt war schweißnass, er trug ein Pistolenhalfter. Leer. Dann waren das wohl die beiden Unglücksraben vom Mobilen Einsatz Kommando, kurz MEK. Schüppe ging zu der Gruppe hinüber.

»EKHK Schüppe, besondere Aufgaben«, stellte er sich vor und kramte nach seinem Dienstausweis.

»Lassen Sie mal stecken, Herr Schüppe. Wer Sie nicht kennt, ist hier fremd!«, meinte einer der Ermittler vom KK 13 gönnerhaft.

»So so«, antwortete Schüppe und fixierte ihn. »Mit den Jungs vom MEK hier werde ich mich jetzt selbst unterhalten. Gehen Sie mal raus und suchen Zeugen und Handyvideos. Da läuft ein Reporter von BILD rum. Falls der schon Videos hat, beschlagnahmt sie als Beweismittel.«

Lustlos trollte sich der Kollege, Schüppe wandte sich den MEK-Beamten zu.

»Herr Schüppe, es tut mir unheimlich leid«, sprudelte es aus René Hampel heraus. »Es ging alles so schnell. Die hatte ihr Messer ja am Hals der Geisel, so eng, dass es schon blutete. Für einen Notzugriff oder einen Rettungsschuss habe ich keine Möglichkeit gesehen, weil diese Frau ja hinter der Geisel versteckt war und überhaupt kein Ziel bot.«

»Schon gut. Beruhigen Sie sich. Wo ist diese Geisel überhaupt? Wird oder wurde sie schon befragt?«

Hampel und sein Kollege blickten ratlos durch die Schalterhalle. Es war Lewandowski, der dem Kommissar antwortete: »Jaaa ... das war eine Frau Lodz, die oben in der Bezirksverwaltung arbeitet und die Einnahmen der Stadt einzahlen wollte. Wo die jetzt gerade ist, weiß ich auch nicht. Wahrscheinlich schon im Krankenhaus.«

»Obwohl, schwer verletzt war die eigentlich nicht«, fügte Hampel zweifelnd hinzu.

Schüppe seufzte. »Dann müssen wir die Situation eben mit Ihnen nachstellen. Also, wo waren Sie?«

Hampel deutete auf die Sitzecke, in der die Bankangestellte mit dem Geistlichen saß.

»Und wo war die Frau mit der Geisel?«

Hampel stellte sich vor den Tresen.

»Gut, gehen Sie jetzt mal drei Schritte zurück. Ich bin die Geisel, Ihr Kollege spielt die Bankräuberin. Wie standen die hier genau aus Ihrer Sicht?«

Hampel bugsierte seinen Kollegen hinter den Kommissar, nahm dessen rechte Hand und führte sie von hinten an Schüppes Kehle. Die junge Frau in der Sitzecke schrie kurz auf, der Bärtige sprang hoch und lief empört auf den Kommissar zu: »Wie können Sie es wagen?«

Schüppe löste sich aus der Umklammerung und ging, ohne den Mann zu beachten, zu der jungen Frau hinüber. »Entschuldigung, das musste sein. Sah es genau so aus?«

Die Frau hielt sich die Hand vor den Mund, nickte erst, schüttelte dann den Kopf. »Ja, nein. Es war so schrecklich.«

»Ich weiß. Aber es ist vorbei. Sah es denn nun so aus?«

»Es war genau die Stelle und ich habe es nur von der Seite gesehen, ich befand mich ja hinter dem Tresen. Aber ... also die standen genau an der Stelle, direkt vor mir, das stimmt. Ich bin mir eigentlich sicher, dass die Frau das Messer in der linken Hand hielt. Weil ich in dem Moment überlegt habe, abzuhauen. Als sie sich von mir weg zu dem Mann hingedreht hat, stand ich ja rechts von ihr. Wenn sie das Messer in der rechten Hand gehabt hätte, hätte sie mich mit einem Schwung ihres Armes treffen können. Weil sie das Messer links hielt, hätte sie sich umdrehen müssen, um mich zu erwischen. Ich habe mich dann aber doch nicht getraut.«

Ohne ein Wort zu sagen, blickte Schüppe Hampel an. Dessen Augen flackerten hektisch.

»Ja, also, das ging alles so schnell. Aber wenn ich es mir genau überlege ... kann schon sein. Ich glaube, die Frau hat recht.«

»Außerdem weiß ich auch, dass die Frau Schmidt Linkshänderin ist. Ich kenne sie ja als Kundin. Und die unterschreibt immer mit links«, fügte die Bankangestellte hinzu.

»Kannte. Die Frau ist tot«, antwortete Schüppe und fing sich einen weiteren zornigen Blick des Notfallseelsorgers ein, den er ganz ruhig aushielt. In seinen jetzt fast vierzig Dienstjahren hatte er garantiert mehr Opfer von Gewalttaten betreut als dieser Mann Gottes. Und Georg Schüppe glaubte zu wissen: Die Leute bekrabbelten sich am ehesten, wenn sie ganz sicher sein konnten, dass vom Täter keine Gefahr mehr ausging.

Er nickte der jungen Frau kurz zu und verließ die Bank, ohne den Pfarrer oder die beiden MEK-Beamten eines weiteren Blickes zu würdigen. Automatisch griff er in seine Manteltasche, doch statt der Voltaren bekam er sein Handy zu fassen. Wo steckte Gültekin eigentlich?

14.

Andreas Schneidengel, Polizeireporter der BILD-Zeitung, hatte sich auf einen der Betonblöcke gestellt, die den Autoverkehr von dem Platz vor der Sparbank und der Fußgängerzone fernhalten sollten. Irgendwie musste er Höhe gewinnen, um trotz seiner 169,5 Zentimeter Körpergröße mit seinem iPad die Szenerie mit den Zuschauern und den Absperrbändern filmisch einfangen zu können. Sein modischer Kurzmantel aus Popeline trotzte dem Nieselregen, was man von seiner Frisur nicht sagen konnte. Die kunstvoll von links nach rechts über die Pläte drapierten Resthaare klebten wie Spaghettifäden auf der Kopfhaut. Sein Kollege, der italienische Fotograf Roberto di Stefano, hatte bei seinen fast zwei Metern Körpergröße das Höhenproblem nicht, er fluchte wegen der Regentropfen, die sich auf der Linse seiner Canon sammelten.

»Ah, Signorina Ferraro, wo isse Chefe und Sorella mia, meine Schwester Charly?«, rief er, als er das Kamerateam von Broadcast.TV erspähte.

Lydia Ferraro-Morscheck grinste und antwortete dem Fotografen: »Das glaubst du sowieso nicht. Tom liegt …«

»… auf der faulen Haut. Er und Charly haben doch donnerstags immer ihren freien Tag«, setzte Harry Fitz den Satz für sie fort. Der kleine Kameramann blickte seine Kollegin dabei warnend an.

»Jetzt erzählt doch keinen Quatsch. So ein schöner Banküberfall mit Geiselnahme, direkt vor seiner Haustür, den lässt sich ein Tom Balzack doch nicht entgehen«, mischte sich Andreas Schneidengel ein und wuchtete seine fünfundneunzig Kilo von dem Betonblock hinunter. Er gab Harry die Hand und versuchte, der wesentlich größeren Lydia einen Kuss auf die Wange zu geben. »Jetzt sag schon, du scharfer

Ferrari, was mit Tom ist. Ihr wollt eurem Lieblingskollegen von BILD doch wohl nichts vorenthalten?«

Harry zögerte kurz, entschloss sich dann, dem Reporter reinen Wein einzuschenken. Mit den Leuten von BILD sollte man es sich nicht verscherzen, sagte Tom auch immer.

»Dass du das mit deinen bekannt guten Verbindungen noch nicht weißt«, antwortete er ironisch. »Tom hat die Bankräuberin verfolgt und sich dabei verletzt. Er liegt im Krankenhaus.«

»Wie, was, verarscht du mich etwa? Die tote Bankräuberin in dem Waldgebiet? Das hermetisch abgesperrt ist, sodass wir da nicht rankommen? Die hat Tom verletzt? Ihn angestochen? Oder angeschossen? Los, erzähl.«

Das Gesicht des BILD-Reporters war rot angelaufen, vor Aufregung hüpfte er von einem Bein auf das andere. Harry musste an einen außer Kontrolle geratenen Tennisball denken.

»Andreas, jetzt reg dich wieder ab, alles halb so wild«, versuchte Lydia den BILD-Reporter zu beschwichtigen.

Doch die Kollegin, die er eben noch angeflirtet hatte, beachtete Andreas jetzt überhaupt nicht mehr. »Pass auf, Harry, wir vier gehen jetzt mal schön dort hinten in dem Laden Kaffee trinken. Und dabei erzählst du mir alles. Wir müssen sowieso hier weg, bevor die Bullen unangenehme Fragen stellen. Ich habe nämlich zwei wunderbare Handyvideos von dem Polizisten als Tanzbär eingesammelt. Deshalb ist für euch hier sowieso nichts mehr zu reißen. Aber ich könnte ja teilen, wenn ihr ebenfalls kooperiert ...«

15.

Ingrid Lodz saß in dem Café neben der Kirche an einem Fenstertisch. Von hier aus konnte sie das Treiben auf dem Vorplatz der Sparbank bestens beobachten. Trotz des Regens standen viele Schaulustige vor der Polizeiabsperrung, Beamte in Uniform und in Zivil wuselten durcheinander. Wahrscheinlich suchten die sie gerade in ihrer Rolle als Opfer und Hauptzeugin. Über ihr Handy würden sie sie nicht finden, das lag auf ihrem Schreibtisch im Büro der Bezirksverwaltungsstelle. Also, das offizielle Handy. Das andere mit der Prepaidkarte hatte sie bei sich. Sie würde sich noch einen Grund einfallen lassen müssen, warum sie die Bank sofort verlassen und nicht auf die Polizei gewartet hatte. Schock und Angst, irgend so etwas würde sie denen erzählen.

Nachdem der dämliche Bulle orientierungslos aus der Bank getorkelt war und die Angestellte sich nach dem Drücken des Alarmknopfes in das Backoffice geflüchtet hatte, hatte sie noch kurz gewartet. Sie hatte ihr Halstuch hochgezogen, damit es die blutende Wunde bedeckte, und dann denselben Weg genommen wie diese Schmidt. Das ging nicht anders, sie musste diesen unberechenbaren Marcel einfangen. Im Treppenhaus war niemand mehr, Drabinski hatte aufgeraucht und war zum Glück schon wieder nach oben verschwunden. Sie war an der Spielhalle vorbei auf die gegenüberliegende Seite in das Café marschiert, hatte der Kellnerin freundlich zugelächelt, ihren üblichen Kaffee und den Cognac bestellt und die Toilette aufgesucht. Im Gang dort war sie an den Türen für Männer und Frauen vorbeigegangen bis zum Ende, hatte dann aus einem hoch liegenden Mauervorsprung den Schlüssel für die dortige Ausgangstür genommen und diese aufgeschlossen.

Draußen wartete schon Marcel, ihr Pflegefall. Schnell zog sie den mittelalten Mann in der Kleidung eines Teenagers in den Flur, schloss die Tür wieder ab, legte den Schlüssel zurück an seinen Platz und ging mit ihm auf die Damentoilette. Sie schlossen sich in zwei benachbarte Kabinen ein, nach einigen Minuten mit Geräuschen des Zerrens und Ziehens schob der Mann ihr die Latexmaske unter der unten offenen Zwischenwand durch. Dieses Mal war es leider ausschließlich die Maske und keine Tüte voller Geld, die sie in ihre Handtasche stopfen konnte. Ingrid Lodz verließ die Toilette, nicht ohne zu spülen und sich die Hände zu waschen. Auf ihrem Tisch am Fenster warteten schon der nicht mehr ganz heiße Kaffee und der Cognac in Raumtemperatur.

Die Kellnerin wunderte sich, wo der junge Mann herkam, der wenig später bei Frau Lodz am Tisch saß, und für den diese eine Cola bestellte. Die Bedienung hatte den Typen gar nicht hereinkommen sehen. Mit seinem kahl geschorenen Kopf und der abgenutzten, schmutzigen Kleidung eines Gangsta-Rappers wirkte er nicht sehr gepflegt und vertrauenerweckend. Auch vom Alter her, die Kellnerin schätzte ihn auf um die zwanzig, passte er nicht in das Café. Und nicht zu Frau Lodz, die mit Ende vierzig deutlich älter war. Aber sie hatte die gepflegte Frau schon ein paarmal mit dem Jungen zusammen hier bedient, wahrscheinlich ihr Sohn oder Neffe. Eine andere Beziehung zwischen den beiden konnte sich die Serviererin nicht vorstellen, auch wenn sie selbst gern mal jüngeren Männern hinterhersah. Denn Freunde kann man sich aussuchen, Verwandte nicht, wusste Fräulein Carola und dachte an ihre siebzehnjährige Tochter Vanessa, die die Schule geschmissen hatte und im fünften Monat schwanger war.

Als sie die drei Männer und die Frau auf das Café zukommen sah, redete Ingrid Lodz kurz mit dem jungen Mann, der sich daraufhin sofort erhob. Er hielt dem Quartett noch die Tür auf und verschwand im Nieselregen.

»Einen wunderschönen Tach zusammen«, dröhnte Schneidengel durch den Laden. »Hier ist es aber wunderbar muckelig und trocken, hier lässt es sich aushalten!«, stellte er mit einem Blick in die Runde lautstark fest. Die vier setzten sich an einen Tisch gegenüber von Ingrid Lodz. Andreas und Lydia begannen zu tuscheln. Dann erhob sich der BILD-Reporter, ging hinüber und sprach die Frau an, die in ihren Kaffee starrte.

»Entschuldigung, ich bin von der Zeitung. Haben Sie vielleicht etwas von dem Überfall auf die Sparbank mitbekommen?«

Ingrid blickte hoch. »Wie kommen Sie darauf?«, fragte sie in ablehnendem Tonfall, während Schneidengel sich an ihrem Tisch niederließ.

»Ich dachte, weil Sie Blutflecken an Ihrem Schal haben, und dort bei dem Überfall ja jemand verletzt worden sein soll.«

»Ach so, das, das ist nur ein Kratzer am Hals«, antwortete die Frau.

»Den Sie sich bei dem Überfall zugezogen haben?«, ließ Schneidengel nicht locker.

Die Frau schüttelte unwillig den Kopf. »Hören Sie, ja, ich war dabei. Ich bin die Geisel und stehe wahrscheinlich unter Schock. Ich möchte aber nicht mit Ihnen reden, ich habe ja bisher nicht einmal mit der Polizei geredet.«

Die drei am Nebentisch hörten aufmerksam zu. Roberto hatte bereits unauffällig seine Canon so auf den Tisch gelegt, dass er Ingrid im Visier hatte. Er simulierte einen Hustenanfall, um das Klicken des Auslösers zu übertönen. Harry tat so, als müsste er sich einen Schuh neu binden, stellte dabei die Kamera an und seinen Fuß unter die Schulterstütze, sodass sie schräg nach oben filmte.

Schneidengel schaltete jetzt auf besorgt um. »Vielleicht zeigen Sie mir mal die Wunde. Vielleicht kann ich Ihnen helfen?«

»Das brauchen Sie nicht, das ist, wie gesagt, nur ein Kratzer. Die Bankräuberin hat mich versehentlich leicht angeritzt«, antwortete Ingrid und fasste sich unwillkürlich an das Tuch, um es zurechtzurücken.

Schneidengel gab nicht auf. »Sie sollten aber trotzdem einen Arzt drüberschauen lassen!«, empfahl er mitfühlend. »Dass Sie uns nichts über die Tat sagen wollen, kann ich ja verstehen, Frau …«

Automatisch nannte sie ihren Namen.

»... Frau Lodz. Sie sollen uns ja auch nichts über den Ablauf berichten, bevor Sie nicht mit der Polizei gesprochen haben. Aber vielleicht können Sie mir sagen, wie Sie sich dabei fühlten? Hatten Sie Todesangst?«

Ingrid zögerte. »Nein, also ja, natürlich hatte ich Todesangst. Was glauben Sie denn, wie das ist, wenn Ihnen jemand ein Messer an den Hals hält und ein Polizist mit einer Waffe dabei ist?«

»Deshalb frage ich ja, Frau Lodz. Ich war ja noch nie in einer solchen Situation. Zum Glück hat der Beamte wenigstens nicht auf Sie geschossen.«

»Nee, der hat seine Pistole ganz brav dieser Frau Schmidt ausgehändigt.«

»Frau Schmidt, die Geiselnehmerin? Kennen Sie sich? Wissen Sie auch ihren Vornamen?«

»Hören Sie, junger Mann, ich habe schon viel zu viel gesagt. Ich werde jetzt erst einmal mit der Polizei reden.«

»Selbstverständlich, ich will Sie ja nicht bedrängen. Vielen Dank, dass Sie sich die Zeit genommen haben.«

Als Ingrid Lodz aufstand, um zu bezahlen, erhob sich Schneidengel ebenfalls. Er hielt der Frau vom Amt noch galant die Tür auf, wandte sich dann der Kellnerin zu. »Sagen Sie mal, haben Sie auch etwas von dem Überfall mitbekommen?«

Wortreich erzählte ihm Fräulein Carola, was sie alles nicht gesehen oder von anderen Kunden gehört hatte. Nach einigen Minuten fragte Schneidengel beiläufig nach: »Die Frau Lodz, ist die eigentlich Stammkundin bei Ihnen?«

»Jaaaa, so ab und an ist die hier. Die arbeitet ja im Bezirksamt da vorn, über der Sparbank. Ab und zu verbringt sie hier ihre Mittagspause, manchmal zusammen mit ihrem Neffen. Der war heute auch kurz da, ist aber gegangen, als Sie kamen. Den müssten Sie gesehen haben, der ging genau in dem Moment raus, als Sie reinkamen.«

Schneidengel ging zurück an den Tisch zu seinen Kollegen.

Er hatte ein extrem breites Grinsen im Gesicht. »Na, wie war ich?«

»Wir wollen doch nur helfen … ich weiß«, antwortete Lydia. Harry grinste.

»Also, falls ihr es nicht mitbekommen habt: Die Geisel heißt Ingrid Lodz, die tote Bankräuberin Schmidt. Die kannten sich. Schmidt, unangenehmer Nachname, da gibt es in Dortmund bestimmt Hunderte von. Die Schmidt hatte erst nur ein Messer. In der Bank war auch ein Bulle, dem hat sie dann die Pistole abgenommen. Ich finde, die Geschichte klingt nicht schlecht. Nur: Was da unten in dem Waldgebiet los war, weiß ich immer noch nicht.«

Fragend blickte Schneidengel in die Runde.

»Genau wissen wir das auch nicht. Ich habe vorhin kurz mit Charly telefoniert. Sie sagt, Tom und sie hätten die Bankräuberin auf ihren Fahrrädern verfolgt, sie sei nicht so schnell mitgekommen. Tom sei mit dem Bike gestürzt und liege mit Verdacht auf Gehirnerschütterung im Krankenhaus. Mehr können wir auch nicht sagen«, berichtete Lydia.

»So so. Tom. Mit dem Fahrrad. Wo der sonst sogar zum Klo am liebsten mit dem Auto fahren würde. Und ihr wollt mich auch ganz bestimmt nicht verarschen, wo ich euch gerade so exklusive Informationen verschafft habe?«

Der BILD-Reporter beäugte abwechselnd Lydia und Harry misstrauisch. Er wirkte nicht amüsiert.

Harry hielt seinem Blick stand. »Tja, lieber Schrei-Bengel, nicht nur du, auch das Leben schreibt die absonderlichsten Geschichten«, sagte er lakonisch.

16.

Der Mann, der von seinem Gefangenen Travolta getauft worden war, hatte auf dem Herd eine Erbsensuppe warm gemacht. Er hatte den Rotschopf angewiesen, den Gefangenen damit zu füttern, und dann den Rest selbst aufgegessen. Jetzt widmete er sich der Waffe, die auf dem Tisch lag. Er betrachtete sie scheinbar interessiert, drehte sie in seinen Händen hin und her, nahm das Magazin heraus, steckte es wieder hinein. Wie nebenbei und ohne ihn dabei anzusehen, sagte er zu dem Mann, der von Andreas Joker genannt wurde: »Wir beide haben noch etwas zu klären, Rotschopf. Was war das für eine Nummer mit dieser Frau Schmidt?«

»Du hast doch gesagt, ich soll sie unter einem Vorwand hierherlocken.«

»Ja, aber doch nicht jetzt und nicht mit der Kavallerie im Schlepptau. Ohne die Vorwarnung aus der Bank wären wir am Arsch. War auch so noch knapp genug. Wie hast du die Tante denn hierhergelockt?«

»Ich habe nur gesagt, sie soll herkommen, wenn ihr das Leben ihres Mannes lieb ist«, verteidigte sich der Mann, der weder Joker noch Rotschopf, aber tatsächlich Helmut Rothaar hieß.

»Gelogen.« Travoltas Stimme klang eisig, während er einen Schalldämpfer auf die Pistole schraubte, den er wie aus dem Nichts irgendwo hergezaubert hatte.

Rothaar druckste herum. »Na gut, ich habe auch noch gesagt, sie soll ein paar tausend Euro mitbringen, dann könnten wir ... also ich, alles regeln. Mit der Versteigerung.«

»So so. Und sie hat dir das zugetraut, einem Immobilienmakler mit roten Haaren in einem Anzug, der zu groß für ihn ist?« Dabei wanderte sein Blick vom Kopf des Mannes den Körper hinab zu den Trekkingschuhen, die so gar nicht zu dem blauen Anzug passten.

Er beschäftigte sich wieder mit seiner Waffe, an die er seine nächsten Worte zu richten schien. »Dass sie dafür eine Bank überfallen würde, da konnte man ja nicht von ausgehen. Andererseits, wo sollte sie das Geld sonst noch hernehmen? So pleite, wie diese Familie ist? Und mit wem wolltest du dieses Geld eigentlich teilen, Rotschopf? Dass ich hier sein würde, konntest du ja nicht ahnen. Wie ich dich einschätze, wolltest du sie hier vögeln, vor den Augen ihres als Sperrgut verpackten Mannes, und dir zusätzlich für ein paar leere Versprechungen noch eine Extraprämie einsacken. Ich kenne dich lange genug, du bist und bleibst ein geiler Bock und eine linke Bazille. Das Einzige, was bei dir zusammenpasst, ist dein Name und die Farbe deiner Haare. Zum zweiten Mal musste ich heute wegen dir einen Menschen töten.«

Scheinbar empört sprang Rothaar von seinem Stuhl hoch, richtete sich zu seiner vollen Höhe von ein Meter einundsiebzig auf, stemmte die Arme in die Seite. Das Gesicht des fünfzigjährigen Immobilienmaklers hatte die gleiche Färbung angenommen wie seine Haare.

»Natürlich wollte ich das Geld mit euch teilen! Jetzt bleib mal auf dem Teppich!«, rief er.

Der andere drehte sich ihm wieder zu, mit der Waffe in der Hand, blickte auf die Füße seines Komplizen. Der stand jetzt mitten auf dem Kelim, den sie in diese Ecke des Raumes gezogen hatten, damit Acki Schmidt ihn nicht vollblutete. »Ich glaube dir nicht. Und der Einzige, der auf dem Teppich bleibt, bist du«.

Dann drückte er wie nebenbei den Abzug der P99. Es machte zweimal leise ›Plopp‹. Aus weniger als drei Metern Entfernung trafen die Kugeln den Mann zuerst in die Herzregion, dann in die Stirn. Lautlos, mit einem ungläubigen Gesichtsausdruck, sackte Helmut Rothaar zusammen und blieb der Länge nach auf dem bunten Teppich liegen.

17.

Schüppe stand auf dem abgesperrten Platz vor der Bank neben den Bronzefiguren im Nieselregen und wählte Gültekins Nummer.

»Ich bin unterwegs, Chef, ich hatte noch etwas für meine

Dienststelle zu erledigen. Wenn Sie mich brauchen, Chef, bin ich in zehn Minuten da.«

»Dann machen Sie mal hin. Ihren Kollegen vom Bankraub ist nämlich leider die Geisel abhandengekommen. Rufen Sie von unterwegs die Feuerwehrleitstelle an, ob die sie ins Krankenhaus gebracht haben. Wenn ja, in welches. Ich sehe mich hier mal um.«

Ohne ein weiteres Wort legte Schüppe auf. Was war heute nur wieder los. Zeuginnen entfernten sich, wie sie wollten, von Tatorten, ein MEK-Beamter ließ sich die Waffe abnehmen und konnte nicht einmal die Situation korrekt beschreiben, in der das passiert war. Und dieser Gültekin machte irgendwelche Alleingänge. Mit seinem »Chef« hier und »Chef« da brauchte der ihm gar nicht erst zu kommen. Ob er ihn als neuen Assistenten nehmen würde, war überhaupt noch nicht sicher. Da müsste der ihn erst mal überzeugen. So sehr Schüppe Gültekins Biografie gefiel, gerade weil es dort Brüche gab, er seine überraschenden und quer gedachten Ermittlungsansätze schätzte – Amin Gültekin hatte auch einige Eigenschaften mit seinem ehemaligen Assistenten Krokowski gemein, der Schüppe zum Schluss so enttäuscht hatte. Nach elf Jahren Zusammenarbeit. Demnächst würde es vor dem Landgericht Arnsberg einen Prozess geben, mit Kroko als Kronzeuge. Schüppe war sich ziemlich sicher, dass über diesen Prozess, wie schon über den neuerlichen Attentatsversuch gegen den Minister, in den Medien nicht berichtet werden würde.

Seinem ehemaligen Assistenten Krokowski waren neben seiner Geldgier die Eitelkeit und sein Geltungsbedürfnis zum Verhängnis geworden. Schüppe hatte das zu spät erkannt, weil er diesen Charaktereigenschaften, die ihm selbst völlig fremd waren, nicht genug Bedeutung beigemessen hatte. Deshalb würde er Amin Gültekin besonders sorgfältig abklopfen. Bis jetzt stand es fifty-fifty. Und Gültekin hatte den Treuetest noch nicht abgelegt.

Schüppe ging zu den beiden Beamten, die er vorhin zur Zeugensuche geschickt hatte. Natürlich hatten sie noch keine Augenzeugenvideos aufgetrieben. Beziehungsweise keine mehr. Schneidengel und Roberto waren nicht mehr zu sehen. Wahrscheinlich würde der Kommissar die Videos in einer Stunde bei BILD.de im Netz betrachten können. Und die Aufnahmen vom Tatort in dem Waldgebiet heute Abend bei RTL.

Er fuhr mit dem Aufzug in die zweite Etage des Sparbank-Gebäudes. Ohne das Schild *Aus unvorhergesehenem Anlass ist das Bezirksverwaltungsamt geschlossen* zu beachten, pochte er an die Tür und presste seinen Dienstausweis gegen die Glasscheibe. Eine junge Frau löste sich zögerlich aus der Menschentraube, die sich um einen Schreibtisch gebildet hatte, und öffnete ihm. Die anderen beachteten den Kommissar nicht. Schüppe gesellte sich zu der Menschengruppe. Klaus Drabinski genoss die Aufmerksamkeit seines Publikums. Detailliert schilderte er das Wenige, was er vom Überfall mitbekommen hatte, wie nah die gefährliche Bankräuberin auf ihrer Flucht an ihm vorbeigegangen war. Niemand schien sich darüber zu wundern, dass er im Treppenhaus am Ausgang gewartet und geraucht hatte, statt seine Vorgesetzte in die Sparbank zu begleiten, wie es Vorschrift war.

Schüppe machte sich schließlich durch ein Räuspern bemerkbar: »Wer von Ihnen ist Ingrid Lodz?«

Die städtischen Bediensteten blickten sich ratlos an.

»Ist die nicht im Krankenhaus?«

Schüppe zuckte mit den Schultern und winkte Drabinski in ein leer stehendes Büro, schloss die Tür hinter ihnen.

»Wie Sie den Überfall erlebt haben, habe ich ja gerade gehört. Warum waren Sie nicht mit in der Sparbank? Gilt bei der Stadtverwaltung nicht das Vier-Augen-Prinzip?«

Drabinski wirkte verlegen. »Eigentlich schon. Aber Sie wissen doch, wie das ist.«

»Nein, weiß ich nicht. Erklären Sie es mir.«

»Mein Gott, die Ingrid macht das seit zwanzig Jahren. Die weiß doch, wie man Einzahlungsformulare ausfüllt. Da muss doch niemand neben ihr stehen und das kontrollieren.«

»Zum betreuten Ausfüllen von Formularen ist das Vier-Augen-Prinzip auch nicht gedacht.«

»Was wollen Sie denn damit sagen? Bei der Stadtverwaltung ist noch nie etwas weggekommen.«

»Ach nein? Im Büro des OB war es fast eine Million, die sich eine Mitarbeiterin eingesteckt hat. Mal ganz abgesehen von Altmetall und Theaterkarten, die Mitarbeiter der Stadt auf eigene Rechnung verkauft haben.«

»Das war doch etwas ganz anderes. Die Ingrid hat doch auch immer die Belege für ihre Einzahlungen mitgebracht. Und für diese Kollegin würde jeder von uns die Hand ins Feuer legen.«

Der Mann wirkte auf den Hauptkommissar nicht überzeugend. »Sagen Sie mal, Herr Drabinski, diese Sparbank ist doch schon mehrfach überfallen worden. Was haben Sie von diesen früheren Bankrauben eigentlich mitbekommen? Ich meine, wenn man direkt darüber arbeitet …«

»Ja, das stimmt. Aber hier oben haben wir erst etwas gemerkt, wenn alles längst vorbei war, die Polizei kam und da unten der Trubel losging. Genau wie heute.«

»Und die anderen Male standen Sie nicht auch zufällig im Treppenhaus und haben geraucht?«

Der Mann wurde rot. »Nein, der Räuber kam immer erst, nachdem wir unten das Geld eingezahlt hatten, da waren wir ja schon wieder oben im Büro.«

»Kann es sein, dass Sie Angst hatten, dass der Täter einmal früher kommen könnte, und deswegen nicht mit in den Schalterraum hineingegangen sind?«

Unter den Armen von Drabinski hatten sich deutliche Schweißflecken gebildet. »Nein, an so etwas habe ich nie gedacht. Wie kommen Sie denn darauf?«

Es sollte entrüstet klingen.

»Na gut, Herr Drabinski. Sie werden von meinem Kollegen Gültekin hören, der wird Ihre Aussage in den nächsten Tagen noch im Präsidium zu Protokoll nehmen. Und jetzt schicken Sie mir mal Ihren Chef rein. Schönen Tag noch.«

Oskar Maibaum hatte den obersten Knopf seines gestreiften Hemdes gelockert, die farblich abgestimmte Krawatte hing schief. Der graue Haarkranz, der seine Glatze umgab, stand in alle Richtungen ab. Als er Schüppe begrüßte, fragte der sich, was die Leute hier eigentlich mit Alkohol zu feiern hatten.

»Wie hoch war denn die Summe, die diese Frau Lodz heute für die Stadtverwaltung eingezahlt hat?«, kam Schüppe direkt zur Sache.

»So ungefähr sechs- bis achttausend Euro«, antwortete der Verwaltungsrat.

»Ungefähr?« Schüppe zog die Brauen hoch.

»Die Ingrid hat als Teamleiterin sieben Leute unter sich. Jeder von denen führt eine Kasse. Für die Gebühren aus Führerscheinen, Meldesachen, so etwas. Sobald der Betrag von 1.000 Euro nahezu erreicht ist, gibt der jeweilige Mitarbeiter der Ingrid das Geld, sie quittiert die Summe. Wenn sie als Teamleiterin wiederum so ungefähr 7.000 Euro in ihrer Kasse hat, geht sie hinunter in die Sparbank und zahlt das Geld ein.«

»Und wo sind diese Quittungen, aus denen die exakte Summe von heute hervorgeht?«

»Die werden im Kassenbuch abgeheftet. Die von heute hat Ingrid wahrscheinlich noch in der Tasche. Müssen wir sie fragen, wenn sie aus dem Krankenhaus entlassen wird. Die Frau war nämlich Opfer einer Geiselnahme und wurde dabei verletzt, wissen Sie!«, fügte der Amtsleiter in aggressivem Tonfall hinzu.

»Ja, das weiß ich«, antwortete Schüppe ungerührt. »Hat denn einer Ihrer viel beschäftigten Mitarbeiter …«, dabei ging der Blick des Kommissars durch die Glastür auf die Traube von Sekttrinkern, die sich jetzt wieder um Drabinski gebildet hatte, »... die Summe schon zusammengerechnet?«

»Natürlich nicht. Das geht auch gar nicht. Die Summe wird nur einmal im Jahr berechnet, für den Jahresabschluss.«

»Aber Sie müssen doch wissen, in welcher Höhe Sie Gebühren für verschiedene Dienstleistungen hier seit der letzten Einzahlung erhoben haben?«

»Wenn wir das alles einzeln erfassen wollten ... Dann hätten wir noch mehr zu tun!«

»Wer ist denn außer Frau Lodz damit befasst?«

»Wie ... was ... das machen alle Teamleiter. Für ihre Leute ausschließlich die Ingrid. Seit zwanzig Jahren, der vertraue ich blind!«

»Und wenn die mal Urlaub hat oder krank ist?«

»Dann mache ich das selbst. Daher weiß ich auch, was für ein mühsamer Prozess das ist und was ich an Ingrid Lodz habe, die das mit Hingabe betreibt.«

Schüppe gefiel die überhebliche Art des Bezirksamtsleiters nicht, trotzdem bohrte er in sachlichem Tonfall weiter: »Wenn ich Sie jetzt richtig verstanden habe, Herr Maibaum: Frau Lodz sammelt das Geld ihres Teams, zahlt es ein, heftet die Quittungen im Kassenbuch ab?«

»Genau so, Herr, äh, Schüppe. Und das hat sich seit Jahren bewährt«, antwortete der Beamte selbstsicher.

»Na gut, für den Moment habe ich keine weiteren Fragen. Ich wünsche Ihnen noch einen angenehmen Arbeitstag.«

Mit einem Blick auf die Staatsdiener, die gerade eine weitere Flasche Sekt köpften, verließ der Kommissar das Bezirksamt.

Während er draußen auf den Aufzug wartete, der ihn nur eine Etage tiefer tragen sollte, griff Schüppe wieder reflexhaft in seine Manteltasche. Das war heute wohl doch zu viel für sein neues Knie gewesen. Er musste sich mehr schonen. Und er musste sich diesen städtischen Verein noch mal genauer ansehen. Zwei Mal pro Woche brachten die ihre Einnahmen zur Sparbank, und die Bankraube hatten zuverlässig zwanzig Minuten nach solchen Terminen stattgefunden. Das war doch kein Zufall. Hatte aber wohl mit dem Überfall von heute nichts zu tun.

Als Schüppe das Gebäude verließ, kam aus Richtung der Fußgängerzone Gültekin auf ihn zu. »Hallo Chef, da bin ich. Was soll ich machen?«

18.

Alina Schmidt zog ihren kleinen Bruder von der Haustür weg und blickte durch den Spion. Das hatte ihnen die Mama immer wieder eingeschärft: Erst gucken, wer draußen klingelt, und nur öffnen, wenn man die Person gut kennt. Aber das war Tante Jessica, Mamas Schwester, das war okay. Nachdem sie den Riegel gelöst und die Tür geöffnet hatte, stürmte ihre Tante in die Wohnung. Sie beugte sich zu den Kindern, nahm erleichtert beide gleichzeitig in den Arm und fragte die Zehnjährige: »Wo ist euer Vater?«

»Das wissen wir nicht. Mama und Papa sind beide verschwunden. Als Mama nicht zur Schule gekommen ist, habe ich sie angerufen, Papa auch, die gingen beide nicht ans Handy. Da bin ich mit Marvin allein nach Hause gegangen. Wir haben so einen Hunger, Tante Jessi!«

»Mama und Papa mussten kurzfristig verreisen. Ihr kommt mit zu mir. Ich packe euch ein paar Sachen ein. Wir müssen uns beeilen!«, rief die Tante, während sie hektisch im Badezimmer die kleinen Zahnbürsten in ihre Tasche stopfte.

»Der Teddy muss aber auch mit!«, krähte Marvin.

Mit dem Sechsjährigen an der linken Hand, seinem Teddy unter dem Arm und Alina im Schlepptau verließ Jessica kurz darauf eilig das Haus. Die Tür zog sie nur hinter sich zu, ohne sie zu verriegeln. Als sie die Kinder und das Gepäck in ihrem uralten pinkfarbenen Fiesta verstaut hatte, den sie statt in der Einfahrt des Hauses ein paar Meter weiter auf der gegenüberliegenden Straßenseite abgestellt hatte, bog ein weißer Hyundai um die Ecke. Der Geländewagen fiel Jessica auf, so einen schicken IX 35 in genau dieser Farbe hatte sie sich auch kaufen wollen. Doch dann hatte sie sich lieber von ihrem gewalttätigen Freund getrennt als von ihrem Fiesta. Ohne sich zuvor anzuschnallen, fuhr Jessica Semmling zügig davon. Der SUV parkte in der Einfahrt des Hauses ein.

19.

Es war schon später Nachmittag, als Tom die Tür der Röntgenstation hinter sich schloss. Endlich ließ die Wirkung des Beruhigungsmittels nach, er konnte wieder richtig denken und verständlich sprechen. Der Röntgenarzt hatte ihm in einem kurzen Gespräch mitgeteilt, dass aus seiner Sicht alles in Ordnung sei, er aber wegen der leichten Gehirnerschütterung mindestens eine Nacht zur Beobachtung empfehle. Tom hatte sofort zugestimmt. Obwohl seine Zusatzversicherung nur die Chefarztbehandlung und ein Zweibettzimmer beinhaltete, bestand er auf einem Einzelzimmer. Die Zusatzkosten würde er selbstverständlich übernehmen. Sobald er in seinem Zimmer allein war, wählte er eine Nummer, die er seit Jahren gespeichert und noch nie benutzt hatte.

»Hallo Igor, hier ist Tom. Tom Balzack. Er hat mal gesagt, wenn ich mal in Not bin, kann ich mich an Sie wenden. Gilt das noch?«

Eine warme, dunkle Stimme antwortete: »Was ist denn los?«

»Ich brauche Schutz. Kann sein, dass jemand versucht, mir das Licht auszuknipsen. Es hat mit der alten Geschichte zu tun.«

»Nicht am Telefon. Ich komme mit Ali vorbei. Wo bist du?«

Nachdem Tom Balzack das Gespräch beendet hatte, entfernte er den Akku seines alten Nokia-Telefons und entnahm die darunterliegende Speicherkarte. Dann wartete er und dachte nach. Unweigerlich dachte er auch an Pavlos und schlief ein.

1999

Ich, Pavlos Kalougranis

Mein Name ist Pavlos Kalougranis. Meine deutschen Freunde rufen mich Paul. Ich bin Grieche und ich bin Deutscher. Siebenunddreißig Jahre alt, in Bochum geboren und aufgewachsen. Nach dem Abitur 1982 habe ich eine Fotografenlehre absolviert. Ich wäre gern Werbefotograf geworden, bin aber erst mal bei einer Tageszeitung kleben geblieben. Der Mensch, den ich als meinen besten Freund, als meinen Blutsbruder bezeichne, hat mich 1990 zum Fernsehen geholt. Dort bin ich nach einer Kurzausbildung Kameramann geworden. Vier Jahre später haben wir uns mit einer Produktionsfirma selbstständig gemacht und drehen seitdem Reportagen für das rasant wachsende Privatfernsehen. Wir verdienen irre viel Geld, ich spare jeden Pfennig. Ich möchte nie wieder arm sein.

Im Moment reicht es für meinen Lebenstraum noch nicht: eine Villa in unserem Heimatdorf auf dem Peleponnes, an einem Hang mit Blick von der Terrasse aufs glitzernde Meer, wo meine Jacht, sie wird Minerva *heißen, in der gleißenden Sonne dümpelt. Meine Mutter Elena hält das alles für Spinnerei, freut sich aber insgeheim, dass ich trotz meines deutschen Aussehens und meiner deutschen Erziehung die griechischen Wurzeln nicht verleugne.*

Meinen Vater Paul, für den meine Mutter nur eine flüchtige

Affäre neben seiner Ehe war, habe ich lange nicht mehr gesehen. Bis zu meinem siebzehnten Lebensjahr glaubte ich sogar, er sei tot. Dann hat meine Mutter mir alles erzählt und wir sind zu ihm gegangen. Danach musste ich ihn regelmäßig besuchen, zwei Mal im Monat für eine Stunde. Ansonsten, so hat er Elena gedroht, bliebe die monatliche Zahlung aus, auf die sie angewiesen war.

Bei diesen Besuchen hat er mir das Leben aus seiner Sicht erklärt. Er ist zum Beispiel der Meinung, Wohlstand könne man nicht durch seiner Hände Arbeit erreichen. Man müsse andere einspannen und sein Kapital arbeiten lassen. Er hat mir empfohlen, vermietete Immobilien zu erwerben und mit ganz wenig Eigenkapital zu finanzieren. Einen Teil der Hypotheken würde ich aus den ersparten Steuern bedienen können, den Rest würden die Mieter abtragen. Wenn ich dann noch Sondertilgungen leistete, wäre das erste Haus nach wenigen Jahren abbezahlt, von den Mieteinnahmen könnte ich die zweite und die dritte Immobilie noch schneller abtragen.

Erprobt war dieses Rezept in unserer Familie noch nicht, mein Vater selbst hatte seine nicht unbeträchtlichen Einnahmen lieber in das Studium des Lebens in seiner Erscheinungsform in Nachtklubs und Spielhallen investiert, wie meine Mutter erzählte. Sie selbst konnte aus ihrer prekären Existenz als Alleinerziehende naturgemäß keinen Grundstock für eine Investition in Immobilien bilden. Trotzdem erschien mir dieser Weg des Vermögensaufbaus sehr plausibel. Deshalb habe ich 1987 mit der Umsetzung dieses Plans begonnen und Immobilienanzeigen studiert. Ich besaß damals 14.000 Mark, das Vierfamilienhaus bei uns in der Nähe sollte 240.000 Mark kosten. Bei einem meiner Besuche habe ich meinem Vater davon erzählt. Er meinte, das Eigenkapital reiche nicht, und hat mir zwei Namen genannt. Einer der Männer schulde ihm noch Geld, dort solle ich mir 66.000 Mark abholen. Dem anderen, einem Immobilienfachmann, sollte ich einen schönen Gruß von ihm bestellen, der würde sich dann um die restliche Finanzierung kümmern. So bin ich an meine erste Immobilie geraten. Bis jetzt läuft alles gut, dieses Haus ist heute, nach zwölf Jahren, lange abbezahlt. Im Moment sitze ich bei der Sparbank, um die Konditionen der Hypotheken für das vierte Mehrfamilienhaus zu verhandeln.

»Kommen Sie mit 600.000 Mark denn aus, Herr Kalougranis? Benötigen Sie nicht mehr, für die Erwerbsnebenkosten und eventuelle Umbauten?«, fragt der Finanzierungsberater besorgt.

»Eigentlich ja. Aber dann wird der Anteil meines Eigenkapitals zu gering und die Finanzierungskosten zu hoch, weil ich für einen schlechteren Rang höhere Zinsen zahlen muss. Deshalb will ich die Nebenkosten für den Notar und die Grunderwerbssteuer lieber aus meinen laufenden Einnahmen bestreiten. Mein bester Freund hat mich sowieso gewarnt ...«

»Ihr Kompagnon in der Firma? Ich habe mir heute Morgen erneut die Zahlen Ihres Betriebes angesehen. Ihre Bilanzen sind ja wirklich hervorragend.«

»Na ja, er meint, das könne sich ja auch mal ändern. Wenn sich die Modalitäten unseres Vertrages mit dem Sender verschlechtern, zum Beispiel. Dann stünde ich da mit einer Wackelfinanzierung.«

Der Bankberater lacht. »Aber, aber, Herr Kalougranis. Soweit ich informiert bin, läuft Ihr Vertrag mit dem Sender noch achtzehn Monate. Und wenn es danach irgendwo hakt, sind wir ja auch noch da. Die Sparbank ist ein zuverlässiger Geschäftspartner des Mittelstands, das wissen Sie doch. Unser einziges Risiko«, jetzt wird er pastoral, hebt sogar belehrend den Finger, »besteht darin, dass Sie nicht genügend Geld für die immer mal nötigen Renovierungen und Instandhaltungen flüssig haben. Dadurch entsteht dann Leerstand, die Mieten bleiben aus. Deshalb ist es für beide Seiten wichtig, dass Sie über genügend flüssige Mittel verfügen. Ich lasse mal schnell ausrechnen, wie hoch die Mehrbelastung ist, wenn Sie 50.000 Mark zusätzlich aufnehmen. Das sind für Sie und uns doch nur

Peanuts. Wenn wir die Sicherheiten auf alle vier Häuser verteilen, sind wir fast überall noch im ersten Rang. Ich kann Ihnen mit den Konditionen sogar noch um 0,2 Prozent entgegenkommen, hat mir mein Kompetenzträger signalisiert. Dann machen wir das hier jetzt fix und Sie können den Notar bestellen«, endete der Mann in jovialem Tonfall.

Na ja, eigentlich hat er recht, denke ich. Obwohl mir lieber wäre, mein erstes Haus, das komplett abbezahlt ist, nicht wieder mit Schulden zu belasten. Während wir warten, trinken wir Kaffee, er erzählt von seinem letzten Campingurlaub mit der Familie. Ich höre gelangweilt zu, denke an meine Villa auf dem Peloponnes. Und an die Minerva, *die davor auf dem türkisblauen Meer dümpelt.*

Wenn wir weiter so durchknüppeln in der Firma, könnte ich es spätestens mit fünfzig Jahren geschafft haben. Vierzehn Jahre noch, höchstens. Wie stolz meine Mutter wäre! Sie, die aus Armut ihr wertloses Ackerland verlassen, ein schweres Leben in einem ihr bis heute fremden Land führen musste. Sie würde mit mir dort leben, in einer weißen Villa auf diesem steinigen Acker am Hang über dem Meer, der jetzt erstklassiges Bauland ist. Endlich hätte sie ihre Genugtuung, könnte die Bewunderung und den Neid der Verwandten und anderen Dorfbewohner genießen. Ermöglicht durch mich, ihren Sohn, ihren Fehltritt, wegen dem sie sich jahrelang nicht in ihrer Heimat hatte blicken lassen aus Scham.

Ein schöner Gedanke.

Während die Sekretärin mit den Verträgen kommt, klingelt mein Telefon. Der nächste Auftrag: sofort los, Geiselnahme in der Landeszentralbank in Aachen. Ich unterschreibe, ohne mir alles richtig durchgelesen zu haben, wozu auch? Ist schließlich die Sparbank. Und haste hinaus, zu meinem neuen schwarzen Volvo V70 Kombi. Es ist einer von zwei identischen Dienstwagen. Sie gehören der Firma, die uns gehört. Meinem Blutsbruder und mir.

Freitag

20.

Als Charly um 7:20 Uhr zum Krankenhaus hinüberlief, hatte sie frische Wäsche für Tom in einer Reisetasche und wieder das Gefühl, verfolgt zu werden. So oft sie sich aber auch umschaute oder in spiegelnde Schaufenster blickte, entdecken konnte sie niemanden. Wahrscheinlich nur ihr angespanntes Nervenkostüm. Der ganze Trouble gestern, und dann hatte sie Tom bis jetzt nicht mehr auf seinem Handy erreichen können. Das schaltete der normalerweise nie aus.

Unterwegs warf Charly noch die Rechnung in einen Briefkasten ein. Ihr Stammsender hatte von ihrem Material vom Tatort, dem, was Harry und Lydia vor der Bank gedreht hatten und einem Handyvideo von dem Polizisten, der in Schlangenlinien über den Platz auf seinen Kollegen zutaumelte, knapp sechs Minuten genommen. Auch das Bild vom Abtransport des verletzten Tom, »UNSER Reporter«, mit reingeschnitten. Von wegen »UNSER Reporter«. Broadcast.TV bekam nur das Material bezahlt, das in dieser ersten Ausstrahlung gesendet wurde. Für weitere Bilder oder O-Töne, die seit gestern Abend in allen Kanälen und Formaten der Mediengruppe in Endlosschleife liefen, zahlten sie nichts. Charly war ziemlich sauer auf Tom gewesen, als er sich diesen Passus in seinen Vertrag hatte schreiben lassen.

Tom hatte ihr erklärt, dass der Controller gedroht habe, die ganze Sendergruppe werde nichts mehr von ihm kaufen, wenn er dem nicht zustimme. Und dass sie einfach zu selten Geschichten hätten, um die sich alle anderen reißen würden. Nach einigem Nachdenken hatte sie ihm recht geben müssen. Auch wenn sie bei jeder Rechnung, die sie schrieb, noch immer sauer war. Nur gut, dass Tom diese zweite Schiene mit dem großen Sommerinterview mit dem Innenminister aufgetan hatte. Außerdem coachten sie neuerdings an Wochenenden Behörden und Firmen zum Umgang mit Medien und zum Verhalten vor der Kamera in Krisenfällen. Das bedeutete noch mehr Arbeit, wurde aber wenigstens gut bezahlt. Ohne diese zusätzlichen Standbeine hätten sie sich ihre schicke Wohnung im Dortmunder Kreuzviertel, Harry und Lydia als zweites Team in Essen und den freien Tag in der Woche nicht leisten können.

Mit diesen Gedanken im Kopf betrat sie um 7:30 Uhr das Krankenhaus. Dass Tom überhaupt noch im Krankenhaus lag, wunderte sie sehr. Dass er sich auf ein Einzelzimmer auf der Privatstation hatte verlegen lassen, wunderte sie nicht. Tom hasste nichts mehr, als sich mit Fremden das Bad und die Toilette teilen zu müssen.

Auf dem Gang befand sich noch der alte graubraune Linoleumboden, im Zimmer selbst erinnerte nichts an ein Krankenhaus. Wie im Viersternehotel, dachte Charly, während sie den Raum betrat. Als Erstes fiel ihr das auseinandergebaute Handy auf dem Nachttisch auf. Merkwürdig.

Ihr Freund saß aufrecht im Bett und las die BILD. Die Schlagzeile *Todesangst! ICH war die Geisel der toten Bankräuberin* sprang Charly förmlich ins Gesicht. Daneben in Großaufnahme der Kopf einer Frau, die sich mit einer Hand an ein blutiges Halstuch fasste.

Tom trug immer noch diesen turbanähnlichen Verband um den Kopf, war blass im Gesicht. Als er Charly sah, setzte er eine Leidensmiene auf. »Hallo Schatz, schön, dass du kommst. Wie geht es dir?«

»Das ist ja wohl nicht die Frage. Wie geht es DIR?«, antwortete Charly, während sie sich auf die Bettkante setzte und ihn kurz küsste. Tom roch ganz frisch, offensichtlich hatte er bereits geduscht.

»Ich habe noch starke Kopfschmerzen und merke, dass mir die Auszeit guttut«, erklärte Tom mit leidender Stimme.

Du kannst einfach nicht lügen, dafür liebe ich dich ja, dachte Charly und antwortete: »Dann will ich dich mal aufheitern. Sechs Minuten O-Töne und Bilder, inklusive der Aufnahmen vom bei der Verfolgungsjagd verletzten Reporter. Und eine Sequenz mit Geisel, untersichtig, aber brauchbar. Musste sowieso gepixelt werden. Plus einem exklusiven Handyvideo, das Harry und Lydia vom Schrei-Bengel haben. Und die Rechnung ist auch schon im Briefkasten.«

Ein zufriedenes Grinsen huschte über Toms Gesicht. »Ist doch schön, wenn man sich auf seine Leute verlassen kann. Und auf seine Freundin, natürlich. Da bin ich ja überflüssig und kann mir hier einen ruhigen Lenz machen.«

»Das Video ist von Schneidengel, dafür sollst du ihm aber heute ein Interview geben und ihm etwas über die Sache in der Bolmke erzählen. Er kann dich allerdings telefonisch nicht erreichen, hat er gesagt«, fügte Charly mit Blick auf das auseinandergebaute Handy hinzu.

»Ja, Mist, mein schönes 6310i. Ist runtergefallen, hat sich in seine Einzelteile aufgelöst und ich habe es noch nicht wieder zusammensetzen können.«

Wortlos drehte Charly sich um, ging die drei Schritte bis zum Ende des Raumes und überprüfte, ob die Zimmertür auch wirklich geschlossen war. Als sie sich wieder umwandte und auf ihren Freund zustapfte, funkelten ihre grünen Augen vor Wut. »Willst du mich eigentlich verarschen?«, schrie sie. »Der Mensch, der nichts anderes kann als arbeiten und der nichts mehr hasst als Krankenhäuser, bleibt freiwillig länger hier? Lässt sich auf ein teures Einzelzimmer verlegen, obwohl er einen Igel in der Tasche hat? Stellt sich seit achtzehn Stunden tot, prahlt nicht einmal mehr auf Facebook mit seinen Heldentaten? Lässt sich von einem privaten Sicherheitsdienst bewachen, oder glaubst du, ich habe diesen Typen nicht gesehen, der da draußen rumlungert? Und warum hat der neugierigste Mensch unter der Sonne, der immer Angst hat, irgendwas zu verpassen, sein Handy hier auseinandergebaut liegen? Runtergefallen, dass ich nicht lache! Tom, du bist doch nicht krank, du versteckst dich doch hier! Vor wem? Warum? Kannst du mir vielleicht bitte dringend mal erklären, was los ist?«

Mit in die Seiten gestemmten Armen blieb Charly stehen. Ihr ganzer Körper zitterte vor Empörung.

Tom hatte während ihres Ausbruchs anfangs noch versucht, ihre Lautstärke durch Gesten zu dämpfen. Als er bemerkte, dass das keinen Sinn machte, ließ er sie ausreden und wartete darauf, dass seine Freundin sich etwas beruhigte.

Aber Charly wollte sich nicht beruhigen. Sie hatte um sein Leben gefürchtet, die ganze Arbeit allein organisiert, dabei immer das unbestimmte Gefühl gehabt, verfolgt und überwacht zu werden. Und Tom, der das alles wahrscheinlich aufklären konnte, spielte ihr eine Komödie vor.

Als sie gerade zu einer weiteren Tirade ansetzen wollte, sagte er ganz ruhig: »Komm mal her, Baby«, beugte sich vor und nahm sie in den Arm. »Jetzt beruhige dich erst mal. Ja, du hast recht, ich bin hier, weil ich kurzfristig abtauchen muss. Aber ich habe das im Griff.«

Dann erzählte Tom ihr, was er am Tag zuvor in dem Waldgebiet gesehen hatte, und warum deswegen er und vielleicht auch Charly womöglich in Lebensgefahr schwebten.

21.

Schüppe stutzte kurz, als er sein Büro betrat. Der Geruch von frisch gebrühtem Kaffee stieg ihm in die Nase. Am Schreibtisch gegenüber, wo viele Jahre Holger Krokowski gesessen hatte, hatte sich der neue Kollege eingerichtet. In den zuletzt leeren Regalen hinter ihm lagen einige Akten, in einem freien Raum zwischen zwei Regaletagen hing ein

Poster mit einer Stadtansicht. Zentrales Motiv war eine Moschee mit zwei gleich hohen Minaretten links und rechts vom Hauptgebäude. *Arbil vor dem Besuch von ISIS* hatte jemand mit schwarzem Edding in Druckbuchstaben an den oberen Rand geschrieben.

»Guten Morgen, Gültekin.« Falls Georg Schüppe von dem neuen Mitbewohner überrascht war, ließ er es sich nicht anmerken.

»Morgen, Chef!«, antwortete der Kommissar strahlend. »Ich bin Ihnen für die Dauer der Ermittlungen wegen des Banküberfalls zugeteilt. Und was die Aufklärung von Morden angeht, könnte ich von Ihnen auch eine Menge lernen, hat der PP gesagt.«

»So so, hat er gesagt, der Polizeipräsident. Und da ziehen Sie gleich mit Sack und Pack ein?«, fragte Schüppe mit Blick auf das Poster. Für so politisch hatte er den jungen Kollegen nicht gehalten.

Gültekin wurde ernst, antwortete nicht sofort. Schüppe blickte ihn forschend an. »Ihre Heimat? Ich meine, stammt Ihre Familie von dort?«

Der kurdische Kollege nickte: »Bei der Eroberung durch die IS sind zwei meiner Cousins väterlicherseits in Arbil gefallen, sie waren Peschmerga. Und in Kobane hat ein Onkel mütterlicherseits durch eine Granate einen Arm verloren. Die PKK hat ihn in die Türkei geschleust, wo er erst behandelt und dann verhaftet wurde. Sitzt seitdem in einem Gefängnis in Ankara.«

Schüppe schwieg einen Moment, bevor er antwortete: »Gültekin, das tut mir leid. Das Plakat kann natürlich hängen bleiben. Da den ganzen Tag draufzugucken, halte ich aus. Wenn Sie es ertragen, auf meine Schalke-Wand gucken zu müssen. Aber damit das klar ist: Wenn Sie dauerhaft mit mir zusammenarbeiten wollen, darf das Ihre Einschätzung von Verdächtigen nicht beeinflussen. Ich erwarte, dass Sie neutral ermitteln, egal, ob die Verdächtigen Sunniten, Schiiten, Jesiden, Türken, Kurden, Syrer oder was weiß ich sind. Und in Ihrer Freizeit halten Sie sich von politischen Aktivitäten in dieser Richtung in Deutschland fern.«

»Was ich in meiner Freizeit mache ...« Die dunklen Augen des drahtigen Kurden glühten.

»Nein, Gültekin.« Schüppe schüttelte den Kopf. »Sie sind deutscher Beamter. Von einem deutschen Beamten erwarte ich, dass er sich nicht nur nach außen, sondern auch innerlich mit unserem Land identifiziert. Sie haben auf dem Boden des Grundgesetzes zu stehen. Und nach deutschen Gesetzen sind Auseinandersetzungen ausländischer Gruppen hier verboten.«

Gültekin nickte widerwillig, es wirkte resigniert. »Ja, ich weiß, Chef. Ich bemühe mich auch sehr, eine gute deutsche Kartoffel zu sein. Weich und quetschbar. So wie ihr. Selbst wenn Salafisten eure Gotteshäuser ausplündern, goldene Kelche und Monstranzen stehlen, sie einschmelzen lassen, um die IS zu finanzieren, haltet ihr noch die andere Wange hin. Aber unsere Leute, unsere Verwandten, bei denen ich früher die Ferien verbracht habe, krepieren in ihrer Heimat. Und Deutschland guckt zu, wie die abgeschlachtet werden. Wie in Srebenica damals.«

Bei der Erwähnung der bosnischen Stadt zuckte Schüppe kurz zusammen. Unwillkürlich musste er an Marten denken, den er damals im Krieg in Ex-Jugoslawien kennengelernt hatte.

»Das ISIS-Problem werden wir beiden aber hier und heute nicht lösen. Du kennst jetzt meine Einstellung, halte dich daran. Lass uns an die Arbeit gehen. Sag mal, was habt ihr in eurer Abteilung eigentlich zu den vorherigen Überfällen auf diese Sparbank?«

»Der Täter kam immer donnerstags um die Mittagszeit. Nachdem die Einnahmen der Stadtverwaltung eingezahlt waren und bevor der Geldtransporter den Bargeldbestand abholte. Darum hatten wir ja auch gestern zwei Leute dort, einen drinnen und einen draußen, der das Umfeld beobachten sollte. Vom Täter haben wir keine DNA, aber Überwachungsbilder ohne Ende. Er agiert sehr nervös, fuchtelt wild mit seiner Knarre herum, bewegt sich aber ohne jede Scheu vor den Kameras, obwohl er nicht maskiert ist. Mitte dreißig, Baggy-Pants und Hoodie, also Kapuzenpullover, markantes Gesicht. Die häufigste Namensnennung nach den Veröffentlichungen der Bilder war ›Jason Stratham‹«.

Auf Schüppes fragenden Blick hin erläuterte Gültekin: »Das ist ein Schauspieler. Der spielt den *Transporter.*«

»Aha.«

»Eine Actionfilm-Serie, in der der Held als Kurier der Unterwelt Sachen in einem Auto transportiert.« Gültekin wirkte leicht belustigt. »Nach der Tat war der Bankräuber immer wie vom Erdboden verschluckt. Auch unsere Unterweltkontakte haben noch keinen Namen ausgespuckt. Aber das müssten Sie doch alles wissen, Sie haben sich doch letzte Woche die Akten kopieren lassen.«

»Ich kenne die Aktenlage, ich möchte aber Ihre Einschätzung hören.«

»Dann wären Sie der Erste. Mein Chef im KK 13 hat mich ausgelacht, als ich nur davon angefangen habe.«

»Mensch, Gültekin, jetzt mach schon voran!«

»Der Mann sieht auf den Bildern aus wie Mitte dreißig. In diesem Alter beginnt man aber normalerweise nicht nach einem untadeligen Lebenswandel mit Banküberfällen. Bei so einem Menschen müsste es also eine kriminelle Vorkarriere geben, egal in welcher Deliktgruppe. Irgendjemand aus der hiesigen Gangsterszene müsste ihn also kennen und bei der ausgesetzten Belohnung von 5.000 Euro hätte schon ein Vögelchen gesungen.«

Schüppe nickte Gültekin aufmunternd zu: »Mach weiter.«

»Die Frage ist daher: Warum kennt den Typen keiner von den wirklich schweren Jungs? Ich habe mir die Videoaufnahmen immer und immer wieder angesehen. Und wenn man das Gesicht nicht beachtet, dann haben wir es von der schmuddeligen Kleidung her und den fahrigen, nervösen Bewegungen mit einem etwa zwanzigjährigen Junkie zu tun. Vielleicht mit Handtaschenklau und Ladendiebstahl in der Akte, reine Beschaffungskriminalität, aber noch ohne Schwerkriminalität. Zu denen, die in diesem Bereich unterwegs sind, gibt es dann keine Berührungspunkte.«

»Wäre alles plausibel, wenn das Gesicht eines Mittdreißigers nicht wäre …«

»Auch dafür habe ich eine Erklärung: MI.« Erwartungsvoll blickte Gültekin seinen Chef an.

Schüppe antwortete ungerührt: »Tja, da könntest du recht haben. In diese Richtung gehen auch meine Überlegungen. Eine professionelle Latexmaske. So gut, dass sie von Überwachungskameras nicht als solche erkannt wird. Mit der man sich scheinbar unmaskiert frei bewegen kann. Hat in den USA begonnen, wo sich drei Schwarze als Polizisten verkleidet haben und mit ihren professionellen Masken für Weiße gehalten wurden. Hat es auch hier schon gegeben, wird aber nicht an die große Glocke gehängt. Wenn das stimmt, suchen wir nach einem Zwanzigjährigen unter der Maske eines Mittdreißigers. Hoffentlich wird das für uns keine Mission Impossible.«

Schüppe zeigte auf die Akte mit den Kopien der Ermittlungen zur Raubserie. Auf der Rückseite hatte er sie mit *EK Latex* beschriftet.

»Auf jeden Fall sollten wir diese Theorie erst mal für uns behalten. Der PP würde im Dreieck springen, wenn er erführe, dass die Polizei sich möglicherweise lächerlich gemacht hat, weil sie über Wochen nach dem falschen Mann gesucht hat. Und dann bleibt ja auch noch die Frage …«

»Woher weiß so ein Junkie, wann es in der Hombrucher Sparbank etwas zu holen gibt?«, unterbrach ihn Gültekin. »Und wo hat er diese professionelle Maske her? Die hat eine andere Qualität als die aus einem Karnevalsshop. Meine

Theorie: Der muss von irgendwem gesteuert werden. Entweder aus der Sparbank …«

»… oder aus dem Bürgeramt«, ergänzte Schüppe. »Dort sollten wir ansetzen. Ich habe gestern noch mit diesem Drabinski gesprochen, der im Treppenhaus auf seine Kollegin gewartet hat. Irgendetwas verschweigt der mir. Und wann kommt denn endlich diese Frau Lodz zur Vernehmung?«

»Die ist schon da, wartet draußen.«

»Okay, um die kümmerst du dich. Befrag sie nach der Bankräuberin, die kannten sich schließlich. Und lass die Vermögensverhältnisse checken. Von beiden, von dieser Frau Lodz und der Familie Schmidt. Ich werde derweil einen Hausbesuch bei denen machen. Der Ehemann war immer noch nicht in der Gerichtsmedizin, um seine Frau offiziell zu identifizieren. Angeblich war die ganze Familie gestern nicht aufzutreiben, nicht an der Wohnanschrift und nicht am Telefon. Das ist doch merkwürdig. Apropos Gerichtsmedizin: Kannst du später zur Leichenschau gehen? Hast du doch schon mal gemacht, oder?«

Gültekin wirkte nicht begeistert. »Nee, bisher noch nie. Aber wenn es sein muss …«

»Es gibt immer ein erstes Mal, Herr Gültekin. Wenn Sie beim KK 11 arbeiten wollen, gehört das dazu«, belehrte ihn Schüppe und griff nach seinem Mantel.

Gültekin hatte die Daten der Frau aufgenommen. Achtundvierzig, das entsprach seiner Schätzung. Die Kleidung zu elegant für den Beamtenjob, so liefen eher Businessfrauen rum. Wenn die Cartier an ihrem Handgelenk echt war, überstieg der Preis bestimmt ein Nettogehalt bei der Stadt. Oder zwei, so genau kannte er sich bei den Preisen für Luxusuhren nicht aus. Ihre Schilderung des Überfalls deckte sich mit der seines Kollegen Hampel und der Bankmitarbeiterin. Gültekin ließ die Frau erst erzählen, begann dann die Befragung.

»Frau Lodz, wie hoch war eigentlich die Summe, die Sie an diesem Tag eingezahlt haben?«

»Das waren genau 6.974 Euro. Sobald wir an die siebentausend kommen, zahlen wir immer ein.«

»Okay. Nach Aussagen der anderen Anwesenden in der Bank kannten Sie die Täterin?«

»Ja, flüchtig. Eine Frau Schmidt, die ein paarmal bei mir vor dem Schreibtisch stand.«

Ihre wegwerfende Handbewegung sollte die Aussage betonen. Also die Bekanntschaft vielleicht flüchtiger machen, als sie in Wirklichkeit war, interpretierte Gültekin.

»Was wollte Frau Schmidt bei ihren Besuchen von Ihnen?«

»Na, Geld natürlich. Wollen die doch alle. Sie befände sich in einer Notlage und bräuchte etwas zur Überbrückung, hat sie erklärt.«

»Und, hat sie Geld erhalten?«

»Ich habe ihr zwei Mal 300 Euro auszahlen lassen.«

Die Aussage kam Gültekin etwas reserviert vor. Er hakte nach: »Hm. Wenn ich das richtig verstanden habe, waren Sie bei den Bürgerdiensten dafür aber nicht zuständig. Da hätte Frau Schmidt sich doch an die Kollegen des Sozialamtes wenden müssen.«

Ingrid Lodz schien etwas nervös zu werden. »Das stimmt. Aber wenn Not am Mann, in diesem Fall an der Frau ist, regeln wir so etwas intern, auf dem kleinen Dienstweg.«

»Wenn Sie also dem Kollegen im Sozialamt signalisieren: ›Ist schon okay, kannst du machen‹, dann wird nicht erneut geprüft, sondern ausgezahlt?«

»Ja, das stimmt. Wir kennen uns alle seit Jahren und vertrauen uns.« Jetzt klang sie fast schon aggressiv.

»Interessant«, sagte Gültekin nur.

»Ich kannte diese Frau Schmidt nicht privat, falls Sie das meinen. In ihrem Haus an der Weingartenstraße bin ich auch noch nie gewesen.«

Es entsprach Gültekins Vernehmungstaktik, selbst nicht allzu viel zu reden, sondern die Leute durch kleine Bemerkungen aus der Reserve zu locken.

Und abrupt das Thema zu wechseln.

»Warum haben Sie nach dem Bankraub eigentlich den Tatort fast fluchtartig verlassen, Frau Lodz?«

»Keine Ahnung. Ich wollte nur noch weg. Ich stand wohl unter Schock.«

»Ja. Der Schock. Und da haben Sie erst mal Kaffee und Cognac getrunken und sich im Café mit Reportern unterhalten.«

»So kann man das nicht sehen. Ich habe nur mit einem gesprochen, ganz kurz und gegen meinen Willen. Der hat mich bedrängt. Deshalb bin ich dann auch gegangen.«

»Wohin?«

»Wie, wohin?«

Jetzt spielt sie die Irritierte, um Zeit zu gewinnen, dachte Gültekin. »Sie sind nicht ins Krankenhaus gegangen, nicht zurück an Ihren Arbeitsplatz. Zu Hause waren Sie scheinbar auch nicht. Das haben wir alles überprüft. Sie sind auch nicht zu uns gekommen. Deshalb die Frage: Wohin sind Sie vom Café aus gegangen?«

»Zuerst zu meinem Hausarzt, weil ich immer noch unter Schock stand, der hat mir Beruhigungsmittel verschrieben. Danach zur Apotheke. Und dann nach Hause.«

»Da haben wir Sie aber nicht erreicht«, gab Gültekin zu bedenken.

»Ich habe alle Rollläden runtergelassen, die Telefone und die Haustürklingel abgestellt.«

»Ach, deswegen. Sie standen ja noch unter Schock.«

»Ja, genau. Ich hatte auch Angst wegen der Journalisten, und weil ich mich ausruhen wollte. Da können Sie gern meinen Mann fragen.«

So, wie sie das sagt, wird der das sicherlich bestätigen, dachte Gültekin.

»Das wird nicht nötig sein, Frau Lodz. Das ist für den Fall ja nicht relevant. Ich danke Ihnen für Ihre Mitarbeit.«

Als Gültekin sich erhob, blickte er kurz in die Kamera. Er zeigte Ingrid Lodz den Weg zum Ausgang, lief dann hinüber in den Raum mit den Monitoren.

»Wusste ich doch, dass Sie noch hier sind, Chef. Und?«, sagte er.

Georg Schüppe nickte anerkennend. »Sehr gut, Gültekin. Vielleicht haben wir sie jetzt ein wenig aufgeschreckt. Aber mit dem Mord an der Schmidt hat die Dame wohl nichts zu tun, oder?«

Sein Mitarbeiter schüttelte bedauernd den Kopf. »Mit der Tat selbst auf keinen Fall, kommt schon aus zeitlichen Gründen nicht hin. Obwohl sie lügt. Denn zu Hause war sie gestern Nachmittag nicht. Die Kollegen, die dort waren, haben ihr Auto nirgendwo gesehen, so einen weißen koreanischen Geländewagen. Und irgendetwas lief zwischen ihr und der Schmidt, privat.«

»Den Eindruck hatte ich auch, Gültekin. Die interessantesten Antworten sind ja immer die auf die nicht gestellten Fragen. Vielleicht ging es dabei um das Haus, in dem Frau Lodz noch nie war?«

22.

»Sagen Sie mal, junge Frau, wo liegt denn hier eigentlich der Herr Balzack?«

Tom stöhnte auf, als er die durchdringende Stimme vom Flur her hörte. Schneidengel von der BILD, der hatte ihm gerade noch gefehlt. Jetzt versuchte er, mit Ali vor der Tür ein Gespräch zu beginnen, der aber scheinbar nicht antwortete. Dann kam der Kollege breitbeinig ins Zimmer gewatschelt.

»Womit habe ich das verdient …«, begrüßte Tom den

BILD-Reporter in theatralischem Tonfall, »... und wie hast du mich hier überhaupt gefunden?«

»Tach Tom, ich freue mich auch, dass ich hier bin. Du weißt doch, ich habe überall meine Verbindungen. So etwas kostet mich nur ein müdes Lächeln und einen Anruf bei der Feuerwehrleitstelle, dann weiß ich, wo sie dich hingesteckt haben.«

Schneidengel legte eine Tafel Sarotti-Schokolade aufs Bett, Geschmacksrichtung Mokka-Sahne. Respekt, dachte Tom, dass der sich meine Lieblingssorte gemerkt hat ...

Beide grinsten sich einen Moment lang an, dann fuhr Schneidengel fort: »Sag mal, was ist denn los? Warum dürfen deine Angestellten mir nicht sagen, wo du steckst? Warum gehst du nicht ans Telefon und warum lässt du dich von einem von Igors Personenschützern bewachen?«

»Wie kommst du denn darauf ...«

»Du meinst immer noch, ich hätte mit dem Kopf zu nah an der Heizung geschlafen, oder? Erstens war der Ali letztes Jahr zusammen mit Igor auch auf der Fete von Anwalt Brockmann. Und dann sieht man die Tätowierung am Oberarm: ISE für *Immlinghaus Security Enterprises*. Haben die Mitarbeiter von ihm fast alle. Freiwillig übrigens, um zu zeigen, dass sie für Igor durch die Hölle gehen würden. Wusstest du das nicht? So, und jetzt, wo ich dich wieder ein wenig schlauer gemacht habe, erzähl mal, was in diesem Waldgebiet Bolmke los war. Ich musste ja leider aus Essen anreisen, als ich ankam, war der Fisch gegessen und alles weiträumig abgesperrt.«

»Wenn du versprichst, meinen Namen nicht zu nennen, das Foto, das du gerade beim Reinkommen mit der kleinen Kamera in deiner linken Hand geschossen hast, nicht zu verwenden, werde ich dir etwas erzählen. Deal?«

Der BILD-Reporter grinste erneut und steckte die Minikamera in die Tasche.

Tom erzählte ihm seinen Teil der Geschichte. Jedenfalls

das meiste davon. Die Verbindungen in seine eigene Vergangenheit ließ er weg.

Dass jemand schon vorher gewusst hatte, dass die Bankräuberin Frau Schmidt durch die Bolmke fahren würde, sie umlegte und einen Teil der Beute liegen ließ, darauf konnten sich beide keinen Reim machen.

Schneidengel berichtete von der Begegnung im Café. »Du hättest diese Frau Lodz sehen sollen. Unter Schock stand die nicht, das kannst du mir glauben. Eiskalt und abgezockt.«

»Jaja«, antwortete Tom. »Das haben Harry und Lydia auch erzählt. Und warum trank die dort seelenruhig Kaffee und Cognac, statt am Tatort auf die Polizei zu warten? Da bist du doch bestimmt schon dran, oder?«

Schneidengel grinste nur und wechselte das Thema. Er erzählte Tom zum wiederholten Mal vom Umbau seines neuen VW Multivan zu einem Campingbus, schwärmte von den Vorzügen des mobilen Gaskochers und der gerade eingebauten Chemietoilette: »Warte mal ab, bis wir wieder einmal irgendwo vor einem Haus stehen und stundenlang auf jemanden warten müssen. Kein Baum, kein Strauch, nirgends. Dann wirst du mir für diese Errungenschaft noch dankbar sein.«

Spätestens an diesem Zeitpunkt wurde es Balzack zu viel. Mensch auf Chemieklo in Augenhöhe mit Gaskocher, auf dem Erbensuppe prötschelt … Als Fernsehreporter war er es gewohnt, in Bildern zu denken.

»Nee, lass mal, mir ist schon schlecht. Sei mir nicht böse, aber ich muss mich jetzt noch etwas ausruhen.« Und das war nicht einmal gelogen.

23.

Georg Schüppe streifte mit einem missbilligenden Blick den goldfarbenen Mercedes mit den extrem verdunkelten Scheiben, der quer vor der Einfahrt des Hauses in der Weingartenstraße stand. Wegen der Scheißludenschleuder, die hier die Einfahrt versperrte, hatte er drei Häuser weiter am Straßenrand parken müssen. Dabei war heute wieder jeder Schritt zu viel. Schüppe griff in die Tasche seines alten schwarzen Trenchcoats, den er fast immer trug, und steckte sich eine Voltaren in den Mund. Er wollte schon auf den Klingelknopf drücken, über dem auf einem handgetöpferten Türschild unter einem *Herzlich Willkommen* der Familienname *Schmidt* nebst den Vornamen aller Bewohner angebracht war, als ihm auffiel, dass die Haustür nur angelehnt war. Er hielt inne und lauschte. Keine Stimmen von Kindern oder Erwachsenen, ab und an polternde Geräusche aus dem hinteren Teil des Hauses.

Schüppe blickte sich kurz um, niemand auf der Straße, niemand im Garten. Vorsichtig drückte er die Haustür weiter auf. Ein langer, schmaler Flur, links eine Tür, wahrscheinlich die zum Gäste-WC, rechts die Treppe nach oben. Dahinter die Treppe zum Keller. Geradeaus, am Ende des Flures, eine Glastür, wahrscheinlich zum Wohnzimmer, auch nur angelehnt. Hinter der Tür huschte eine Gestalt durch den Raum.

»Hallo, Herr Schmidt?«, rief Schüppe und trat zögernd ins Haus.

Plötzlich war es still. Schüppe ging zwei weitere Schritte in Richtung des Wohnzimmers, in dem er die Geräusche gehört zu haben glaubte. Als er die Glastür fast erreicht hatte, wurde sie von innen aufgerissen. Ein Arm schnellte auf Schüppes Körpermitte zu. Der Kommissar drehte sich instinktiv zur Seite, machte eine Abwehrbewegung nach unten. In diesem Moment traf ihn eine Faust ins Gesicht. Schüppe taumelte zwei Schritte zurück. Die Gestalt setzte blitzschnell nach, schubste den Kommissar Richtung Kellertreppe. Während der sich gerade noch am schmiedeeisernen Geländer festhalten konnte, stürmte der Mann geschmeidig wie eine Katze in dem engen Flur an ihm vorbei, dem Ausgang zu.

Schüppe spürte einen stechenden Schmerz. Aber nicht in seiner Wange, wo ihn die Faust getroffen hatte. Er fasste sich an die Lende, die Stelle fühlte sich warm an. Und nass. Während er die eine Hand auf die Wunde drückte, stützte er sich mit der anderen am Geländer ab, schleppte sich den Flur entlang, zur Treppe, die nach oben führte. Dort ließ er sich langsam und vorsichtig auf der zweiten Stufe nieder. Er registrierte den Geruch eines billigen Aftershave, der sich langsam verflüchtigte. Mit der freien Hand kramte er sein Telefon aus der Tasche und wählte Gültekins Nummer. Dabei hörte er, wie draußen ein Auto gestartet wurde und mit quietschenden Reifen davonfuhr.

Samstag

24.

»Na, Christin, wie kommen Sie denn mit dem Kollegen klar?«

Die junge Frau, die gerade einen Blumenstrauß zurechtzupfte, hielt inne und blickte ihren Chef an. Sie überlegte kurz, kaute dabei auf ihrem Kaugummi herum, zuckte die Schultern und erwiderte in schnodderigem Ton: »Na ja. Von Mordermittlungen hat er noch nicht viel Ahnung und bei der Leichenschau gestern Abend hatte ich den Eindruck, der klappt gleich zusammen. Doof ist er nicht, aber Orientale eben. Den muss ich noch erziehen, was seinen Umgang mit Frauen angeht.«

»Immerhin ist er jetzt losgestiefelt, um eine Vase zu besorgen«, antwortete Georg Schüppe, spöttisch grinsend. Der Kommissar saß in seinem Krankenbett, vor ihm lag aufgeschlagen *der kriminalist.* Bis auf seine blasse Gesichtsfarbe merkte man ihm die Verletzung nicht an.

Christin Blaich konterte ironisch: »Na klar, die Krankenschwester mit den langen blonden Haaren hat ihm schon gefallen. Die haben wir gesehen, als wir am Schwesternzimmer vorbeikamen.«

Dabei strich sie durch ihr raspelkurzes pechschwarzes Haar. Pechschwarz lackiert waren auch die langen Fingernägel an den schmalen Händen, irgendwie war alles dünn und schmal an ihr. Von hinten konnte man das kleine Mädchen auch für einen kleinen Jungen halten, fand Schüppe. Besonders die Beine in den Röhrenjeans, wie Streichhölzer. Die Konturen ihres Oberkörpers konnte er unter dem weiten rostroten Pullover nicht erkennen. Ihre Haut war wie Porzellan, so weiß, und machte ihrem Spitznamen alle Ehre. Das alles war Schüppe egal, Frauen unter dreißig sah er sowieso nicht mehr nach, und er hatte ja auch seine Gisela. Ihn störte an der Blaich die sichtbare Tätowierung eines Kreuzes auf der Rückseite des Halses und der Ring, den sie als Piercing durch die Nase trug. Nicht, weil die Kombination von allem der Frau auf den ersten Blick die Anmutung einer Junkie-Braut gab. Sondern weil es massiv gegen die Dienstvorschriften verstieß: keine sichtbaren Tätowierungen oder Piercings. Deshalb hatte er die junge Oberkommissarin Christin Blaich bisher ignoriert, obwohl sie »seinem« KK 11 angehörte. Das Einzige, was Schüppe über sie wusste: Bei den obligatorischen Schießübungen lag sie mit ihren Ergebnissen immer ganz vorn und sie sollte eine Menge von Computern verstehen. Na ja, wenn Gültekin auf blonde Krankenschwestern stand, war zumindest zwischenmenschlich bei diesem Gespann kein Stress zu erwarten.

In diesem Moment betrat Amin Gültekin mit einer schäbigen braunen Porzellanvase, der am oberen Rand eine Ecke fehlte, das Krankenzimmer. »Etwas Besseres hatte Schwester Melanie auf die Schnelle nicht zu bieten«, bemerkte er grinsend und stopfte den Blumenstrauß in das Gefäß.

Dann wandte er sich an seine Kollegin: »Hör mal, Bleichgesicht, am Ende des Ganges, vor dem Zimmer, in dem der Reporter liegt, da sitzt schon die ganze Zeit so ein Araber mit einem schwarzen Fotz… Kinnbart. Kannst du den mal unauffällig überprüfen, was der da macht?«

Christin blickte ihn nur ausdruckslos an, kaute auf ihrem Kaugummi herum.

Gültekin fügte erklärend hinzu: »Ich meine, das wäre einer von Igors Leuten. Auf mich reagieren die aggressiv. Ich würde gern wissen, ob dieses Ölauge den Pressefuzzi bewacht. Zufällig sitzt der da jedenfalls nicht. Könntest du das BITTE für mich tun?«

Die Oberkommissarin zögerte einen Moment, nickte dann

und verließ den Raum. Gültekin setzte sich auf den Besucherstuhl.

»Was sollte das gerade mit dem Ölauge und dem Bleichgesicht? Wen wolltest du provozieren, sie oder mich?«, fragte Schüppe ungehalten.

»Ach Chef, das ist mir so rausgerutscht. Außerdem: Ich als Orientale darf ja Ölauge sagen. Sie und die Kollegin nicht. Blaich und ich, wir duzen uns eigentlich, aber ihr Vorname geht mir so schwer über die Lippen ...«

Schüppe rollte genervt mit den Augen. »Wie war eigentlich die Leichenschau? Ist ja bei dem ganzen Theater untergegangen.«

»Ersparen Sie mir die Einzelheiten, Chef. Wichtigstes Ergebnis für uns: Ein stark ausgebildetes Hämatom am linken Handgelenk mit einem Abdruck, der von einer Schuhsohle stammen könnte. Tödlich war der Schuss in die rechte Schläfe. Er stammt aus der Polizeipistole und war aufgesetzt, was für den Suizid spräche. Diese Frau Schmidt hatte die P99 aber in der rechten Hand, obwohl sie Linkshänderin ist. Und sie hat auch keine Schmauchspuren an der Hand, hat also die Walther nicht abgefeuert. Theorie: Sie hat die Waffe gezogen, als sie am Boden lag. Jemand hat ihr auf die linke Hand getreten, die Walther abgenommen, sie damit erschossen und ihr die Waffe anschließend in die rechte Hand gedrückt. In etwa so, wie wir es uns schon dachten.«

Schüppe nickte nachdenklich. »Vielleicht ist ihm der Fehler in der Hektik passiert. Oder der Täter hat gedacht, sie habe die Pistole nur zufällig in der linken Hand gehabt und ist automatisch davon ausgegangen, dass sie wie die meisten Menschen Rechtshänderin war. Gibt es inzwischen Spuren des Täters?«

»Ein paar Haare, schwarz, gefärbt. Müssen noch untersucht werden.«

»Okay. Was ist mit dem Mann, den Kindern der Toten?«

»Haben wir immer noch nicht aufgetrieben. Den Mann

hat seit Mittwoch niemand mehr gesehen. Hat sich seit drei Nächten nicht mehr über Funk angemeldet, sagt die Taxizentrale. Geben Bescheid, wenn er auftaucht, seine Kollegen passen auch auf. Seinen Paketwagen haben wir auf dem Parkplatz am Volksbad verlassen aufgefunden. Wird Montag in der KTU untersucht.«

»Und die Kinder? Irgendwer muss sich ja um die kümmern?«, fragte Schüppe.

»Es soll da noch eine Tante geben, die sie ab und zu von der Schule abholt. Gestern ist dort aber keiner der drei aufgetaucht. Wir bleiben dran, Chef.«

Schüppe nickte wieder. Dann fragte er: »Wo bleibt eigentlich die Blaich? Kommst du mit der Kollegin zurecht?«

»Was soll ich über eine Frau mit diesem Vornamen sagen, die dazu noch ein Kreuz auf dem Hals eingraviert trägt? Wirkt auf mich wie Knoblauch auf einen Vampir. Und ihre Art macht mich manchmal nervös. Wenn die einen so ausdruckslos anstarrt, ohne etwas zu sagen, dabei auf ihrem Kaugummi rumkaut ... Man weiß nie, was sie gerade denkt, woran man bei der ist. Aber fachlich scheint sie was drauf zu haben, ich kann mord-mäßig noch was von ihr lernen. Und tough scheint sie auch zu sein.«

In diesem Moment hörte man ein Poltern und einen unterdrückten Schrei. Gültekin sprintete zur Tür und blickte hinaus.

»Was siehst du?«, fragte Schüppe vom Bett aus.

»Ich sehe einen umgefallenen Stuhl, ein vor Schmerz quiekendes Ölauge auf dem Boden liegen und auf seinem Rücken ein mageres kaugummikauendes Bleichgesicht sitzen, das mit dem Knie seinen Kopf auf den Boden fixiert und in aller Ruhe seine Papiere kontrolliert. Tough, sag ich doch.«

Schüppe seufzte. »Jetzt müssen wir wohl einen Krankenbesuch machen. Denn Informationen wird die Kollegin auf diese Art nicht erhalten, schätze ich. Wirf mir mal den Bademantel rüber!«

Während Schüppe ächzend aus dem Bett kletterte, kehrte

Christin Blaich in das Krankenzimmer zurück. Stumm und kaugummikauend verfolgte sie, wie Schüppe mit Gültekins Hilfe umständlich den Bademantel überstreifte.

»Lassen Sie mich raten: Detektiv mit Faustfeuerwaffe, Lizenz und Besitzkarte dafür hat Beamtin angegriffen, die ihn freundlich gebeten hat, sich auszuweisen?«, giftete Schüppe die junge Frau an.

Die Kommissarin drehte ihr Kaugummi im Mund und nickte.

Ihr Chef seufzte erneut. »Gültekin, Sie intensivieren die Fahndung nach dem Ehemann Schmidt. Und den Kindern. Und Sie, Fräulein Blaich, begleiten mich zu Herrn Balzack.«

Bei dem Wort ›Fräulein‹ zuckte Christin Blaich leicht zusammen. Sie sagte aber wieder nichts, machte auf dem Absatz kehrt und ging voraus zu Toms Zimmer.

Der orientalisch anmutende Mann hatte sich aufgerappelt, stand in der Mitte des Ganges. Er rieb sich den Arm, den die Polizistin ihm auf den Rücken gedreht hatte, und blickte sie hasserfüllt an.

25.

»Das war ja wohl nicht so schlau. Der Typ, den du angestochen hast, war ein Bulle. Ich habe immer gesagt: Keine Gewalt!« Die Stimme des Mannes klang ärgerlich.

»Das war ein Kollateralschaden. Konnte ja keiner ahnen, dass der wie aus dem Nichts in dem Haus auftaucht. Und ich habe überhaupt niemanden angestochen. Ich habe im Auto gewartet. Das war Timmy, mein fähigster Mitarbeiter aus der Abteilung Einbruch«, antwortete Travolta abwesend. Er schien über etwas ganz anderes nachzudenken.

»Wie viel weiß dieser Timmy? Hält der die Schnauze?«

»Definitiv. So oder so.« Ein maliziöses Lächeln umspielte die Lippen des Pockennarbigen.

»Hat er denn wenigstens gefunden, wonach wir suchen?«, fragte der andere Mann, der etwa zehn Jahre jünger und gekleidet war wie ein Angestellter mit Publikumsverkehr.

»Leider nein. Weder irgendwelche Wertsachen, die ich ihm versprochen habe, noch die Dokumente, die aufzuspüren er uns zugesagt hatte. Ich denke, wir müssen da heute Nacht noch einmal rein. Und der Kollege hier«, dabei trat er dem halb bewusstlos auf dem Fußboden vor sich hin dämmernden Acki Schmidt wie nebenbei in die Seite, was ein unterdrücktes Schmerzgeräusch erzeugte, »der wird uns vorher sagen, wo wir suchen müssen.«

»Bisher warst du bei dem noch nicht sehr erfolgreich, trotz deiner Knochenbrechermethoden. Wie lange macht der es überhaupt noch?«, keifte der andere.

»Keine Sorge, lange genug. Wenn er das nächste Mal wach wird, wird er uns alles sagen. Anschließend bekommt er die finale Dröhnung. Da ist übrigens eine interessante SMS auf seinem Handy angekommen.«

Travolta reichte das Smartphone seinem Gegenüber, der die Mitteilung laut vorlas: »›Hallo, Herr Schmidt. Herzliches Beileid zum Tod Ihrer Frau. Ich habe mit ihr wegen Ihres Hauses verhandelt. Bitte melden Sie sich bei mir. Gruß I. Lodz.‹ Ach du Scheiße!«

»Was ist los, kennst du den?«

»Die. Eine Frau. Arbeitet bei der Stadt Dortmund. Noch eine Baustelle. Vielleicht kannst du die ja auch einfach umlegen. Wie die Schmidt. Wenn wir diese Michaela lebend bekommen hätten … Sie und ihr Mann könnten heute schon unterschrieben haben.« Die extrem abstehenden Ohren des seriös Gekleideten leuchteten rot vor Ärger und Erregung.

»Das ging nicht anders. Eigentlich wollte ich sie ja mitnehmen. Aber dann tauchte plötzlich Balzack auf.«

Der andere Mann guckte erschrocken.

»Nur Tom Balzack, der Reporter«, erklärte Travolta.

»Und dann hast du sie erschossen und ihn nicht? Du Idiot!

Warum denn, hattest du wieder einen deiner Anfälle?«, tobte sein Gegenüber.

Travolta, der die ganze Zeit vor sich hingestarrt hatte, fixierte seinen Blick auf das Gesicht seines Komplizen. »Bei mir geht es immer der Reihe nach. Alles zu seiner Zeit.« Seine Stimme klang ruhig, aber etwas in ihr ließ sein Gegenüber verstummen. »Wo stehen wir eigentlich momentan mit unserer schicken kleinen Immobilienfirma, Superhirn?«

»Das habe ich dir doch letzte Woche noch erklärt.«

»Ich will es aber noch mal hören. Kurzversion reicht.«

Der seriös Gekleidete verdrehte die Augen. »Noch ohne das Objekt Schmidt haben wir derzeit sechs Ein- und Zweifamilienhäuser und achtzehn Mehrfamilienhäuser mit achtundneunzig Einheiten im Bestand. Realistischer Marktwert rund 8,5 Millionen Euro. Belastung 380.000 Euro, Jahresnettomiete 658.000 Euro. Wie oft soll ich das denn noch sagen?«

»Und wie viel haben wir auf den Konten von Northern-Ground?«

Der andere zögerte. »So um die dreihunderttausend.«

»Wie, mehr nicht? Nach fast fünfzehn Jahren? Bei einem Startkapital von drei Millionen?«

»Das waren drei Millionen Deutsche Mark, schon vergessen? Wir reden jetzt von Euro. Und wir haben ja immer einen Großteil der Mieten für die Tilgung eingesetzt. Dann kommen Reparaturkosten hinzu, Verwaltung der Häuser, Erwerbs- und Notarkosten, diverse Provisionen ... So viel ist da zum Abzweigen nicht übrig geblieben. Unser eigentliches Kapital steckt in den Steinen.«

»Wenn wir das Ganze jetzt ganz schnell komplett verkaufen würden, blieben für jeden ...«

»Na ja, dann müssten wir einen Paket-Abschlag hinnehmen auf die Häuser, mit dem Bargeld zusammen rund sechs Millionen durch ... jetzt noch drei, also etwa zwei Millionen für jeden. Euro.«

»Falsch. Durch zwei. Sind drei Millionen für jeden. Plus dem, was bei Schmidt herausspringt.«

Der Mann, der die Zahlen kannte, konnte dem intensiven Blick seines Partners nicht standhalten, seine Augen wanderten in Richtung des bewusstlosen Andreas Schmidt auf dem kalten Holzboden und dann zu dem teuren Teppich hinüber, der eingerollt in der Ecke lag.

»Und was ist mit …?«

»Du sollst keine Namen nennen. Der da vorne ist Geschichte. Und der andere hat noch ein Jahr. Bis dahin haben wir längst abgeräumt und sind weg.«

Sein Gegenüber nickte nachdenklich. »Gut. Wenn ich mich jetzt um das Abräumen kümmere, solltest du dir aber endlich Gedanken um das Wegräumen machen. Es stinkt hier unerträglich.«

26.

Draußen vor der Schreberhütte packte der Mann die Butterbrotdose, die auf dem Tisch gelegen hatte, in die leere Stofftasche und löste die Leine von der Bank, an die er seinen Hund festgebunden hatte.

»Komm, Renault, wir müssen los!«

Doch Renault wollte nicht anspringen, lieber auf dem sonnenwarmen Holzboden der Terrasse liegen bleiben. Ruckartig zog der Mann an der Leine, woraufhin der Labradoodle mit einem Jaulen aufsprang. Er hasste diesen Köter, so wie er die Wellensittiche in seinem Wohnzimmer hasste, sein ganzes Zuhause, seine Frau, die seit Jahren keinen Sex mehr wollte und ihn ständig zu dem schrecklichen Wohnwagen in Bad Sachsa zu Harz-Urlauben schleppte, seine verzogene Teenietochter mit ihren absurden Telefonrechnungen, seine längs gestreiften Hemden, die diagonal gestreiften Krawatten dazu und die geschmacklosen Polyesteranzüge. Das alles hasste er, aber es gehörte zu seiner Rolle, die er nicht mehr lange zu spielen haben müsste. Der schon klischeehaft spießige kaufmännische Angestellte, an dem die Karriere und das Leben vorbeigerauscht waren, sollte nach seinen Plänen schon bald der Vergangenheit angehören. Mit einem lauten Knall würde er sich aus dieser Existenz verabschieden.

Vorher würde es noch eine Fehlbuchung geben. Auf sein privates Konto, aktueller Stand 2.487,52 Euro Haben, würde von einer Luxemburger Immobilienfirma namens Northern-Ground, die danach wirklich nur noch über die seinem Partner gerade genannten rund 300.000 Euro Barkapital verfügte, eine Summe eingehen, die exakt dem Höchstgewinn der letzten Mittwochsziehung bei *6 aus 49* entsprach. Diese 3.785.821,91 Euro würden dort nur wie ein kaum wahrnehmbarer Schatten erscheinen, in Sekundenbruchteilen weiter auf ein Landesbankkonto von Westlotto in Münster fließen. Beide Transaktionen würden im Computersystem gelöscht werden. Bei Westlotto würde sein alter Freund Helmut Auffermann diese Summe als keiner Rechnung zuzuordnende Fehlbuchung an den Absender, also an ihn, zurückschicken. Allerdings ohne sie im Betrefffeld als Rücküberweisung zu kennzeichnen. Oder als Gewinnauszahlung, das machten sie nie bei Westlotto, um keine schlafenden Hunde zu wecken. Bei einem Stichwort wie Lottogewinn würden doch zu viele Bankmitarbeiter neugierig nachsehen, für welchen Glückspilz diese Summe denn wohl bestimmt war. Diskretion ging bei Westlotto über alles, deshalb stand im Betrefffeld nur: Bekannt. Das würde er auch in die Überweisung der Prämie in Höhe von 30.000 Euro für diesen kleinen Gefallen an seinen alten Freund schreiben. Helmut Auffermann würde dafür sorgen, dass beide Vorgänge, die angebliche Fehlbuchung und die Prämienzahlung an ihn, bei Westlotto unauffindbar waren.

Bei Eingang einer solchen Summe von diesem Absender würde niemand darauf kommen, dass es sich um etwas anderes als einen Lottogewinn handelte. Der frischgebackene Lottomillionär würde zum Bezirksleiter der Sparbank laufen, um äußerste Diskretion bitten und das als Lottogewinn steuerfreie Geld mit dessen Segen sofort, ganz legal und ohne Schwarzgeldprüfung auf ein Konto bei Vontobel in der Schweiz überweisen, von wo es abzüglich einer Provision von 1,5 % direkt weiter nach Aruba wandern würde. Die Schlafmützen in der Karibik würden wahrscheinlich gar nicht merken, dass ein neuer beträchtlicher Batzen Geld auf die Reise geschickt worden war und bei ihnen frisch gewaschen völlig sauber auf die Wiedervereinigung mit seinem alleinigen Verfügungsberechtigten wartete.

Aber jetzt musste er erst mal zurück an seinen Arbeitsplatz, wo er weiter ganz in Ruhe seinen Geschäften nachgehen würde, nach einem scheinbar ausgiebigen Mittagsspaziergang mit seinem geliebten Hund.

2000

Ich, Tom Balzack

Seit jener Geiselnahme, damals in Aachen, scheint uns das Glück verlassen zu haben. Oder das Schicksal ereilt, wie mein Blutsbruder es interpretiert. Natürlich haben die Bullen uns die ganze Nacht ausgequetscht, nachdem der SEK-Trupp uns von den Gleisen gefischt hatte. Damit hatten wir gerechnet, die wussten, womit sie uns ärgern konnten. Natürlich haben sie uns festgehalten, bis der Zugriff erfolgt war, den hatten jetzt andere im Bild. Aber dass sie uns eine Verwicklung in den Fall anhängen wollten, damit hatten wir nicht gerechnet. Wir haben ihnen trotzdem nicht verraten, dass es ein zweites Band gab, und wo wir unsere Kassette mit den exklusiven Aufnahmen der Täter in der Bank zwischen den Gleisen versteckt hatten. Aber wir haben sie später dort abgeholt, sie erst mal gebunkert. Und nach einer Woche und vielen Diskussionen mit einem Magneten gelöscht und sie nicht den Fernsehanstalten verkauft. Auch die Polizei hätte sich die Finger danach geleckt – schließlich war auf den Aufnahmen nicht nur der Geiselnehmer zu sehen, den sie nach dem Feuergefecht schwer verletzt festgenommen hatten. Sondern auch die beiden, die damals entkommen konnten. Und der Mord.

Im Prozess ein Jahr danach dann gab es reichlich unangenehme Fragen unserer Kollegen. Schließlich ist der Nachname des Hauptangeklagten in Deutschland nicht gerade weitverbreitet. Er wurde zu fünfzehn Jahren verurteilt, wegen Bankraubes, Geiselnahme, versuchten Mordes und so weiter. Fast hätten sie ihm noch die Ermordung der Bankangestellten angehängt, weil seine Fingerabdrücke auf der MPi waren. Die Strafe bewegte sich am oberen Ende des Möglichen, weil der Angeklagte sich standhaft weigerte, die Namen seiner Komplizen zu nennen. Polizei und Staatsanwaltschaft waren davon überzeugt, dass es neben den beiden anderen Geiselnehmern auch einen Komplizen in den Bankkreisen geben musste, der die Täter mit Insiderwissen gefüttert hatte.

27.

»Hallo Tom, das hier ist die Kollegin Blaich. Frau Blaich, Herr Balzack und ich kennen uns gut. Im Allgemeinen kann man sagen, von früher und vom Fußball, im Speziellen von einem explosiven Fall im letzten Jahr, bei dem Herr Balzack der Polizei wertvolle Hilfe geleistet hat.«

Toms Mund grinste, seine Augen nicht, als er dem Kommissar und dessen junger Kollegin die Hand schüttelte. »Waren Sie das gerade da draußen?«, fragte er.

Christin starrte ihn ausdruckslos an, kaute ihr Kaugummi und nickte nur.

»Schöne Scheiße. Igor wird vielleicht seinen Mann abziehen, er will garantiert keinen Stress mit der Polizei. Nicht gut.«

»Der Kerl ist schon weg, jedenfalls für den Moment. Mit einem meiner Mitarbeiter in die Ambulanz, um seine Verletzungen attestieren zu lassen«, klärte ihn Schüppe auf.

»Gar nicht gut. Frau Blaich, könnten Sie bitte draußen aufpassen und jeden erschießen, der Ihnen verdächtig vorkommt und sich meinem Zimmer nähert?«

Es sollte lustig klingen, doch Toms Stimme klang belegt. Die Kommissarin blickte ihren Chef an, der Zustimmung signalisierte, und verließ das Krankenzimmer.

»So, Tom, jetzt will ich aber etwas hören«, forderte Schüppe.

»Kannst du dich noch an die Geiselnahme damals in Aachen erinnern, als ihr mich von den Gleisen gefischt habt?«

»Du meinst die in der LZB? Als zwei bekloppte Fernsehfritzen uns fast den Zugriff vermasselt hätten, die sogar noch mit dem Haupttäter … Das werde ich nie vergessen.«

»Das war nicht der Haupttäter. Der eigentliche Haupttäter ist euch damals entkommen. Wir haben gefilmt, wie er die Geisel erschossen hat.«

Schüppe wirkte wie elektrisiert über diese Information. »Aber auf eurer Kassette war doch nichts Wichtiges drauf?«

»Nicht auf der, die wir euch überlassen haben. Es gab eine zweite Kassette.«

»Und?« Schüppe beugte sich gespannt auf dem Besucherstuhl nach vorn.

»Wir haben die Aufnahmen gelöscht, nachdem ihr uns entlassen habt. Wir hatten Angst um unser Leben.«

»Das gibt es doch nicht! Vernichtung von Beweismitteln nennt man das. Wir werden den Mann also nie mehr identifizieren können. Und für den Mord sitzt der Falsche. Seit nunmehr fünfzehn Jahren. Kannst du das mit deinem Gewissen vereinbaren, Tom, gerade in dieser Konstellation?«

»Wie geht es eigentlich deiner Frau, Georg?«, antwortete der Reporter mit einer Gegenfrage.

Beide schwiegen lange.

»Und was hat dieser alte Fall jetzt mit unserer aktuellen Sache zu tun?«, fragte Schüppe schließlich.

»Ich habe gestern wieder einen Mord beobachtet. Dieses Mal mit meinen eigenen Augen, nicht als Aufzeichnung der Kamera. Ich weiß, dass mein Leben derzeit extrem gefährdet ist. Bevor ich dir mehr erzähle, möchte ich von dir garantierten Personenschutz. Nicht durch irgendwelche überarbeiteten MEK- oder Streifenbeamten, sondern durch eine von dir benannte Person deines Vertrauens. Ich brauche diesen Personenschutz auch nicht für mich, auf mich passt Igor auf. Und seitdem du quasi mein Zimmernachbar bist, mache ich mir überhaupt keine Sorgen mehr um meine Sicherheit. Es geht um Charly.«

»Aber die hat doch nichts gesehen, dachte ich?«

»Nein, hat sie nicht. Aber weiß ich, ob der das weiß? Glaube mir, der Typ geht über Leichen, ohne mit der Augenbraue zu zucken.«

»Okay, Tom. Wenn deine Geschichte mich überzeugt, garantiere ich dir eine Rundumbetreuung für Charly.«

»Wer?«

Schüppe deutete mit dem Kopf zur Tür. »Das Bleichge…, verdammt, jetzt fange ich auch schon so an, also Frau Blaich da draußen. Sieht für meinen Geschmack gewöhnungsbedürftig aus, ist aber ziemlich aufmerksam und durchsetzungsfähig.«

Tom nickte, und dann begann er zu erzählen. Die ganze Geschichte, von Anfang an. Die von früher und die von jetzt. Was die beiden Geschichten miteinander und mit ihm zu tun hatten. Alles. Als er fertig war, wurde es draußen schon dunkel.

Eine Krankenschwester brachte das Abendessen und ein paar leichte Schmerztabletten für Tom. Als sie das Zimmer verlassen hatte, nahmen die Männer ihre Tabletts und verließen ebenfalls den Raum. Auf dem Gang standen die Polizistin und der private Personenschützer jeweils auf einer Seite der Tür, beäugten sich misstrauisch. Schüppe instruierte Christin wegen Charly, wies den Personenschützer an, entweder zu verschwinden oder vor dieser Tür sitzen zu bleiben. Dann ging er mit Balzack hinüber in sein Zimmer. Dort begann der Kommissar zu telefonieren.

28.

Es war genau 22:30 Uhr, als der Mann, den seine Geisel Travolta und der sich selbst Willi Nordland nannte, seinen persönlichen Chefeinbrecher Timmy Müller an einer Straßenecke einsammelte.

Die erneute Befragung von Acki Schmidt hatte wieder nichts gebracht, selbst auf die Drohung mit der Tötung seiner Kinder hatte er nichts ausgespuckt. Der Kerl wusste wohl wirklich nicht, wo die Scheißunterlagen waren, die sein letzter verbliebener Partner für so wichtig hielt. Aber was er als Willi Nordland anfing, das brachte er auch zu Ende. Und er wollte dieses Haus. Denn seine alten Seilschaften, Raumplaner in regionalen Spitzenjobs, hatten ihm ein Lied erzählt: Die Stadt Dortmund benötigte dieses Grundstück dringend und schnell. Noch vor der OB-Wahl wollte sie den Bau von Sozialwohnungen am Phoenix-See verkünden können. Der Oberbürgermeister wollte damit den Leuten den Wind aus den Segeln nehmen, die eine Verdrängung armer Menschen aus dieser Gegend behaupteten. Dringend und schnell bedeutete, die Stadt würde mehr zahlen, als das Grundstück wert war. Erheblich mehr.

Deshalb wollte er dieses Haus. Und um es zu bekommen, musste er nur ab und zu ein paar Leute umlegen. Wenn man damit einmal angefangen hatte, machte es sogar Spaß, Probleme auf diese einfache Art zu lösen, hatte Nordland festgestellt. Der Nächste würde wohl dieses Sperrgutpaket in der Hütte sein. Wenn er endlich unterschrieben hatte. Damit dieser Schmidt zum Zeitpunkt der Beurkundung alleiniger Eigentümer des Hauses war, würde er vorher noch dessen Kinder beseitigen müssen, als Erben des Hausanteils ihrer Mutter. Vielleicht auch den Notar, nachdem der den Hausverkauf beurkundet hatte. Dann noch diese Frau Lodz. Die wusste zu viel und versuchte, ihnen in die Parade zu fahren. Und seinen Geschäftspartner. Der beschiss ihn, da war Nordland sich sicher. Aber er hatte alle Eigentumsurkunden und Mietverträge für die Häuser. Plus die Zugangsdaten für die Karibik-Konten, die musste er sich auch noch besorgen. Denn das da wirklich nur so wenig Bargeld drauf war, das glaubte er nicht.

Doch als Erstes Tom Balzack. Obwohl ihm das fast leid tat. Nicht wegen dieses Reporters, der war ihm scheißegal, aber der alten Zeiten wegen. Doch lebend bliebe dieser Balzack ein gefährlicher Zeuge. Wenn nur der verdammte Zeitdruck nicht wäre wegen der Lodz und der Versteigerung. So schnell kommt man mit dem Morden kaum nach, dachte Willi Nordland und schmunzelte in sich hinein.

Er schaute zu seinem Beifahrer hinüber. Auch Timmy? Ja, auch Timmy. Aber noch nicht jetzt.

Sie fuhren zum Haus der Familie Schmidt. Nordland parkte dieses Mal nicht vor der Einfahrt, sondern stellte seinen auffälligen Mercedes ein paar Meter weiter auf der anderen Straßenseite im Schatten zwischen zwei Straßenlaternen ab.

Timmy wollte sofort aussteigen, doch Nordland zischte ihn an: »Hiergeblieben, du Trottel! Erst mal gucken, ob die Bullen das Haus beschatten.«

Sie hatten bereits zehn Minuten regungslos im Auto gewartet, als eine Rentnerin mit ihrem Rauhaardackel vorbeikam, der sich am Hinterrad des Mercedes erleichterte.

»Komm schon, Finchen«, sagte die Frau und zog an der Leine. Jetzt war sie auf Höhe der Beifahrertür, blieb stehen, weil der Hund nach etwas schnüffelte. Die beiden Männer im Auto drückten sich in ihre Sitze. Nordland zog mit einer langsamen Bewegung eine Pistole und einen Schalldämpfer aus der Innenseite seiner Jacke. Vorsichtig schraubte er in seinem Schoß die beiden Teile zusammen. Die Frau ging weiter. Nach ein paar Metern drehte sie sich zwar noch einmal zu dem Mercedes um, sie schien die Insassen hinter den stark getönten Scheiben aber nicht bemerkt zu haben.

Als die Rentnerin nicht mehr zu sehen war, stieg Timmy aus dem Wagen und huschte über die Straße. Das Schloss war kein Problem, schnell verschwand er in dem Haus. Normalerweise hätte er bei seiner Suche nach und nach sämtliche Lichter angeknipst, der Anschein von Normalität war seiner Erfahrung nach der beste Schutz. Da es sich in der Nachbarschaft mittlerweile aber herumgesprochen haben dürfte, was mit der netten Frau Schmidt von nebenan passiert war, das Haus also unter besonderer sozialer Kontrolle stand, entschied er sich für die klassische Methode. Nur Nordland erkannte ab und zu den Lichtstrahl einer Taschenlampe hinter den heruntergelassenen Rollläden.

Das private Adressbuch von Michaela Schmidt lag in der Küchenschublade. Für die Unterlagen zum Haus brauchte er etwas länger, konnte bei der Suche das Wohnzimmer auslassen, das er schon beim ersten Mal durchkämmt hatte. Im Arbeitszimmer unterm Dach fand er die Ordner mit allen Papieren. Direkt im ersten waren die Verträge mit den Banken und Versicherungen. Timmy klemmte sich die Mappe unter den Arm. Er verließ das Haus und stieg wieder in den Mercedes.

Nordland blätterte den Ordner kurz durch, legte ihn dann auf die Rückbank. Ihn interessierte in diesem Moment mehr das kleine rosa Adressbuch. Unter dem Buchstaben S wurde er fündig. Aber erst musste er noch etwas anderes erledigen.

»Gute Arbeit, Timmy. Aber ich werde dir jetzt sehr wehtun müssen«, sagte Nordland zu seinem Beifahrer und zog mit seiner rechten Hand das Stilett aus der Seitentasche von Timmys Cargohose.

29.

Georg Schüppe wurde von Geräuschen auf dem Flur der Krankenstation geweckt. Ein Poltern. Ein unterdrückter Schrei. Kampfgeräusche, direkt vor der Tür. Flüche. Mehrere Menschen. Das klang nicht gut. Dort auf dem Gang wachte doch immer noch dieser Araber, der Mann von Igor. Der Kommissar überlegte, was zu tun war. Wenn er den Notrufknopf drückte, würde außen über der Tür eine rote Lampe aufleuchten und dem oder den Tätern zeigen, dass ihre Zielperson wach war. Außerdem würde er durch das Drücken des Knopfes die Nachtschwester herbeilocken und sie womöglich in Gefahr bringen.

Schüppe wuchtete sich aus dem Bett, so schnell es in seinem Zustand ging. Während er in die Gesundheitssandalen schlüpfte, nahm er seine Dienstwaffe aus der Schublade des Nachttisches. Bis zur Ecke hinter der Tür waren es nur zwei Schritte, dabei entsicherte er die Waffe.

Langsam und geräuschlos öffnete sich die Tür, vom Flur aus fiel jetzt etwas Licht in das Zimmer. Schüppe erkannte den Schatten einer Gestalt und einen ausgestreckten Arm. Dann sah er die Pistole mit dem Schalldämpfer.

Während er vorschriftsmäßig: »Hände hoch, Polizei, Waffe fallen lassen!«, rief, schlug er mit seiner eigenen Waffe den Arm nach unten.

Die Kugel des ersten Schusses, der sich mit einem leisen ›Plopp‹ gelöst hatte, blieb im Linoleumboden stecken. Doch die Gestalt dachte nicht daran, der Aufforderung des Kommissars zu folgen. Der Arm hob sich wieder und schwenkte um die Tür herum, in die Ecke, in die der Kommissar stand. Ein zweites leises ›Plopp‹. Dicht neben Schüppes Kopf rieselte etwas Putz von der Wand. Schüppe schoss auf den Arm. Der Mann, zu dem der Arm gehörte, stolperte mit einem Schmerzensschrei in den Raum, hielt die Waffe aber immer noch fest. Schwarze, gegelte Haare, etwas älter als ich, kräftig, aber nicht sehr geschmeidig, speicherte der Kommissar automatisch.

Schüppe trat einen Schritt nach vorn, er stand jetzt im Lichtkegel, der aus dem Flur in den Raum fiel, zielte auf den Mann, der sich vor ihm wieder aufrappelte und sich dem Kommissar zuwandte. Obwohl aus dem verletzten Arm Blut tropfte, ließ der dunkel gekleidete Mann die Waffe noch immer nicht los.

»Fallen lassen, habe ich gesagt!«, wiederholte Schüppe seine Aufforderung.

»Genau, fallen lassen«, flüsterte eine Stimme direkt neben dem Ohr des Kommissars. An seinem Hals spürte er kalten Stahl. Das billige Aftershave hatte er am Vorabend schon einmal gerochen, mit dem Messer dann wohl auch bereits Bekanntschaft gemacht. Schüppe ließ den Arm mit der Waffe zögerlich sinken.

Hinter sich hörte er ein Zischen, einen Schmerzensschrei. Der Druck des Messers gegen seinen Hals war plötzlich weg, dann klimperte es metallisch, wie wenn Eisen auf den Boden fällt. Der Mann vor ihm riss beide Arme hoch. Er wechselte die Waffe in die unverletzte linke Hand und schoss zwei Mal kurz hintereinander in Schüppes Richtung, aber an ihm vorbei. Dann stieß er den Kommissar weg, rannte aus dem Zimmer, vom Flur her meinte Schüppe ein weiteres ›Plopp‹ zu hören. Dann das Geräusch einer zu Boden fallenden Waffe.

Als er sich umdrehte, bemerkte Schüppe, dass seine Wunde wieder aufgeplatzt war. Er ging mühsam Richtung Tür, versuchte, über den Mann mit dem Kinnbart zu steigen, der quer davor lag. Der arabische Bodyguard rührte sich nicht, aus einer Wunde am Hals floss Blut.

Schüppe wurde flau, alles verschwamm vor seinen Augen. Er versuchte, sich zusammenzureißen, zielte und schoss in Richtung der vier Beine, die rechts den Krankenhausflur entlanghasteten. Einer der beiden Flüchtenden schien zu hinken, registrierte der Kommissar. Sein zweiter Schuss ließ die Glastür zur Station zersplittern, durch die die beiden Männer verschwunden waren.

Schüppe stützte sich am Türrahmen ab. Vor ihm, mitten im Gang, sah er die Pistole mit dem Schalldämpfer. Links von ihm lehnte Tom Balzack gekrümmt an der Wand. Er hielt einen Totschläger in der Hand. Es war genau 0:15 Uhr, wie Georg Schüppe mit einem Blick auf seine Uhr registrierte.

Der Kommissar und der Reporter atmeten schwer und blickten sich an, ohne etwas zu sagen.

Sonntag

30.

Schüppe hatte für 8:30 Uhr eine kleine Morgenlage in seinem Krankenzimmer angesetzt, bei der nur Gültekin zugegen war und Tom, den Schüppe ausdrücklich dazu beordert hatte.

»Erst mal will ich wissen, wie die Vögel überhaupt hier hineingekommen sind«, begann Schüppe.

»Durch die Ambulanz«, antwortete Gültekin. Unter seinen Augen zeichneten sich dunkle Ringe ab. Er war jetzt seit siebenundzwanzig Stunden auf den Beinen. Wirkte aber trotz seiner offenkundigen Erschöpfung voll konzentriert und jammerte nicht, wie Schüppe mit Genugtuung feststellte.

Gültekin fuhr fort: »Der Jüngere hatte eine Stichverletzung am Oberschenkel, der Ältere sei sein Vater, haben sie gesagt. Sämtliche Papiere lägen zu Hause, die würden sie nachreichen. Nach der Erstversorgung sind sie einfach in Richtung chirurgische Abteilung gegangen. Wenn ein Vater nachts seinen Sohn, der einen frischen Verband hat, zum Krankenzimmer begleitet, fällt das ja keinem auf. Ist ja auch fast niemand da.«

»Woher kannten die denn Toms Zimmernummer?«

»Die brauchten sie nicht zu kennen, sie sind einfach zu dem Raum gegangen, vor dem der tote Ali saß.«

»Bitte etwas mehr Respekt, Herr Gültekin!«, sagte Schüppe scharf.

»Der heißt so. Oder hieß so. Ali Omeirat, Igors bester Mann. Ich denke mal, der ältere der beiden Täter ist vorgegangen, und während Ali ihm nachblickte, kam der Jüngere und hat ihm von hinten mit einem Stilett in den Nacken gestochen. Die Verletzungen sprechen dafür.«

»Okay. Doch war der Stich nicht sofort tödlich, ich bin von Kampfgeräuschen aufgewacht. Dann ist der Ältere in das Zimmer geschlichen, Tom, gut dass wir das noch getauscht hatten. Ich habe ihm erst den Arm runtergeschlagen, er hat zwei Mal geschossen, in den Boden und die Wand. Dann habe ich ihn fixiert, von hinten hat der Jüngere mir ein Messer an den Hals gehalten. Was ist dann hinter mir passiert, Tom?«

»Ich habe die Geräusche auch gehört und vorsichtig meine Zimmertür geöffnet. Da habe ich gesehen, wie der jüngere Mann, der mit dem Verband am Bein, über die Leiche geklettert und in dein, also eigentlich mein Zimmer geschlichen ist. Ich bin auf Zehenspitzen zu Omeirat gegangen, habe ihm den Totschläger aus der Tasche gezogen, also der hing schon halb raus, hat er vielleicht im Todeskampf noch nach gegriffen. Als ich wieder hochkam und ins Zimmer blickte, hat der Typ mit dem Verband dir das Messer an den Hals gehalten. Ich habe ihm instinktiv mit dem Totschläger einen verpasst, auf den Hinterkopf, worauf der in die Knie gegangen ist und das Messer losgelassen hat. Dadurch konnte der andere Mann mich sehen. Er hat mich erkannt und hat sofort in meine Richtung gefeuert. Bestimmt vier oder fünf Mal.«

»Quatsch«, unterbrach ihn Schüppe. »Der hat genau zwei Mal geschossen.«

»Dann eben nur zwei Mal, ist ja auch egal. Hat mich aber zum Glück nicht getroffen. Ich bin in Richtung meines Zimmers gelaufen. Der Kerl kam bei dir rausgesprungen, über den Toten und seinen Komplizen hinweg, oder so zwischen denen durch. Währenddessen hat sich der andere, der Jüngere mit dem Messer, wieder aufgerappelt und stand im Schussfeld seines Kumpans. Der hat ihn einfach zur Seite geschoben, ist auf mich zugegangen. Diesen irren Ausdruck in seinen Augen werde ich nie vergessen. Als der Kerl direkt vor mir stand, hat er mühsam seine Hand mit der Waffe gehoben, gezielt, da habe ich ihm instinktiv auch einen mit dem Totschläger verpasst, auf den blutenden Arm. Und er hat die Pistole fallen lassen. Direkt vor meine Füße, ich habe sie weggekickt, in den Gang. Da kam er also so schnell nicht wieder dran. Er hat sich kurz umgedreht, irgendwie mitbekommen, dass du dich bewegt hast. Da hat er wohl die Aussichtslosigkeit erkannt, die beiden sind getürmt. In dem Moment kamst du auch schon aus der Tür und hast auf die beiden gefeuert. Ich meine, mit dem ersten Schuss hättest du einen von beiden ins Bein getroffen.« In vorwurfsvollem Ton fügte Balzack hinzu: »Natürlich wieder nur ins Bein, Georg.«

»Die Täter waren auf der Flucht, bewegten sich von uns weg. Sie verfügten in diesem Moment über keine uns bekannten Waffen, stellten keine unmittelbare Gefahr mehr für uns und andere dar. In dieser Situation darf ich versuchen, sie zu stoppen, sie aber nicht töten.«

Schüppe merkte, dass seine Stimme gereizt klang. Eigentlich brauchte er sich vor Tom nicht dafür zu rechtfertigen, dass er die Dienstvorschriften beachtete. Aber er wusste natürlich genau, worauf der Reporter anspielte. Merid hatte er damals im Jugo-Krieg auch nur in die Beine geschossen, statt ins Herz oder in den Kopf, was er beides gekonnt hätte. Dann hätte der später nicht … und ihm selbst wäre viel erspart geblieben, ja. Es war die alte Diskussion zwischen ihm und dem Reporter: Muss man immer die Vorschriften beachten, auch wenn man damit etwas Falsches erreicht?

Zum zweiten Mal hatte er jetzt einen Verbrecher nicht erschossen, als er es gekonnt hätte. Darum war der Mann jetzt noch unterwegs, der Tom nach dem Leben trachtete. Und dieser Mann, nach allem, was sie bisher wussten, war eine tickende Zeitbombe. Hätte er etwas Falsches tun sollen, diesen Mann also final von hinten erledigen, um etwas Gutes zu erreichen, damit vielleicht weitere Morde zu verhindern? Dann hätte er aber auch die Hintergründe dieser Geschichte niemals aufgeklärt, da war sich Schüppe sicher.

Ganz abgesehen davon glaubte er, dass Tom ihm nicht die Wahrheit erzählte. Dass der Reporter den jüngeren Mann von hinten niedergeschlagen hatte, traute er ihm vielleicht so gerade noch zu. Dass Balzack aber auf jemanden eingeschlagen haben wollte, der direkt vor ihm stand und eine Waffe auf ihn richtete, das glaubte er nicht. Und dass dieser Verbrecher einfach so aufgab, nicht versucht hatte, wieder an seine Pistole zu kommen, um sie beide zu erledigen, das kam ihm äußerst merkwürdig vor. Als der Mann sich vor seiner Flucht noch einmal kurz zu ihm umgedreht hatte, hatte er einen Ausdruck in seinen Augen, den Georg Schüppe dort nicht erwartet hatte: pure Angst. Nicht vor ihm und bestimmt nicht vor Tom Balzack.

Alle drei hatten geschwiegen, während der Kommissar nachdachte. Tom blickte auf den Boden, Gültekin sah seinen Chef fragend an. Deshalb machte Schüppe weiter: »Haben Sie die Täter oder einen von beiden erkannt, Herr Balzack?«

Tom blickte hoch und verzog spöttisch seine Mundwinkel, wegen der plötzlich so förmlichen Ansprache, und nickte.

2003

Ich, Tom Balzack

Es sind die Sünden der Vergangenheit, die uns belasten, uns wie Mühlsteine an den Hälsen hängen. Meinen Blutsbruder nenne ich nur noch bei seinem deutschen Vornamen Paul, um ihn ständig an seinen Vater zu erinnern, der ihm und letztlich uns mit seinen schlauen Reden und seinen tollen Beziehungen den ganzen Mist eingebrockt hat.

Es war um den Jahrtausendwechsel herum, als die Privatsender auf die Idee mit den Controllern kamen. Diese hoch bezahlten Wirtschaftsfachleute drehten anfangs nur an ein paar Stellschrauben, optimierten Abläufe in den Redaktionen, orga-

nisierten die Verwaltungen neu. Die Sender wuchsen noch, es musste niemand entlassen werden. Doch dann war das Fell des Bären verteilt, im Fernsehmarkt stagnierten die Einschaltquoten, die Werbeeinnahmen stiegen nicht mehr. Auf der Suche nach Einsparpotenzial kamen die Controller, die ja auch noch ihre eigenen Gehälter erwirtschaften mussten, auf die Idee, die bis dahin fürstlichen Honorare der Freien zu kürzen. Nicht moderat, sondern radikal. Auf einen Bruchteil der bisherigen Minutenpreise. Widerstand war nicht zu erwarten. Freie Reporter hatten keine Lobby, waren den Gewerkschaften und Journalistenverbänden egal, weil sie ja nicht den Betriebsrat mitwählen durften.

Pech für uns. Denn gleichzeitig bekamen wir plötzlich noch Riesenprobleme mit »unseren« Immobilien. Wir sehen das jetzt so, weil ja wir beide dafür haften müssen.

Unter der neuen Regierung Schröder wurden um die Jahrtausendwende ein paar sehr mieterfreundliche Urteile gefällt, die die Bewohner von Pauls Häusern zu der irrigen Annahme verleiteten, sie bräuchten ihre Miete, wenn überhaupt, erst Ende des Monats zu zahlen oder könnten diese bei den geringsten Mängeln um neunzig Prozent kürzen. Privatleute verloren bei diesem ständigen Theater schnell die Lust an Investitionen in Mietshäuser, die Immobilienpreise dafür waren im freien Fall. Als ich Paul riet, die Mehrfamilienhäuser trotzdem schnellstens zu verkaufen, schüttelte mein Blutsbruder nur traurig den Kopf: Gleichzeitig hatte diese Schweineregierung nämlich die Spekulationsfrist von zwei auf zehn Jahre heraufgesetzt, und das rückwirkend bis 1995. Wenn Paul seine Häuser verkauft hätte, wäre er trotz gesunkener Immobilienpreise vielleicht noch mit einem blauen Auge davongekommen, er hatte ja schon einiges abbezahlt. Aber jetzt hätte er sämtliche Steuervorteile, die er in den Vorjahren für die Immobilien kassiert hatte, zurückzahlen müssen, weil er sich ja neuerdings innerhalb der geänderten Spekulationsfrist befand. Wochen- und monatelang haben wir uns den Kopf zermartert, wie man aus dieser Misere herauskommen könnte. Seinem Vater, der ihm vormals die schlauen Tipps gegeben hatte, und den er noch immer zwei Mal im Monat besucht – er will mich immer mitnehmen, aber ich möchte mit diesem Mann nichts zu tun haben – seien die Hände gebunden, sagt er.

Nicht nur, dass die Hausbewohner wegen der mieterfreundlichen Gesetze und Urteile immer später zahlen und immer mehr kürzen. Auch die Auswirkungen der Agenda 2010 machen uns zu schaffen. Seitdem die ARGEs für die Mieten zuständig sind, überweisen sie Hartz IV erst einmal komplett an die Mieter. Es sei denn, diese stimmen einer Überweisung der Miete an den Vermieter ausdrücklich und schriftlich zu. Das lässt Paul sich zwar immer unterschreiben, aber die Leute widerrufen diese Zustimmung meist nach wenigen Monaten. Dass die armen Menschen das Geld bei diesen geringen Summen dann für sich verbrauchten – dafür müsse er doch Verständnis haben, hat ein Richter während einer Verhandlung zu einer Räumungsklage gesagt.

Der Bankberater seines Vertrauens, wir nennen ihn intern nur noch »die fiese Fratze des Kapitalismus«, ist auch keine Hilfe. Ganz im Gegenteil. Ich kann nicht verstehen, was Paul und diesen Drucks von der Sparbank insgeheim verbindet. Mittlerweile bin ich mir fast sicher, dass da eine Geschichte im Hintergrund abläuft, die ich nicht kenne. Paul streitet das ab und er hat mich eigentlich noch nie belogen. Aber es ist für mich unglaublich, was sich mein Blutsbruder von diesem Vogel bieten lässt. Das geht mit Kleinigkeiten los: Wenn Paul etwas von dem will, hat Drucks gerade frei, ist im Urlaub oder sonst wie nicht da, jedenfalls nicht für Paul. Nur nicht in den Tagen nach dem dreißigsten eines Monats, da nervt dieser Herr Drucks Paul von morgens bis abends, warum er seine Hypotheken nicht pünktlich zahlt. Dabei kennt er den Grund ganz genau, sieht auf Pauls Konto die schleppenden Geldeingänge der Mieter. In den Vorjahren hat ihn das nie gestört, wenn Herr Kalougranis mal ein paar Tage im Rückstand war. Jetzt, wo er die Unterstützung seines ›Geschäftspartners‹ gebrauchen könnte, zieht Drucks die Zügel an. Und beruft sich feige auf seinen ›Kompetenzträger‹, der ihm das vorschreibe. Diese Wurst. Vor etwa einem Jahr hat er mich sogar abends auf meinem Handy angerufen: Sie bräuchten einen weiteren Sicherungsgeber für Pauls Immobilien und wir würden uns doch immer als Blutsbrüder bezeichnen, ob ich nicht mit meinem Fachwerkhaus als Sicherheit einspringen könne …

Ein anderes Mal, als Paul mit dem Kerl telefonierte, wurde es mir zu bunt und ich habe Paul den Hörer aus der Hand gerissen.

»Hallo, Herr Drucks, hier ist Balzack. Wir müssen uns hier in der Firma eigentlich um andere Dinge kümmern als die Zahlungseingänge auf Pauls Konten. Warum verlegen Sie den Zahlungstermin nicht einfach auf den 08. oder 10. eines Monats nach hinten? Das würde Ihnen und uns sehr viel Stress und diese ganzen Telefonate ersparen.«

Das Umstellen ginge nicht, behauptete dieser Banker. Und hat schon wieder darauf verwiesen, völlig aus dem Zusammenhang, dass ja auch mein Fachwerkhaus, in dem sich die Redaktion befindet, für die Kredite mithafte.

Dieses Haus scheint es Herrn Drucks angetan zu haben, ist mein Eindruck. Ich habe Paul gesagt, wir müssen vorsichtig sein, der Kerl will an unseren Firmensitz. Paul lachte damals nur. Ich solle mir keine Sorgen machen, das würde nie geschehen.

Jedenfalls haben wir unsere schicken Volvos mittlerweile gegen zwei Golf Variant eingetauscht, unseren Kameraassistenten entlassen. Unsere Produktionsfirma läuft mittlerweile wieder so halbwegs, das ist nicht das Problem. Und an die ständigen Pfändungen gewöhnt man sich.

Montag

31.

Norbert Drucks, der Finanzierungsberater für Immobilien, hatte sie in der Schalterhalle der Sparbank erwartet. Ein unattraktiver, spießig aussehender Mann, vielleicht etwas älter als sie. Und zu klein.

Die Angestellte hinter dem Tresen kannte sie nicht, wahrscheinlich hatte die junge Frau, die bei dem Überfall dabei gewesen war, ein paar Tage frei, um sich von dem Schock zu erholen. Das arme Ding. Oberinspektorin Lodz war heute selbstverständlich pünktlich bei der Arbeit in der Bezirksverwaltungsstelle erschienen. Das sei für sie die beste Methode, um das Erlebte zu bewältigen, hatte sie den Kollegen erzählt.

Ansonsten war in der Schalterhalle alles wie immer, nichts erinnerte an die Riesendummheit von Michaela Schmidt. Deren Ehemann hatte auf ihre SMS nicht geantwortet. Stattdessen hatte heute früh plötzlich dieser Drucks angerufen, bei dem sie wegen einer Finanzierung letzte Woche schon einmal vorsichtig vorgefühlt hatte. Herr Andreas Schmidt habe ihn beauftragt, sich um den Verkauf seines Hauses zu kümmern, die Sache sei eilig, da es nur ein Zeitfenster von wenigen Tagen gebe, um seitens der Sparbank die Versteigerung noch abzusagen. Er wisse von Herrn Schmidt, dass sie Interesse habe, ob man sich kurzfristig treffen könne?

Deshalb saß sie jetzt mit diesem Drucks in dieser Kombination aus Büro und Besprechungszimmer im hinteren Teil der Sparbank. Vor der Glastür befand sich eine Lamellenjalousie. An den weißen Wänden standen graue Regalschränke, auf dem einfachen Tisch mit weißer Platte zwei Wasserflaschen mit Gläsern und ein Computermonitor. Eine Tastatur dafür, ein Taschenrechner und ein Festnetztelefon. Der einzige Schmuck war eine Bankerlampe im Jugendstil, die nicht zur Einrichtung des Geldinstituts zu gehören schien. Berliner Messing, satinierter grüner Schirm. Kein Billigmodell, mindestens 300 Euro, taxierte sie die Leuchte. Ingrid Lodz kannte sich mit den Preisen für schöne Dinge aus.

»Danke, dass Sie es so kurzfristig einrichten konnten, Frau Lodz. Besonders, wenn man bedenkt, was Sie durchgemacht haben.«

Merkwürdig, dass sie diesen Kerl hier noch nie gesehen hatte. Aber er war ja auch nicht im Schalterbereich tätig.

»Ja. Ich habe mich Freitag und am Wochenende ausgeruht, viel geschlafen. Jetzt fühle ich mich wieder halbwegs fit. Aber bitte haben Sie Verständnis, Herr Drucks, dass ich nicht über diesen … Vorfall sprechen will.«

Der Bankmensch bemühte sich, verständnisvoll zu gucken, und blätterte in irgendwelchen Unterlagen. »Gut. Dann kommen wir direkt zur Sache. Wie ich hörte, haben Sie bereits mit Frau Schmidt vor ihrem Ableben wegen des Hauses verhandelt. Hatten Sie sich denn schon auf einen Verkaufspreis geeinigt?«

»125.000 Euro.« Die Antwort kam wie aus der Pistole geschossen.

»Mhm. Wir, also die Sparbank, haben das Haus auf einen Wert von 180.000 Euro festgesetzt. Bei einer Versteigerung läge das Mindestgebot bei siebzig Prozent davon, also 126.000 Euro. Warum sollten die Schmidts es für einen noch niedrigeren Preis an Sie veräußern?«

»Frau Schmidt war verzweifelt. Sie hat mir gesagt, sie wolle das Haus nur noch loswerden, so schnell wie möglich. Selbst wenn etwas von den Schulden übrig bliebe. Dann hätten sie aber wieder eine Perspektive, könnten wenigstens in Frieden leben. Und es sei überhaupt nicht sicher, ob überhaupt jemand bei einer Versteigerung ein Gebot abgäbe. Und dann würde sich ein Verkauf womöglich noch ewig hinziehen.«

Herr Drucks wirkte etwas ungläubig. Egal, etwas anderes würde er ihr als letzten Willen von Michaela Schmidt nicht beweisen können.

»Vielleicht bietet aber auch jemand mehr, Frau Lodz. Wir haben, wie gesagt, das Objekt auf 180.000 Euro geschätzt. Das entspricht übrigens genau der Höhe der Verbindlichkeiten der Familie Schmidt gegenüber unserem Hause. Die Schmidts haben bereits einige Renovierungen durchgeführt und die Lage des Objekts hat sich in letzter Zeit ja exorbitant verbessert. Der Blick auf den Phoenix-See…«

»… ist nur vorübergehend. Wir wissen doch beide, dass man von diesem Haus aus in spätestens zwei Jahren, wenn die Bebauung abgeschlossen ist, nur noch auf architektonisch anspruchslose viereckige Kisten im Einheitslook gucken kann.«

»Mit prominenten Fußballspielern als Nachbarn. Und die Fußläufigkeit zum See bleibt ja bestehen.«

»Wissen Sie eigentlich, dass ich mal eine Zeit lang im Jugendamt gearbeitet habe, Herr Drucks?«

»Äh, nein. Was tut das denn hier zur Sache?« Der Bankangestellte schien irritiert.

»Die minderjährigen Kinder der Familie Schmidt sind jetzt Halbwaisen. Der verbliebene Erziehungsberechtigte ist, jedenfalls derzeit, unbekannten Aufenthalts. Oder wissen Sie, wo Andreas Schmidt steckt?«

Drucks schüttelte den Kopf.

Ingrid Lodz fuhr fort: »Das Jugendamt schaltet in solchen Fällen das Familiengericht ein, das einen Vormund bestellt. Dieser Vormund ist verpflichtet, alles zum Wohle dieser Kinder zu veranlassen. Zum Beispiel auch gegen eine Bank zu klagen, wenn er den Eindruck hat, dass seine Mündel in Bezug auf ihr Erbe übervorteilt wurden. Das könnte für

Ihr Institut erheblich teurer werden als die 55.000 Euro Restschulden der Familie Schmidt, auf denen Sie sitzen bleiben.« Ingrid Lodz lächelte ihr Gegenüber an. »Um diesen Eindruck der Übervorteilung seiner Mündel zu erlangen, müsste der Vormund aber erst mal die Zusammenhänge kennen.«

Drucks räusperte sich, bevor er antwortete: »Nun gut. Wie dem auch sei. Falls die Sparbank – und ich sage falls, Frau Lodz, das obliegt der Entscheidung meines Kompetenzträgers – falls wir uns also auf Ihr Angebot von 125.000 Euro einlassen, wie würden Sie die Kaufsumme denn finanzieren wollen?«

»25.000 Euro in bar und ein Kredit der Sparbank über 100.000 zu 1,5 Prozent Zinsen bei 5,5 Prozent Tilgung. Laufzeit fünfzehn Jahre.«

Drucks zog spöttisch die Augenbrauen hoch, tippte auf einem Taschenrechner herum. Dabei antwortete er: »Das sind ja sehr ambitionierte Konditionen, die Sie sich da vorstellen. Aber selbst wenn mein Kompetenzträger dem zustimmen sollte: Die monatliche Rate betrüge 583,33 Euro.«

Der Bankangestellte blickte jetzt wieder seine Kundin an. »Wie wollen Sie das bedienen, Frau Lodz? Ich habe mir natürlich Ihre Konten angesehen. Da scheint mir kein Spielraum für eine weitere Finanzierung zu sein. Weder sehe ich irgendwo das Eigenkapital noch die Luft für die monatlichen Raten. Oder haben Sie Nebeneinnahmen, von denen wir nichts wissen?«

Statt zu antworten, deutete Ingrid Lodz auf die Bankerlampe: »Schönes Teil.«

»Finde ich auch. Habe ich bei eBay entdeckt, für 29,90 Euro, da musste ich direkt zuschlagen.«

Beide lächelten sich an.

Dann erhob sich Ingrid Lodz. »Meine Mittagspause ist gleich vorüber, Herr Drucks. Tragen Sie mein Angebot Andreas Schmidt vor, falls Sie ihn auftreiben. Und Ihrem

Kompetenzträger. Falls er zustimmt, sagen Sie die Versteigerung ab. Ich werde mich derweil über die Kollegen im Jugendamt um das Wohl der Kinder kümmern.«

Als Ingrid Lodz zum Ausgang des Büros ging, konnte sie sehen, dass man die gesamte Schalterhalle überblicken konnte, wenn die Lamellen vor der Glastür in die richtige Stellung gebracht waren.

Der Finanzierungsberater Norbert Drucks goss sich einen Schluck von dem stillen Wasser in sein Glas. Während er es langsam austrank, dachte er nach. Dann tippte er eine Nachricht in sein Telefon.

Lodz will Haus kaufen für 125 teuro. Übt Druck aus über die Kinder wie vermutet. Zeit läuft.

Dienstag

32.

Seit dem Attentat im Krankenhaus war ein weiterer Tag vergangen. Tom und Georg waren gestern Nachmittag aus dem Krankenhaus entlassen worden, der Kommissar auf eigene Gefahr. Er hatte versprochen, hektische Bewegungen zu unterlassen, damit seine Stichwunde nicht wieder aufplatzte. Gegenüber dem diensttuenden Arzt hatte er behauptet, noch gelegentlich Schmerzen zu haben, und sich eine Ration Voltaren mitgeben lassen.

Immer noch wurde mit Hochdruck nach den mysteriösen Attentätern gefahndet. Schüppe hatte sich sämtliche Karteien, die infrage kamen, ins Krankenhaus bringen lassen und dort noch Sonntagabend durchgesehen. Nichts. Von dem Älteren, den sie beide besser beschreiben konnten als den anderen, hatte nach Schüppes und Balzacks Angaben ein Zeichner des LKA ein Phantombild angefertigt. Es war sofort an die Presse weitergegeben worden.

Jetzt, am Dienstagmorgen, war das Bild in allen Zeitungen. Nichts. Es gab keine brauchbaren Hinweise auf den Mann. Den anderen, den Jüngeren, hatten sie beide nicht richtig gesehen. Um die dreißig, sportlich, blond – das traf auf viele zu. Die Analyse des im Krankenhaus reichlich verspritzten Blutes ließ auf sich warten. Und nach wie vor waren Herr Schmidt und seine Kinder verschwunden. Irgendwo sollte es da eine Tante geben, eine Schwester der Mutter, die sich um Marvin und Alina kümmerte. Aber die war nirgends gemeldet.

Den Staatsanwalt müsste er auch zurückrufen. Aber was konnte er dem schon groß sagen über den Stand der Ermittlungen? Allzu viel hatten sie ja leider noch nicht. Außerdem befürchtete Schüppe eine unangenehme Diskussion. Herr Tautzhagen könnte auf die Idee kommen, ihn von dem Fall abzuziehen, weil er jetzt selbst betroffen war. Natürlich Quatsch, der Kommissar war sowohl bei Schmidts als auch im Krankenhaus nur ein Zufallsopfer gewesen, beide Taten galten ja nicht ihm als Person. Trotzdem, lieber Georg, solltest du mit diesem Rückruf noch warten, dachte Schüppe.

Schließlich entschloss er sich, eine Idee umsetzen, auf die er durch Toms Erzählungen gekommen war. Auch wenn er das nicht für sehr vielversprechend hielt und er dem Reporter zugesagt hatte, das nicht zu tun. Schüppe plante einen Besuch im Bochumer Gefängnis, der Krümmede, und rief den Anstaltsleiter an.

»Wie, nicht mehr da?«

»Der Häftling muss nach Verbüßung seiner kompletten Strafe nächstes Jahr entlassen und deshalb schon jetzt auf die Freiheit vorbereitet werden. Deshalb hatte er mehrmals begleiteten Ausgang und zuletzt einmal unbegleiteten. Keiner von uns hat damit gerechnet, dass er nicht mehr zurückkehrt. Zum einen, weil noch nie ein Häftling so kurz vor seiner Entlassung entwichen ist, das macht ja keinen Sinn. Zum anderen wegen seiner tadellosen Führung. Wir wissen ja beide, dass er die Strafe nicht wegen seines Verhaltens bei uns komplett absitzen musste, sondern weil er nicht gesagt hat, wer seine Komplizen waren und wo die Beute ist. Ein Mann in dem Alter. Tja, so kann man sich irren.«

»Das gibt es doch nicht! Seit wann ist er denn abgängig?«

»Seit dem … Moment, mal nachsehen … seit letztem Mittwoch jetzt. Morgen werden wir die Suche rausgeben. Oft kommen die Leute innerhalb einer Woche zurück. Weil sie es sich doch anders überlegen oder nachdem sie draußen ihre persönlichen Dinge geregelt haben.«

»Hat er denn nach der langen Haftzeit noch soziale Kontakte?«

»So gut wie gar nicht mehr. Als ich hier 2008 angefangen habe, kam regelmäßig noch ein Mann zu Besuch, Mitte bis Ende vierzig, der angeblich sein Sohn war. Das hörte dann 2010 abrupt auf.«

»Das kann vom Alter her leider nicht unser Täter sein. Der ist schon um die sechzig. Na, jedenfalls vielen Dank für die Auskunft. Dann kann ich mir diesen Weg ja sparen.«

Schüppe hatte gerade aufgelegt, als das Telefon wieder klingelte.

»Frau Blaich, was gibt es?«

»Das Ergebnis der Blutuntersuchungen ist da.«

»Wie, sollten Sie denn nicht auf die Balzacks aufpassen?«

»Mach ich doch. Bin in der Wohnung, keine besonderen Vorkommnisse. Aber das hindert mich nicht daran, über mein Laptop die Datenbank des LKA anzuzapfen.«

»Und?«

»Die DNA eines der beiden Männer im Krankenhaus wurde bereits bei früheren Einbrüchen gesichert und identifiziert. Es handelt sich um einen Timmy Müller, geboren 30. August 85. Hat dreieinhalb Jahre bekommen wegen bandenmäßigen Einbruchs.«

»Und der andere?«

»Leider nichts. Scheinbar ein unbescholtener Bürger, dessen DNA noch nie sichergestellt wurde.«

»Mist, Mist, Mist! Der wäre viel wichtiger für uns. Aber vielleicht kommen wir ja über diesen Müller weiter.«

»Chef, noch was.«

»Ja?«

»Ich bin endlich dazu gekommen, die Vermögensverhältnisse der toten Bankräuberin und dieser Frau Lodz von der Stadt zu checken. Da hatte Gültekin mich drum gebeten, der ist da selbst nicht weitergekommen. Er hat's ja nicht so mit Computern.«

»Moment, können Balzack oder Charly Sie hören?«

»Nein, ich bin in Balzacks Büro. Die Fernsehleute sitzen

alle zusammen nebenan an ihrem Schnittplatz. Das Team aus Essen ist auch da. Also: Diese Familie Schmidt. Mit dem Transportunternehmen und dem Taxi zuletzt keine nennenswerten Einnahmen. Ein eigenes Haus, Adresse kennen wir ja, mit siebzig Prozent des Kaufpreises verschuldet. Das Haus soll demnächst versteigert werden.«

»Warum?«

»Das ist genau der Punkt. Das Haus ist fast das Doppelte vom damaligen Kaufpreis wert. Weil man von dort jetzt statt auf eine Industriebrache auf den Phoenix-See gucken kann. Also null Risiko für die Sparbank. Trotzdem haben die den Schmidts vor ein paar Monaten erst die Überziehungskredite für das Privat- und das Geschäftskonto, danach sämtliche Hypotheken gekündigt, obwohl die Schmidts regelmäßig gezahlt haben. Na ja, manchmal mit ein paar Tagen Verspätung. Das war dann auch der offizielle Grund für die Kündigung. Was das mit den Überziehungskrediten sollte, habe ich nicht verstanden. Ich meine, wenn der Mann kein Geld mehr hat, um Sprit und Reparaturen für seine Autos zu bezahlen, wie soll der dann als Taxifahrer und Transportunternehmer Geld verdienen? Gehört übrigens bei der Sparbank nicht zum üblichen Vorgehen. Normalerweise geben die den Leuten Zeit, ihre Immobilie in Ruhe zu verkaufen. Oder finanzieren sogar noch nach, wenn der Wert so dramatisch gestiegen ist, wie in diesem Fall. Hier haben sie es umgekehrt gemacht, das Haus künstlich runtergerechnet. Jedenfalls hat die Sparbank jetzt ihre Sicherheiten verwertet, das Haus ist in der Versteigerung, zu einem lächerlich niedrigen Ausgangspreis, der die Schmidts am Ende wahrscheinlich noch mit Schulden zurücklässt. Nächste Woche ist der Termin.«

Schüppe war beeindruckt. »Sehr gute Arbeit, Frau Blaich. Woher wissen Sie denn das alles, über Finanzierungen und was bei Banken üblich ist? Haben Sie das von dem Ehemann?«

»Das Netz gibt einem viele Antworten, wenn man die richtigen Fragen stellt. Der Ehemann ist doch immer noch verschwunden.«

»Woher?«, insistierte ihr Chef.

»Sagen wir mal so: Jedenfalls nicht durch die Auswertung der Akten, die wir nach dem zweiten Einbruch im Haus sichergestellt haben. Da fehlten nämlich sämtliche Finanzierungsunterlagen für das Haus. Habe ich die Kollegen gezielt nach suchen lassen, nachdem ich mir die Infos bereits aus anderen Quellen …«

Schüppe stöhnte. »Frau Blaich, wenn das jemand …«

»Wollen Sie auch noch was zu Frau Lodz wissen, der Tante von der Stadtverwaltung?«

»Fast nicht mehr, wenn ich überlege, in welche Computer Sie dafür eingebrochen sind … Aber schießen Sie los.«

»Diese Dame arbeitet seit zwanzig Jahren für die Stadt, knapp 2.500 Euro netto. Ihr Mann war selbstständig, ist jetzt Frührentner. 600 Euro Rente. Vor ein paar Jahren haben Sie in Menglinghausen ein Haus gekauft. Dann zwei alte Mehrfamilienhäuser im Norden, wo sie früher als Mieter gewohnt haben. Die Töchter reiten beide, haben eigene Pferde.«

»Das alles von zusammen 2.900 Euro netto?«

»Eben. Geerbt oder im Lotto gewonnen haben sie jedenfalls nicht. Schwarzgeld aus seiner früheren Selbstständigkeit ist auch unwahrscheinlich, der war ein kleiner Krauter, hatte nur einen Helfer.«

»Sehr gut, Frau Blaich. Diese Sache mit der Frau Lodz können Sie ruhig dem Balzack stecken. Da kann der sich mal nützlich machen und recherchieren. Das ist für uns jetzt nicht so relevant. Wenn es dabei nur um Unterschlagung oder Korruption geht, will ich nichts damit zu tun haben. Erst mal. Das Wichtigste für uns sind jetzt die Schmidts. Die können sich doch nicht in Luft aufgelöst haben. Ich werde Gültekin darauf ansetzen, der soll selbst gucken, dass er den Vater endlich auftreibt. Mit den Kollegen der Fahndung scheint das ja nicht zu funktionieren. Und Sie sollten mal die Sparbank anrufen, das können Sie auch von Balzacks aus. Lassen Sie sich mit einem Vorstand verbinden, in dessen Bereich die Immobilienfinanzierung fällt, nicht mit einem Sachbearbeiter. Und fragen Sie an, ohne den konkreten Fall Schmidt zu benennen, wie die da üblicherweise vorgehen. Halten Sie mich auf dem Laufenden. Wenn etwas ist: Handy. Ich gehe jetzt zum Mittagessen.«

33.

Zu früh gefreut, dachte Schüppe in dem Moment, als das Festnetztelefon erneut klingelte.

Die Wache: »Hier steht ein Herr Drabinski und will Sie unbedingt persönlich sprechen.«

Drabinski … überlegte Schüppe, Drabinski … wer war das noch? Ah, der.

»Ist in Ordnung, bringen Sie ihn bitte hoch in mein Büro.«

Der unscheinbare Stadtinspektor Klaus Drabinski hatte für diesen Besuch offensichtlich seinen ganzen Mut zusammengenommen. Auf Schüppe wirkte er unsicher, ängstlich fast, wie er so vor ihm stand mit seiner Aldi-Tüte, die er hin und her schwenkte und ständig nach links und rechts schaute.

»Guten Tag, Herr Drabinski, nehmen Sie bitte Platz. Worum geht es?«, begann der Hauptkommissar das Gespräch.

»Ja, also, Herr Schüppe, ich weiß nicht, wie ich es sagen soll. Mir ist da etwas aufgefallen. Wird unser Gespräch hier eigentlich aufgezeichnet? Wenn ich das jetzt erzähle, erfährt das dann die Stadtverwaltung?«

»Nein, Herr Drabinski, das Gespräch wird nicht aufgezeichnet. Wenn Sie mir aber Informationen über Straftaten geben, darf ich die nicht ignorieren und muss Sie noch einmal offiziell vernehmen. Falls es in diesem Zusammenhang zu einem Prozess kommt, kann es sein, dass Sie als Zeuge gehört werden. Nur: Wenn Sie mir etwas erzählen, das der Wahrheit entspricht, warum soll denn dann die Stadtverwaltung davon nichts wissen?«

Drabinski rutschte auf seinem Stuhl hin und her. »Ich möchte mich innerhalb der Verwaltung verändern. Im Gesundheitsamt wird Ende des Jahres eine Planstelle frei, auf die ich mich gern bewerben würde. Und wenn das stimmt, was ich mir zusammenreime, dann gibt das ganz schön Ärger für die Stadt. Und vielleicht auch für mich.«

Ja, das kenne ich, dachte Georg. Unangenehme Wahrheiten wirken sich selten positiv auf die Karriere aus. Um das Eis zu brechen, fragte er: »Was ist das denn für eine Planstelle, auf die Sie schielen?«

»Wissen Sie, Herr Schüppe, wir sprechen ja jetzt unter uns. Ich will nicht als Held der Arbeit in die Annalen der Stadtverwaltung eingehen. Ich tue meinen Job und werde dafür angemessen bezahlt. Und eine Tante von mir, die ist beim Gesundheitsamt und steht kurz vor der Pensionierung. Die sitzt dort seit zweiunddreißig Jahren in einem winzigen Büro unter dem Dach. Sie führt Buch über den Verbrauch von Hygieneartikeln und Verbandzeug, das vom Gesundheitsamt in den verschiedenen Beratungsstellen ausgegeben wird. Die Mengen bekommt sie einmal monatlich von den Stellen übermittelt, addiert sie und trägt das Ergebnis in Formulare ein. Das war früher, von Hand, noch etwas Arbeit, jetzt sind das ein paar Mausklicks. Die Formulare werden in Aktenordner geheftet, die Ordner nach Jahrgängen sortiert in Regale gestellt, die in langen Reihen angeordnet sind.«

Für Georg Schüppe klang das nicht nach einer ausfüllenden und befriedigenden Tätigkeit, offensichtlich blieb Drabinski das nicht verborgen.

»Verstehen Sie, Herr Schüppe – das ist eine Arbeit, die man an einem Vormittag im Monat leisten kann. Und die restliche Zeit kann man sich einteilen. Deshalb will ich dahin.«

»Da müssen aber doch bestimmt Statistiken erstellt werden und da kommt doch auch mal jemand vorbei ...«

»... um sich den Verbrauch von, sagen wir einmal, Mullbinden in der Beratungsstelle Eving im August 1983 anzusehen? Das interessiert doch keine Sau. Außerdem stehen die Zahlen ja nicht einzeln in den Formularen, sondern nur der addierte Gesamtverbrauch. Die Zahlen, die Tante Erika zusammenrechnet, münden nicht einmal in irgendwelche Statistiken, aus denen man den gesamten Mehr- oder Minderverbrauch ablesen und Konsequenzen ziehen könnte. Die Zahlen kontrolliert keiner, im Prinzip könnte meine Tante in die Tabellen reinschreiben, was sie will. Die Formulare und Akten werden einfach nur abgeheftet und für die Nachwelt aufgehoben. Wahrscheinlich weiß selbst im Gesundheitsamt kaum jemand, was die Erika da so treibt. Vom Personalamt ganz zu schweigen. Doch wenn ich denen verklickern will, dass diese Planstelle wichtig und wie für mich geschaffen ist, dann dürfen die nicht über meinen Namen stolpern. Deshalb ist diese Aussage für mich hier so heikel.«

»Und was hat Sie dann bewogen, trotzdem zu mir zu kommen?«

»Nun ja, wenn das stimmt, was ich mir zusammenreime, könnte ich der Verwaltung helfen, viel Geld zu sparen. Und im Gegenzug ...«

Wenn du dich da mal nicht täuschst, Freundchen, dachte Schüppe. Der Verrat wird geliebt, nicht der Verräter. Wahrscheinlich wirst du in der Methadonausgabe landen oder im Jobcenter, irgendwo, wo keiner hinwill.

»Das kann ich natürlich nicht beurteilen, Herr Drabinski. Dazu müssten Sie mir erst mal erzählen, worum es überhaupt geht.«

Und Drabinski erzählte. Von Ingrid Lodz, die sich immer so teuer kleidete. Eine Cartier-Uhr trage, die sie angeblich in Bangkok für zwanzig Dollar gekauft habe, die er für echt hielt. Über den Gesundheitszustand ihres Mann klagte, der mit einer Minirente im Vorruhestand war. Dass manchmal Handwerker im Amt anriefen, woraus er schloss, dass sie ein oder mehrere Häuser besaß. Dass das ja alles nicht zusammenpasse. Und dass die vorherigen Überfälle auf die Sparbankfiliale immer genau nach der Einzahlung der städtischen Gelder und vor Erscheinen des Geldtransporters stattfanden.

Hier hakte Schüppe ein: »Herr Drabinski! Darüber haben wir beiden doch schon gesprochen, direkt nach dem Überfall. Das ist mir nicht neu. Und was Sie sich so über Ihre Kollegin zusammenreimen …«

Der Kommissar war genervt. Dieser Komiker klaute ihm die Mittagspause. Aber man kann ja nie wissen …

»Ich habe aber etwas beobachtet während des letzten Überfalls, dem ich anfangs keine Bedeutung beigemessen habe. Als ich da stand und rauchte, lief draußen so ein Junkie rum. Baggy Jeans, Kapuzenpullover, Mitte dreißig. Der kam mir irgendwie bekannt vor. Mittlerweile weiß ich auch, woher: Das ist ein Kunde von Ingrid. Und der sieht vom Gesicht her ganz anders aus als auf den Überwachungsbildern und auf Ihrem Fahndungsplakat von den früheren Überfällen. Und auch ganz anders, als ich ihn vor der Bank gesehen habe. Wahrscheinlich halten Sie mich jetzt für bescheuert.« Drabinski blickte Schüppe erwartungsvoll an.

»Nein, überhaupt nicht. Reden Sie weiter«, ermunterte ihn der Kommissar und dachte: Ich habe sogar schon eine Idee, was jetzt kommt.

»Zuerst ist er mir wegen seines Ganges aufgefallen. Dann wegen der Kleidung. Der hat immer dieselben Klamotten an, wenn er bei Ingrid am Schreibtisch sitzt. Und dann ist mir eingefallen, dass ich die beiden vor ein paar Wochen durch das Schaufenster im Café gegenüber gesehen habe, als ich aus der Mittagspause zurückkam. Ich habe mich gewundert, aber dann nicht mehr daran gedacht, weil ich nach den Polizeiwagen geguckt habe. Kurz zuvor war nämlich die Sparbank überfallen worden. Jedenfalls ein ganz junger Typ, einundzwanzig Jahre alt, ohne festen Wohnsitz, glaube ich.«

Schüppe grinste, nahm sich einen Block und einen Stift zur Hand: »Herr Drabinski, das glauben Sie nicht, das wissen Sie. Weil Sie im Computer nachgesehen haben. Und jetzt verraten Sie mir mal den Namen, das Geburtsdatum und die Meldeadresse des Verwandten, bei dem die Schreiben des Amtes für diesen jungen Mann landen.«

Schon mal zwei Banküberfälle aufgeklärt, dachte Schüppe. Ganz gute Bilanz für eine halbe Mittagspause. Drabinski schob mit roten Ohren einen Ausdruck aus dem Melderegister über den Schreibtisch, den er aus seiner Einkaufstüte gefischt hatte.

Gleich mal zur Fahndung rausgeben. Fehlt nur noch die Maske. Aber vielleicht kommt ja noch mehr.

»Sagen Sie mal, Herr Drabinski, was Sie mir vorhin über die Tätigkeit Ihrer Tante im Gesundheitsamt erzählt haben – läuft das mit dem Geld im Bezirksamt, also mit dem Nachrechnen und den Kontrollen, eigentlich ähnlich?«

Das anschließende Gespräch, bei dem Klaus Drabinski den Kommissar in die Geheimnisse und Funktionsweise der Stadtverwaltung im Allgemeinen, in der Bezirksverwaltungsstelle Hombruch im Besonderen und von Teamleitern wie Ingrid Lodz im Speziellen einweihte, fand Georg Schüppe sogar fast noch interessanter als das zuvor Gehörte.

Am Ende bedankte er sich herzlich bei seinem Besucher für die Informationen. Klaus Drabinski verließ sein Büro in dem Gefühl, sich als sehr wichtiger Informant der Polizei erwiesen zu haben.

Im Kühlschrank fand Georg zwei Stücke Pflaumenkuchen, die Gisela gebacken und ihm mitgegeben hatte. Er setzte sich Kaffee auf, nahm eine Voltaren und hing seinen Gedanken nach.

Die dreißig Millionen Mehrkosten für das U. Die kokainsüchtige Mitarbeiterin des Oberbürgermeisters, die eine

Million Euro aus der Kasse geklaut haben sollte. Die Mitarbeiter des Bauhofes, die über Jahre städtisches Altmetall verkauft und das Geld für sich verwendet hatten. Die Ticketverkäuferin an der Theaterkasse, die Eintrittskarten ausgebucht und auf eigene Rechnung verkauft hatte. Ohne Unrechtsbewusstsein. Und jetzt noch Ingrid Lodz. Man könnte meinen, die machten, was sie wollten. Als ob die Stadt ihnen gehörte. Andererseits: Um die neuntausend Menschen arbeiteten bei der Stadtverwaltung, mehr oder weniger. In den ausgelagerten Tochterfirmen noch einmal dreitausend. Klar waren schwarze Schafe darunter, wie überall. Natürlich ging da mal etwas schief.

34.

Als es klingelte, sprang Christin sofort auf, lief von Toms Arbeitszimmer eilig hinüber ins Wohnzimmer, wo sich auch die Eingangstür befand. Harry hatte schon den Knopf für den Haustüröffner gedrückt. Christin stellte sich breitbeinig neben die Tür, zog ihre Dienstwaffe und entsicherte sie.

»Nicht, dass du jetzt den Pizzaboten erschießt, bevor er unser Mittagessen abgeliefert hat«, sagte der Kameramann spöttisch.

Als der Mann mit seiner Lieferung die Etage erreicht hatte und vor der Wohnungstür stand, durfte Harry diese erst öffnen, nachdem er sich durch einen Blick durch den Spion davon überzeugt hatte, dass es sich bei dem Boten um Charlys und Toms Stammlieferanten handelte. Trotzdem blieb Christin Blaich mit der Pistole in beiden Händen, die sie nach schräg oben zur Zimmerdecke gerichtet hatte, stehen, wo sie war, als der Pizzamann eintrat. Der wirkte angesichts der schussbereiten Beamtin nicht im Geringsten überrascht.

»Ah, die Leute vom Fernsehen. Dreht ihr hier gerade einen Krimi?«, fragte er fröhlich.

Nachdem sie das Essen entgegengenommen und bezahlt hatten, ließen sich alle auf der schwarzen Ledergarnitur nieder. Lydia war schlecht gelaunt. Sie unterhielt sich mit Charly darüber, wie man es als Frau am besten hinbekam, bei Drehs praktisch und doch nicht zu unsexy gekleidet zu sein. Dabei blickte sie immer wieder misstrauisch zu Harry hinüber, der sich, wie sie fand, zu angeregt und zu leise mit Christin Blaich etwas auf deren Laptop ansah. Die beiden teilten sich einen der schwarzen Ledersessel, Harry saß mehr auf der Kante. Etwas zu eng an der Dame, fand Lydia. Christins Pizza stand auf dem braunen Kacheltisch aus den Sechzigern, der so gar nicht zur restlichen Einrichtung der Wohnung passen wollte und den sie mit der Kurbel hochgedreht hatten, um besser essen zu können.

Die Polizistin tippte auf der Tastatur des Laptops in ihrem Schoß, Harry beugte sich sehr dicht über sie, um mitgucken zu können. Hoffentlich guckt der auch wirklich auf den Monitor und nicht nur auf ihre Möpse, dachte Lydia. Allzu viel gibt es bei der ja nicht zu sehen, da ist der Junge von zu Hause größere Portionen gewohnt, beruhigte sie sich. Worüber die beiden sprachen, konnte sie nicht verstehen, und das machte sie halb wahnsinnig.

Lydia hatte nämlich in letzter Zeit häufiger den Eindruck, dass ihr Freund und Kameramann gern mal jüngeren Frauen hinterherblickte. Eigentlich Frauen in seinem Alter, um die dreißig. Aber eben jünger als sie. Dabei war sie trotz der acht Jahre Altersunterschied doch noch gut in Schuss, wie Lydia selbstbewusst glaubte. Und konnte ihrem ›Toy Boy‹, wie Harry selbst sich einmal scherzhaft genannt hatte, noch einiges beibringen. Obwohl man meinen sollte, dass der Junge während seiner Zeit als Matrose auf einem Frachtschiff schon in viele Häfen in aller Welt eingelaufen war.

In diesem Moment winkte Harry seinen Chef zu sich. »Guck mal, Tom, wo die Christin mit ihrem Rechner überall reinkommt!«, rief er und sah die Beamtin bewundernd an.

Mach ruhig so weiter, Freundchen, dachte Lydia bitter, dann werde ich dir heute Abend mal zeigen, wo du überall nicht reinkommst.

Sie war die Einzige, die ruhig sitzen blieb. Die anderen interessierte die Pizza jetzt nicht mehr, die Pappschachteln landeten auf dem Kacheltisch vor dem Sofa. Harry, Tom und Charly drängten sich um Christins Rechner.

»Der Zentralcomputer der Sparbank! Ich werd nicht mehr!«, rief Charly. »Kannst du auch aus dem Minus auf meinem Konto ein Plus machen?«, krähte sie aufgeregt.

»Lass den Quatsch«, warf Tom ärgerlich ein und bat Christin: »Geh bitte mal auf die Seite mit den Kundenkonten und gib ›Lodz‹ ein.«

Die Übersicht zeigte zwei Konten an. Die Details des ersten, von Harald Lodz, waren unspektakulär. Jeweils am ersten eines Monates ging seine Frührente in Höhe von 589,43 Euro ein. Zwei- bis dreimal im Monat hob er Beträge zwischen einhundert und zweihundert Euro in bar ab. Keine weiteren Eingänge, keine Abbuchungen, keine Überweisungen.

»Typisches Taschengeldkonto«, meinte Charly.

Interessanter war das Konto seiner Frau Ingrid. Sie studierten die Kontobewegungen der letzten zwölf Monate. »2.489,31 Euro netto von der Stadt. Abbuchungen für Energie, Gas, Strom, Wasser, für drei verschiedene Objekte. Kabelanbieter. Interessant, Sky haben die auch. Sammelabbuchungen für drei Hypotheken über insgesamt 2.832 Euro. Guck mal nach, wie hoch die Hypotheken in Summe sind. Da … 622.000 Euro hat sie ursprünglich aufgenommen. Bei den Eingängen zwei verschiedene Mieter, der eine überweist 431 Euro, der andere 282 Euro. Entweder haben die Leerstände oder sind noch nicht fertig mit den Renovierungen.«

Tom scrollte durch die Umsatzposten, machte sich auf einem Zettel Notizen, rechnete Zahlenkolonnen zusammen.

»Also, grob sieht das so aus: Einnahmen 2.500 Gehalt, 360 Euro Kindergeld, etwa 700 Euro Bruttomieten, sind zusammen: 3.560 Euro. Abzüglich Hypotheken, 2.800 Euro rund, und 750 feste Kosten für alles Mögliche.«

»Also plus minus null. Keine Kartenzahlungen in Supermärkten oder an Tankstellen. Keine Barabhebungen. Wovon leben die?«, fragte Harry.

»Keine Kleidung, keine Schuhe«, stellte Charly fest.

»Also, halten wir mal fest: Ihren gesamten Lebensunterhalt scheint Familie Lodz in bar abzuwickeln. Wo kommt dieses Bargeld her? Was sagt denn dein Chef dazu?«, fragte er die Kommissarin.

»Ich habe Herrn Schüppe vorhin erst informiert, auch nur grob. Ihr kennt die Zahlen besser als er.«

»Hat er im Zusammenhang mit der Sparbank eigentlich schon mal den Namen Drucks erwähnt?«

»Du weißt doch, dass ich euch nichts über unsere Ermittlungen erzählen darf«, sagte Christin und schüttelte dabei verneinend den Kopf.

»Kommst du auch in die Personalakten der Sparbank? Dann gib doch mal diesen Namen dort ein. Norbert Drucks«, forderte Tom sie auf.

Christin zögerte kurz, hackte dann eine Zeit lang auf ihrer Tastatur herum, drehte den Bildschirm zu Tom.

Der las schnell die Seite runter. »Beschäftigt seit 1981 … Ausbildung in Essen … Zweigstelle Holsterhausen … Zuverlässig … 1987 auf eigenen Wunsch zur Immobilienfinanzierung versetzt … Weiterbildung bei der Sparbankakademie zum Sparbank-Betriebswirt … Danach Umgruppierung und kleine Gehaltszulage, aber keine Beförderung … Wenig eigene Ideen … Kein Führungspotenzial … Seit Umstrukturierung und Zusammenschluss der Immobilienfinanzierung mehrerer Sparbanken vor drei Jahren einer von vier Mitgliedern im Team für private Baufinanzierungen bis 500.000 Euro. Standort des Teams: Dortmund. Auf Antrag durfte er seine Altkunden behalten. Hm. Da steht nicht viel, was ich noch nicht wusste. Außer, dass der jetzt sein Unwesen nicht mehr nur in Essen treibt. Kannst du mal gucken, ob der Zugriff auf weitere Konten hat?«

»Warte mal … Ja, er ist Verfügungsberechtigter über ein Mietenkonto. Boah, guck mal, was da eingeht. Zigtausende im Monat. Das bleibt da aber nicht, das geht an eine … NorthernGround SOPARFI S.A., eine Luxemburger Firma. Alle paar Monate kommen aus Luxemburg Hunderttausende an, die Drucks dann auf andere Konten bei der Sparbank weiterverteilt. Notaranderkonten. Davon werden wohl Hypotheken abgelöst.« Tom war ganz aufgeregt.

»Echt? Check mal, wer die Nutznießer dieser Konten sind. Ob da ein Galewski, ein Huth oder eine Familie Bauer bei ist.«

»Jaaaa … hier. Galewski im Februar, Huth und Bauer im Juni und Juli.«

»Hab ich dich, du Schwein!«, rief Tom und sprang auf, rannte in Gedanken vertieft eine Weile durch das Wohnzimmer. Oder auch nicht, dachte er. Eine Luxemburger Holding, deren Gewinne dort zu versteuern sind, wo der Eigentümer sitzt. Eine Verzeichnispflicht des oder der Eigentümer dieser SOPARFIs gibt es in Luxemburg nicht. Häufig gehörten diese Art von Gesellschaften anderen Firmen, die ihren Sitz auf den Kanalinseln, in Gibraltar, auf Zypern hatten. Oder in der Karibik. Jedenfalls irgendwo, wo die Gewinne weitestgehend steuerfrei blieben. Und die Eigentümer dieser Offshorefirmen anonym. So ganz genau wusste Tom das auch nicht, aber es war ein Ansatz. Dieser Drucks erstaunte den Reporter immer mehr.

»Kannst du mir davon Screenshots machen?«, fragte er Christin.

»Du spinnst doch wohl!«, antwortete die Polizistin. »Soll ich meinen Cybereinbruch in die Bank jetzt auch noch dokumentieren?«

»Tom, wir waren auch eigentlich bei Familie Lodz«, machte Lydia sich bemerkbar.

»Stimmt«, sagte Tom enttäuscht. »Was ist denn mit dem Rechner der Stadt Dortmund, geht das auch? Personalamt, Akte von Ingrid Lodz?«

Christin schüttelte bedauernd den Kopf. »Sorry, habe ich versucht. Zu gut gesichert. Beim Einwohnermeldeamt und beim Ordnungsamt käme ich mit meiner Polizeikennung weiter, aber dort wird jeder Zugriff registriert. Das könnte unangenehme Fragen nach sich ziehen, in welcher dienstlichen Angelegenheit Christin Blaich dort heute etwas abgefragt hat.«

»Versuch es mit TREMONIA, großgeschrieben, direkt daran als Zahlen sechs, vier, fünf, sechs. Das ist das Passwort des Leiters vom Ordnungsamt, damit kommt man im städtischen System fast überall rein«, sagte Lydia und biss ein großes Stück ihrer Pizza ab. Seelenruhig kaute sie weiter, während die anderen sie verblüfft anstarrten. Als sie den Mund wieder frei hatte, fügte sie erklärend hinzu: »Habe ich gestern gehackt. Schweinearbeit. Aber ich musste noch deinen letzten Strafzettel löschen, Tom. Einhundertfünfundfünzig bei hundert auf der A40 zwischen Lütgendortmund und Kley. Das wären die finalen zwei Punkte gewesen. Ein Monat Führerscheinverlust. Einen Chef ohne Fleppe können wir uns nicht leisten.« Der Ton ihrer Stimme blieb gleichgültig. Innerlich dachte sie triumphierend: Da guckst du dumm, du Bleichgesicht.

Tom pfiff anerkennend. »Alle anfallenden Arbeiten!«, zitierte er lachend aus Lydias Arbeitsvertrag.

Kurz darauf fanden sie dann den Satz, der sie aufhorchen ließ, den sie aber niemals würden zitieren oder verwenden können, weil dann ganz klar gewesen wäre, woher sie ihn hatten: *VS: Oberinspektorin Lodz ist als Teamleiterin der Bürgerdienste Mitarbeiterin der BVS Hombruch. Bis zur Beendigung der internen Revision dort personalrelevante Veränderungen bitte nur nach Rücksprache mit dem Leiter des Personalamtes!*

Der Eintrag konnte nichts mit dem Banküberfall zu tun haben. Er war bereits elf Monate alt.

Die Stadt wusste also seit Langem, dass bei der Frau etwas krumm lief.

35.

»Ich glaube nicht, dass das eine gute Idee ist, dort einzusteigen, Kinder«, sagte der Riese in sanftem Ton und drückte die Autotür zu.

Willi Nordland schrie vernehmlich auf, weil sich sein verletzter Arm noch zwischen Tür und Rahmen befand. Alina Schmidt nickte ernst und nahm die Hand ihres kleinen Bruders. Ängstlich blickte sie auf den Riesen und die drei anderen Männer, die sich um den Wagen versammelt hatten. Sie sind alle schwarzhaarig und wirken gegen den Riesen wie Zwerge, dachte sie.

Ihr kleiner Bruder Marvin erklärte: »Ich weiß, wir wollten ja auch gar nicht mitfahren. Aber der Mann hat gesagt, nur er kann uns zu unseren Eltern bringen. Die sind doch schon so lange weg!«

Der Kahlköpfige bückte sich zu Marvin hinunter, streichelte ihm mit der freien Hand über die Wange und sagte sanft: »Ja, mein Junge. Aber das hier ist ein böser Mann. Geht bitte zurück zur Schule und wartet da. Wir haben hier noch etwas zu besprechen. Unter Erwachsenen.«

Alina zog Marvin mit sich. Nachdem sie sich ein paar Schritte entfernt hatten, begannen die Kinder zu rennen. Der Riese verharrte und sah ihnen nach. Als er sich wieder aufrichtete, verdeckte er mit seinem über zwei Meter hohen muskulösen Körper die Beifahrertür des Mercedes, in der Nordlands Arm steckte und die er nun noch weiter zudrückte.

Nordland wand sich vor Schmerzen. »Was wollt ihr von mir, verdammt? Lasst mich los!«, zischte er, blickte in die

Runde, trotz allem bemüht, möglichst wenig Aufsehen zu erregen.

»Wir wollen dir Grüße bestellen. Von Ali. Den kennst du doch, den hat dein Messer besucht«, sagte der Riese. »Meine Leute und ich denken, dass du heute noch eine Premiere erlebst. Und den Tag als erste Leiche in der Pfütze da vorn beendest.«

Dabei blickte er auf den Phoenix-See auf der anderen Seite der viel befahrenen Weingartenstraße. Die anderen Männer lachten dunkel.

Obwohl er vor Schmerzen fast ohnmächtig wurde, gelang es Nordland, mit der freien Hand in seinen Hosenbund zu greifen. Als er sie wieder hervorzog, hielt er eine P99 darin, die er mit dem Daumen entsicherte. »Das glaube ich aber ganz und gar nicht, ihr Clowns.«

Dabei richtete er die Waffe nach oben, unter das Kinn des Riesen, der den Druck auf die Autotür verringerte.

»Seid froh, dass ich gerade kein Aufsehen gebrauchen kann. Und jetzt verpisst euch, aber schnell.«

Die Männer wichen zurück. Der Riese nicht, auch wenn er die Tür freigab. Er blieb ruhig stehen und verschränkte die Arme vor der Brust.

Willi Nordland lief um den Wagen herum, stieg ächzend auf der Fahrerseite ein, wobei er die ganze Zeit mit der Pistole herumfuchtelte.

Der große Mann blieb unbeeindruckt. »Für heute kommst du noch mal davon, Willi Nordland. Aber kein zweites Mal. An deiner Stelle würde ich mich ständig umsehen, immer. Wir werden dich finden und du wirst die Rechnung bezahlen.«

»Jaja. Pass du lieber auf, dass dir nicht noch mehr von deinen Ölaugen abhandenkommen.« Willi Nordland schwenkte die Waffe immer noch zwischen Igor und seinen Leuten hin und her. So lange, bis er den Wagen gestartet hatte und die heruntergelassenen Scheiben hochgefahren waren. Dann gab er Gas.

36.

Schon den ganzen Vormittag über hatte Ingrid Lodz aus ihrem Bürofenster immer wieder auf den Platz unter ihr geblickt. Vielleicht sah sie ihn ja zufällig, diesen sauberen Herrn Drucks, wenn er in die Sparbank käme. Dann könnte sie hinuntergehen, Geld auf das Konto der Stadtkasse einzahlen und ihn wie nebenbei ansprechen. Ohne zu zeigen, wie dringend es ihr war mit dem Kredit.

Diese verdammte Michaela Schmidt! Es hätte alles so einfach sein können. Schon vor ein paar Monaten, als diese Mutter von zwei Kindern sich zum ersten Mal an den Schreibtisch der Oberinspektorin Lodz bei den Bürgerdiensten verirrt hatte, war ihr die Chance auf Anhieb klar geworden. Ein kleiner Besuch bei den Kollegen vom Stadtplanungsamt hatte ihr recht gegeben. Die Stadt würde dieses Grundstück demnächst dringend benötigen. Weil sie sich nämlich dazu durchgerungen hatte, dem öffentlichen Druck nachzugeben und am See auch Sozialwohnungen zu bauen. Und wenn das langwierige Prozesse ersparte, war eine Kommune immer bereit, für schnelle und geräuschlose Einigungen mit Eigentümern erheblich mehr Geld in die Hand zu nehmen, als ein Objekt eigentlich wert war. In etwa sechs Wochen würde dieser Beschluss im Rat ergehen. Ingrid Lodz war sich darüber bewusst, dass sie bis dahin eingetragene Eigentümerin sein musste. Und dass sie für dieses Projekt eine Anzahlung benötigen würde, die durch ihre kleinen Nebenauszahlungen von der Stadt in dieser Höhe kurzfristig nicht zu leisten war. Da war ihr die Idee mit Marcel und den Überfällen gekommen. Immer schön nach den Einzahlungen der städtischen Gelder, damit die Sparbank-Kasse auch gut gefüllt war.

Die 25.000 Euro, die Ingrid Lodz auf diese Art angespart hatte, hatte sie Frau Schmidt als Sofortzahlung angeboten.

Und ihr weitere 125.000 in achtzehn Monaten für das Haus geboten. Während dieser Zeit hätte die Familie dort mietfrei weiter wohnen können. Sogar die monatliche Belastung von 1.100 Euro pro Monat hätte sie übernommen. Mit den rund 6.000 Euro, die die Teamleiterin monatlich von den Einnahmen der Stadt einbehielt und einem gelegentlichen Einsatz ihres Zöglings Marcel in der Sparbank hätte das anstandslos funktioniert. Familie Schmidt hätte sich in Ruhe eine andere Bleibe suchen können, wäre nach den eineinhalb Jahren fast schuldenfrei gewesen. Sie hätte in dieser Zeit einen Käufer gesucht und das Haus in der Weingartenstraße weiterverkauft. Von den 150.000 Euro Gewinn, mindestens, hätte sie ihre anderen Häuser komplett abbezahlt. Eine Win-win-Situation, jedenfalls für Familie Schmidt und Ingrid Lodz. Für die Stadt und die Sparbank natürlich weniger. Aber in der Verwaltung schien man das Geld nicht zu vermissen, die ungestempelten Einzahlungsquittungen waren seit Jahren niemandem aufgefallen. Und die Bank war gegen Überfälle bestimmt versichert.

Jetzt hatte sie stattdessen gleich mehrere Probleme. Sie konnte den Ehemann, die Kinder und das Geld für den Hauskauf nicht auftreiben. Andreas Schmidt hatte sie bei ihren täglichen Kontrollfahrten in der Weingartenstraße nicht angetroffen. Sie wusste auch nicht, wo sie ihn suchen sollte. Wegen der Kinder hatte sie bereits von ihrem Dienstapparat aus in der Schule angerufen, sich als Mitarbeiterin des Jugendamtes ausgegeben. Marvin und Alina waren seit Freitag dort nicht mehr erschienen, wurden wohl von einer Tante betreut. Diese Jessica Semmling hatte Ingrid Lodz sogar in ihrem Computer, weil sie sich vor einigen Monaten wegen häuslicher Gewalt ihres Lebensgefährten an die Stadt gewandt hatte. Doch wo die jetzt steckte, war nicht zu ermitteln. Nicht mehr bei ihrem polnischen Freund, auch nicht in einem Frauenhaus. Die Handynummer hatte diese Semmling natürlich gewechselt. Ingrid Lodz hatte der Schulleiterin eingeschärft, sich ausschließlich unter der städtischen Durchwahl, die gerade während ihrer beider Gespräch im Display zu sehen war, an das Jugendamt zu wenden, wenn die Kinder wieder auftauchten.

Mehr konnte sie im Moment nicht tun. Die Anfrage für den Kredit lief, dieser Drucks hatte sich noch nicht wieder gemeldet. Sie hatte ein schlechtes Gefühl bei dem Kerl. Irgendwie wollte der wohl nicht, dass sie das Haus in der Weingartenstraße kaufte. Vielleicht hatte er sogar eigene Interessen, neben denen der Bank. Andererseits, wenn man nur auf ihre Konten sah, dann würde sie sich selbst auch keinen weiteren Kredit gewähren. Sie konnte ja schlecht mit dem Kassenbuch der Stadt zu ihm gehen und sagen: Gucken Sie hier, Herr Drucks, das sind die abgestempelten Einzahlungsscheine der Sparbank und das hier die nicht abgestempelten mit den Summen, die ich nicht eingezahlt und für mich abgezweigt habe.

Vielleicht würde es helfen, wenn sie ihre Eigenkapitalbasis vergrößern könnte. Aber wie? Die Methode mit Marcel war zu heiß im Moment. Das war das einzig Gute an dieser bescheuerten Aktion der Frau Schmidt gewesen, dass sie dadurch erfahren hatte, dass die Sparbank überwacht wurde. Deshalb hatte sie den Jungen erst mal auf Eis gelegt, ihn auf übernächsten Monat vertröstet und ihm verboten, im Amt aufzukreuzen.

Ob sie ihren schicken neuen Geländewagen verkaufen sollte, um an Geld zu kommen? ›Creamy white‹ war ja eine gängige Farbe, drei Monate, erste Hand, gut zwanzigtausend würde sie dafür erlösen. Aber womit dann den Pferdeanhänger ziehen?

Ingrid Lodz blickte auf ihre Uhr. Ja, auch ihre Cartier würde sie opfern. Der mögliche Gewinn bei diesem Immobiliengeschäft entsprach fast fünf Nettojahresgehältern einer Oberinspektorin in Diensten der Stadt Dortmund. Dafür würde sie so einiges tun. Andere vielleicht auch.

Der Tod von Michaela Schmidt sei kein Selbstmord gewesen, hatte BILD heute geschrieben. Und die Polizei suche den Ehemann. Wenn Andreas Schmidt der Mörder war, war er erbunwürdig, so nannte man das juristisch. Dann ginge alles allein an die Kinder, wusste Ingrid Lodz. Die musste sie finden, die waren der Schlüssel zum Haus.

Mittwoch

37.

Was ist denn heute wieder los?, fragte sich Schüppe genervt, während er sich eine weitere Voltaren einfegte und ans Telefon ging. Er hörte kurz zu, blickte auf seine Uhr, es war genau 11:30 Uhr, und entschied dann: »Bringen Sie Herrn Müller und Herrn Brockmann ins Vernehmungszimmer zwei, ich gehe sofort dorthin.«

Endlich kommt Bewegung in die Sache, dachte er zufrieden, während er sich vom Schreibtisch erhob.

Im Verhörraum hatte sich schon der aufdringliche Duft eines billigen Aftershave verbreitet, als er dort eintraf.

»Guten Tag, Schüppe mein Name, Entschuldigung, dass Sie warten mussten.«

»Brockmann, guten Tag Herr Schüppe, endlich lernen wir uns mal persönlich kennen. Und nicht nur auf der Bühne, wenn Sie im Gerichtssaal Ihre Zeugenaussage abgeben.« Der Anwalt schüttelte dem Kommissar die Hand und blickte ihn jovial lächelnd an. »Das hier ist mein Mandant, Herr Timmy Müller. Er hat eine Aussage zu machen.«

Schüppe betrachtete den jungen Mann regungslos. Die Jeans wölbte sich in Höhe des Oberschenkels, darunter schien er einen Verband zu tragen. Den Kopf hatte Müller mit einer Kappe bedeckt, die er nicht abnahm. Wahrscheinlich, um die Beule von dem Schlag mit dem Totschläger zu kaschieren, dachte Schüppe.

»Wir sind uns ja bereits begegnet«, begrüßte er ihn kühl, ohne ihm die Hand zu reichen, und stellte das Aufzeichnungsgerät an.

»Läuft?«, fragte der Anwalt und fuhr nach Schüppes Nicken fort: »Ich betone, dass Herr Timmy Müller aus freien Stücken hier ist, weil er die Ermittlungen in einem wichtigen Fall unterstützen will. Wir erwarten ein gewisses Entgegenkommen für seine Aussage und eine positive Einschätzung seiner Rolle in diesem Verfahren.«

»Ich muss Sie davon in Kenntnis setzen, Herr Rechtsanwalt, dass wir Herrn Müller seit gestern als Beteiligten an dem versuchten Mordanschlag im Krankenhaus identifiziert haben. Blutanalyse. Es wäre also nur eine Frage der Zeit gewesen, bis wir ihn gefasst hätten.«

»Aber noch, Herr Schüppe, haben Sie nicht öffentlich nach ihm gefahndet, oder? Insofern entwertet die Tatsache, dass Sie ihn identifiziert haben, seine tätige Mithilfe bei der Aufklärung doch nicht. Er stellt sich freiwillig, ist nicht wegen Verfolgungsdruck hier, da sind wir uns doch einig?«

»Sie wissen, dass ich Ihnen nichts versprechen kann. Aber wenn Herr Müller substanzielle Fakten nennt, die uns bei der Aufklärung entscheidend weiterhelfen, werde ich das im Prozess entsprechend bezeugen. Ob meine Aussage Einfluss auf das durch das Gericht bestimmte Strafmaß hat, kann ich natürlich nicht vorhersagen.«

»Das ist ja dann auch meine Aufgabe, dafür zu sorgen. Ihre Zusage reicht mir, Herr Schüppe. Dann leg mal los Timmy.«

»So, wie wir es besprochen haben?«, fragte der Einbrecher seinen Anwalt. Der verdrehte die Augen und nickte.

Scheint nicht die hellste Kerze auf der Torte zu sein, der Junge, dachte Schüppe.

Und Timmy Müller erzählte. Von Willi Nordland, den er vor ein paar Jahren in der Kneipe gegenüber vom Landgericht Bochum kennengelernt hatte. Der ihm die Tipps für die Firmeneinbrüche gegeben hatte, für die er die Strafe bereits verbüßt hatte. Und für weitere, nicht aufgeklärte Einbrüche.

»Bereits verjährt«, warf der Anwalt ein.

Als Gegenleistung für seine Tipps und sein Schweigen

habe Nordland ihm jetzt den Gefallen abgenötigt, in das Haus der Familie Schmidt einzubrechen.

»Ich war gerade dabei, mit meinem Stilett eine Geldkassette zu knacken, als Sie dort plötzlich auftauchten, Herr Kommissar. Ich wollte wegrennen, hatte das Messer noch in der Hand, Sie sind gestolpert und unglücklich dagegengefallen. Das tut mir natürlich leid.«

An dieser Stelle von Müllers Aussage verzog Schüppe seinen Mund zu einem verächtlichen Grinsen, sagte aber nichts. Brockmann blickte ihn lauernd an, blieb ebenfalls stumm.

Müller erzählte weiter, dass Nordland ihn dann noch zu dem zweiten Einbruch genötigt habe. Danach habe Nordland ihn mit seinem Stilett am Oberschenkel verletzt, um ihn zu zwingen, mit ihm in die Ambulanz zu fahren. Im Krankenhaus dann habe Nordland den Weg zur Station eingeschlagen, auf der Herr Schüppe gelegen habe.

»Was der Willi da wollte, habe ich nicht gewusst. Er hat mich vorgeschickt, ich sollte einfach den Gang entlanggehen, an dem Bodyguard vorbei. Als der Leibwächter mir misstrauisch nachguckte, hat Nordland sich von hinten an ihn herangeschlichen und ihn erstochen. Ich war total geschockt.«

»Von diesem Schock haben Sie sich aber schnell erholt«, warf Schüppe sarkastisch ein.

»Ich habe gesehen, wie Sie mit gezogener Waffe vor Nordland standen und hatte Angst, Sie würden ihn erschießen. Ich habe ihm nur das Leben retten wollen und Ihnen deshalb das Messer an den Hals gehalten. Zugestochen hätte ich doch niemals!«

»Also eindeutig putative Nothilfe. Herr Müller musste subjektiv um das Leben Willi Nordlands fürchten. Er hat auf angemessene Weise reagiert, um die angenommene Gefahr für Leib und Leben eines Dritten abzuwenden«, lieferte Brockmann die juristische Bewertung nach.

Als Müller nicht weitersprach, räusperte Schüppe sich kurz und sagte dann, an den Anwalt gewandt: »Nach dieser Schilderung ist Ihr Mandant ja das reinste Unschuldslamm.«

Brockmann verzog keine Miene.

Schüppe fuhr fort: »Aber egal, wer welche Rolle gespielt hat – da war bisher nichts bei, was wir noch nicht wussten. Da muss mehr kommen.«

»Fragen Sie, Herr Schüppe. Mein Mandant wird alles sagen, was er weiß«, antwortete der Anwalt mit einem aufmunternden Nicken in Timmys Richtung.

»Wie sind Sie zu den Tatorten gekommen?«

»Nordland hat mich mit seinem Auto abgeholt.«

»Marke, Kennzeichen?«

»Ein alter Mercedes, goldfarben, mehr weiß ich nicht.«

»Herr Müller, was wollten Sie denn bei den Schmidts stehlen, beim zweiten Mal?«

»Ja, Wertgegenstände eben. Geld und Schmuck.«

»Das wussten Sie doch von Ihrem ersten Besuch, dass dort nichts zu holen ist. Und dafür chauffiert Herr Nordland Sie doch nicht extra durch die Gegend. Oder hat er Sie gar nicht gefahren, sind Sie vielleicht aus eigenem Antrieb dort noch einmal hin? Das würde den Einbruch natürlich in einem anderen Licht erscheinen lassen. Bei Ihren Vorstrafen ...«

»Nein, nein«, rief Müller, drehte sich Hilfe suchend seinem Anwalt zu.

Doch der saß mit versteinertem Gesicht auf seinem Platz und zeigte keine Regung.

Verzweifelt brach es aus dem jungen Mann heraus: »Ich war nur wegen Nordland da. Es ging ihm um die Unterlagen für das Haus, irgendwelche Kreditverträge, was weiß ich. Und ein Notizbuch mit Telefonnummern, wie schon beim ersten Mal, als Sie ...«

Schüppe fragte grimmig: »Was wollte Herr Nordland denn mit den Unterlagen des Hauses? Und mit dem Notizbuch?«

»Das hat er mir nicht gesagt. Aber bei einem Telefonat mit einem anderen Mann klang es so, als ob es sich um ein Immobiliengeschäft handelt. Und um irgendwelche Kinder, wo die jetzt sind. Das sollte in dem Notizbuch stehen, die Adresse stimmte aber nicht mehr.«

»Wissen Sie, wer dieser andere Mann ist?«

Der Anwalt blickte seinen Klienten aufmerksam an. Sein Gesicht blieb weiter ausdruckslos. Timmy Müller schüttelte verneinend den Kopf.

»Gibt es weitere Komplizen, kennen Sie die?«

Timmy Müller zuckte mit den Achseln: »Ich habe ja nur die beiden Einbrüche für ihn erledigt. Von allem anderen, was er so macht, hat er mir nichts erzählt.«

»Kennen Sie den Aufenthaltsort von diesem Willi Nordland, wissen Sie, wo er wohnt?«

Wieder ein Kopfschütteln.

»Kennen Sie seine familiären Verhältnisse, sein Geburtsdatum, ist er verheiratet, hat er Kinder?«

»Verheiratet ist er nicht.«

Diese Antwort kam wie aus der Pistole geschossen. Na, sieh mal an, dachte Schüppe. Der Anwalt hatte weiterhin ein Pokerface aufgesetzt.

»Wie lange kennen Sie Herrn Nordland eigentlich genau, Herr Müller?«

Timmy Müller wirkte plötzlich sehr unsicher, blickte Brockmann an.

»Jetzt sag schon, Timmy. Wie ich es dir geraten habe. Offen und ehrlich«, ermunterte ihn der Anwalt.

»Ich habe ihn zum ersten Mal schon vor mehr als zehn Jahren getroffen. In der Psychiatrie.«

Schüppe zog die Brauen hoch, sagte aber nichts.

Müller fuhr fort: »Ich war damals gerade achtzehn und sollte in einem Prozess als Zeuge aussagen. Der Verteidiger hat ein Gutachten beantragt, wegen meiner Glaubwürdigkeit und ob ich den Sachverhalt überhaupt verstanden habe, zu dem ich aussagen sollte. Ich war da nur kurz, aber da habe ich den Roger kennengelernt.«

»Wer ist jetzt Roger?«, fragte Schüppe irritiert.

»Ja, der Willi eben. Der hieß damals noch Roger.«

»Und der Nachname?«, setzte der Hauptkommissar nach.

»Weiß ich doch nicht. Wir haben uns alle geduzt. Der saß jedenfalls im Knast und sollte vorzeitig entlassen werden. Der Anstaltsleiter hielte ihn für einen Sozi oder Psycho oder so etwas, hat Roger mir erzählt …«

»Mein Mandant meint wohl Soziopath oder Psychopath«, griff der Anwalt erklärend ein.

»… und er sollte untersucht werden, ob man ihn auf die Menschheit loslassen kann. Ich habe ihn dann erst Jahre später wiedergesehen, in der Kneipe am Gericht, wie schon gesagt. Da hieß er dann Willi. Willi sei sein zweiter Vorname, den fände er besser, hat er gesagt.«

»Wissen Sie vielleicht auch, was bei dem Gutachten herausgekommen ist?«, fragte Schüppe.

»In meinem Fall …«

»Ihr Fall tut hier nichts zur Sache, Herr Müller«, unterbrach Brockmann. »Die Frage des Herrn Hauptkommissars bezog sich auf Herrn Nordland.«

Schüppe nickte zustimmend.

»Ach so. Der Willi hat mir später mal erzählt, dass der Arzt vor Fertigstellung des Gutachtens überraschend gestorben ist und man ihn dann auch ohne Attest vorzeitig entlassen hat.«

Schüppe überlegte. Dieser Timmy Müller schien zu den Menschen zu gehören, in deren Kopf es nicht heller wird, wenn man eine Glühbirne einschaltet. Aber vielleicht war das seine Chance. Als er wieder sprach, klang seine Stimme gefährlich scharf.

»Diesen Willi Nordland kannten Sie also schon, als er noch Roger hieß. Sie kennen seinen damaligen Nachnamen nicht, wissen nicht, wo er wohnt, welches Auto er genau fährt, welche Geschäfte er betreibt. So kommen wir nicht weiter, Herr Müller. Ich sehe schwarz für Ihre Anklage. Zwei Einbrüche, Mord an Ali Omeirat, versuchter Mord oder mindestens Totschlag an einem Polizeibeamten in zwei Fällen, Behinderung der Aufklärung eines Verbrechens, Bildung einer kriminellen Vereinigung, Mittäterschaft …«

»Wir sprechen hier allenfalls über Teilnahme an zwei minderschweren Einbruchsdelikten, Herr Schüppe. Keinesfalls über Täterschaft oder Mittäterschaft an einem versuchten oder vollendeten Tötungsdelikt. Ein Unfall, einmal Nothilfe. Mit mehr kommen Sie nicht durch, Herr Schüppe«, fiel ihm der Anwalt ins Wort.

»Ich weiß doch wirklich nichts, nicht einmal, wo er wohnt. Irgendwo in Bochum-Weitmar, glaube ich. Geburtstag hat er im April, am selben Tag wie irgend so ein Anführer. Er ist dieses Jahr sechzig geworden«, brach es aus dem jungen Mann heraus. »Der Willi hat immer gesagt: Besser für dich, wenn du nicht so viel weißt! Aber seine letzte Bemerkung hat mir solche Angst gemacht, dass ich mich freiwillig gestellt habe.«

»Und wie lautete die?«, fragte Schüppe.

»Als ich ihn gefragt habe, wo denn die Bewohner des Hauses sind, in das ich einbrechen sollte, hat Willi zu mir gesagt: Eine ist tot, einen haben wir und zwei kriegen wir noch.«

Schüppe wirkte wie elektrisiert und hatte es plötzlich sehr eilig. »Danke, Herr Müller, das reicht. Abführen!«, rief er in Richtung der Glasscheibe, durch die der Raum von der anderen Seite überwacht wurde.

»Herr Schüppe, ich protestiere aufs Schärfste! Mein Mandant hat sich freiwillig gestellt, er hat sich kooperativ gezeigt, hat einen festen Wohnsitz, lebt in festen sozialen Bindungen, es besteht keine Verdunkelungsgefahr. Für eine U-Haft gibt es also keinen Grund.«

»Doch, einen: Willi Nordland. Dieser Mann hat bereits mehrere Menschenleben auf dem Gewissen. Der ist womöglich krank im Kopf, haben Sie ja gerade gehört. Glauben Sie, der würde vor dem Jungen hier haltmachen?«

Der Anwalt antwortete nicht.

Zu dem Blonden gewandt fügte Schüppe hinzu: »Sehen Sie das als Schutzhaft an, Herr Müller.«

Während Brockmann im Flüsterton beschwichtigend auf seinen Mandanten einredete, stellte Schüppe das Aufzeichnungsgerät ab und ging in den Überwachungsraum, wo Gültekin aufgeregt wartete.

»Die Kinder! Die jagen die Kinder der Familie Schmidt!«

Schüppe nickte. »Klar. Und, hast du irgendetwas über einen Willi Nordland?«

»Dieser Schlaumeier hat uns ja zum Glück das Geburtsdatum genannt. Am Geburtstag eures Führers vor sechzig Jahren, also 20. April 1954. In Essen. 2004 beim Weihnachts-Tsunami in Thailand verschwunden und nie wieder aufgetaucht. 2006 auf Antrag seiner Ehefrau Elvira für tot erklärt. Entweder suchen wir einen Toten oder hier segelt jemand unter falscher Flagge.«

»Mist. Wir müssen den Mann finden. Und die Kinder, dringend! Und kontaktiere doch bitte mal diese Elvira Nordland. Frag sie, mit wem ihr Willi damals in Thailand war. Und ob sie von dem oder den Begleitern noch mal etwas gehört hat.«

38.

Sieben Euro. Genau sieben Euro kostete eine Melderegisterauskunft beim Einwohnermeldeamt. Dazu benötigte man seinen eigenen Personalausweis, den man dort vorlegen musste, Vor- und Zunamen der gesuchten Person, am besten auch noch deren Geburtsdatum. So konnte man von den meisten Menschen in Deutschland erfahren, unter welcher Adresse sie gemeldet waren. Diese Methode, Leute zu finden, ging ganz einfach und stand jedem Bürger ab sechzehn Jahren offen. Auch Journalisten. Wenn sie denn von dieser Methode wussten. Für die meisten jüngeren Kollegen existierte eine Person ja gar nicht, wenn die keinen Facebook- oder Twitter-Account hatte.

Tom war schon früh zum Haus der Familie Schmidt gefahren. Allein. Zu drehen gab es dort wahrscheinlich nichts und in der Laune, mit der Charly ihn morgens geweckt hatte, wollte er sie nicht dabeihaben. Dann hätten sie ja auch noch Christin Blaich im Schlepptau gehabt, die immer noch als Personenschützerin für Charly abgestellt war. Tom selbst schätzte die Gefahr mittlerweile geringer ein. Deshalb hatte er das Angebot von Immlinghaus auch abgelehnt, ihm einen neuen Bodyguard zu schicken. So lange er der einzige und Charly eine mögliche zweite Zeugin waren, die diesen Menschen bei einem Mord beobachtet hatte und ihn identifizieren konnte, war die Sorge berechtigt gewesen. Aber nach dem Mordversuch im Krankenhaus …

Wenn dieser Typ alle umlegen wollte, die ihn dort gesehen hatten – dazu gehörten neben Tom selbst ja auch Schüppe, die Frau an der Rezeption der Ambulanz, die anderen Patienten, die dort gewartet hatten, die Schwester und der diensthabende Arzt, die den Mörder und seinen ›Sohn‹ Timmy versorgt hatten – dann hätte der viel zu meucheln.

Tom hatte also morgens aus dem Fenster gesehen, wie Christin bei ihrer Ankunft ihren Kollegen verabschiedete, der die Nacht vor ihrem Haus verbracht hatte. Er war in den Keller gehuscht, hatte gewartet, bis Christin von Charly in Empfang genommen worden war, und hatte dann das Haus verlassen.

Zuerst war er zur Adresse der Familie Schmidt gefahren, die stand ja im Pressebericht über den mysteriösen Angriff auf den Chefermittler Schüppe. Die beiden unauffälligen Männer in dem unauffälligen Golf vor dem Haus grüßte Balzack freundlich. Das mit der Tarnung werden die nie lernen, dachte er. Ob die ihn jetzt für einen Kollegen oder einen Journalisten hielten, war ihm egal. Er tat ja nichts Ungesetzliches.

Der Reporter hatte die Nachbarn abgeklappert und nach den Schmidts gefragt. Dabei war er fast nur auf orientalische Familienmütter gestoßen, die kaum Deutsch konnten, und auf Rentner. Die typische deutsche Hausfrau, die morgens putzt, das Essen für ihre Kinder zubereitet, um sie dann mittags aus der Schule abzuholen, die gab es ja kaum noch.

Tom drückte auf den nächsten Klingelknopf. Hinter der Tür hörte er schon das Kläffen eines kleinen Köters.

»Ruhig, Finchen«, rief eine weibliche Stimme. Die Wohnungstür, gehalten von einer Kette, öffnete sich einen Spalt.

Die Unterhaltung mit der Witwe Preilowski gestaltete sich mühsam. Nachdem geklärt war, dass Tom sich nicht als ihr Enkel ausgeben und auch nicht wegen eines Glases Wasser unbedingt in ihre Wohnung wollte, hatte Ingeborg Preilowski durchaus eine ganze Menge zu erzählen. Nur wollte sie nicht von ihrem Prinzip abweichen, Fremde um keinen Preis in ihre Wohnung zu lassen. Deshalb musste die Unterhaltung durch den Türspalt geführt werden, den die stabile Sicherheitskette innen beim Öffnen als Spielraum ließ. Der Rauhaardackel wiederum hätte sich den Besucher gern näher angesehen, versuchte deshalb sehr geduldig, sich durch Kratzen mit den Pfoten und Drücken mit der Nase durch den schmalen Spalt zu zwängen. Den Unmut über die Vergeblichkeit ihres Tuns kommentierte die Dackeldame immer wieder lautstark.

Finchen war dann auch der Grund für die nähere Bekanntschaft der Witwe Preilowski mit Familie Schmidt, erfuhr Tom.

Eines Tages hatte nämlich Alina Schmidt die alte Dame angesprochen und gefragt, ob sie nicht ab und zu mal mit dem Dackel spazieren gehen dürfe. Sie habe ja zuerst Bedenken gehabt, Finchen sei ja sehr eigen, und hatte die Zehnjährige zu sich nach Hause eingeladen, damit Finchen und sie sich beschnuppern konnten. Das Mädchen war dann zwei Mal da gewesen und erschien ihr sehr nett und vernünftig für sein Alter, behandelte den Hund auch mit dem gebührenden Respekt. Nachdem Alina diesen Wesenstest also bestanden hatte, erschien sie mit ihrem kleinen Bruder Marvin nahezu täglich nachmittags bei der Witwe Preilowski, um mit dem Hund zu gehen. Manchmal, wenn ihre Mutter unvorhergesehen länger arbeiten musste, holte ihre Tante die Kinder ab, eine Jessica Semmling aus Barop, die Schwester der Mutter. Die Semmlings stammten wohl aus Barop.

Diese Frau Semmling hatte es auch nicht leicht. Sie arbeitete in einer Tierklinik und hatte sich vor einigen Wochen Hals über Kopf von ihrem langjährigen Lebensgefährten getrennt. Sie wohnte vorübergehend in der Wohnung einer Freundin, die sich am zweiten Juli, dem Tag ihres fünfunddreißigsten Geburtstags, für ein Jahr nach Australien verabschiedet hatte. Das wusste die alte Dame ganz genau, weil diese Freundin, Annika Gerber, doch wahrhaftig die Tochter ihrer früheren Arbeitskollegin beim Juwelier Peters und guten Freundin Roswitha Gerber war.

»Stellen Sie sich das mal vor, junger Mann, so klein ist die Welt.«

»Mhm«, brummte Tom nur, der Schwierigkeiten hatte, mit dem Aufschreiben der ganzen Namen und Daten in seine Hand nachzukommen. Denn natürlich hatte er mal wieder keinen Zettel dabei.

Die Rentnerin ließ sich dadurch in ihrem Redeschwall nicht unterbrechen.

Tom erfuhr, dass auch Jessica Semmling manchmal länger arbeiten musste und die Kinder dann mehrere Stunden bei Frau Preilowski verbrachten. Und das sogar gern, denn sie war ja nicht doof und wusste, was die Jugend von heute wollte. Deshalb hatte sie ihrem Enkel Moritz eine neue Playstation gekauft und sich dessen altes Gerät samt einiger Spiele im Austausch aushändigen lassen. Für diese Betreuung waren ihr die Eltern Schmidt, übrigens ganz reizende und fleißige Leute, sehr dankbar. Und sie hing an den Kindern fast wie an ihrem Enkel, den sie ja leider nur selten sehen konnte, weil ihr Sohn mit Familie in Potsdam lebte. Sie habe sich vorige Tage schon gedacht, dass etwas nicht stimmte, als mittags plötzlich Frau Semmling ganz hektisch angefahren kam, ihr nicht wie sonst zuwinkte, sondern direkt im Haus verschwand und nach einigen Minuten mit den Kindern davonrauschte. Da hatte sie im Lokalradio zwar schon von dem Überfall und der toten Bankräuberin gehört, aber dass das die Frau Schmidt ... Nein, da wäre sie nie im Leben draufgekommen. Nie im Leben! Sie hätte Frau Semmling ja gern nach Einzelheiten gefragt, aber seitdem hätte sich niemand von der Familie Schmidt im Haus gegenüber blicken lassen. Und, nein, eine Telefonnummer von Frau Semmling habe sie auch nicht, leider.

Frau Preilowski wollte noch mehr erzählen, von ihrem verstorbenen Mann Oskar, der Betriebsingenieur gegenüber auf Phoenix gewesen war, als da noch ein richtiges Stahlwerk gestanden hatte und keine Grubenwasserpfütze. Sie erwog sogar, den netten jungen Reporter hineinzulassen, um ihm alles noch einmal ausführlich zu schildern. Aber Tom hatte noch einen dringenden Termin, als rasender Reporter, man kennt das ja, und musste, leider, weiter. Deshalb reichte Frau Preilowski ihm die Fotos der Schmidt-Kinder, die sie ihr zu Weihnachten geschenkt hatten in dem selbst gebastelten Rahmen, durch die schmale Türöffnung. Tom versprach, die Bilder am nächsten Tag zurückzubringen und sich dann auch ganz bestimmt mehr Zeit zu nehmen. Die alte Dame versprach im Gegenzug, eine leckere Havanna und einen hervorragenden Maltwhiskey aus den Beständen ihres verstorbenen Mannes für ihn bereitzuhalten. Ingeborg Preilowski wusste, was die jungen Leute wollten.

Im Auto versuchte Tom, die wichtigsten Infos schnell von seiner Handfläche in die Notizbuchfunktion seines iPhones zu übertragen. Er fluchte laut, weil die elende Korrekturfunktion des Smartphones aus *Semmling* immer wieder *inbedingt* machen wollte.

Nachdem er es endlich geschafft hatte, fuhr er zum Einwohnermeldeamt.

Annika Gerber, 2. Juli 1980, aus Dortmund, Postleitzahl 44225. Mit diesen Angaben hatte er dort für sieben Euro die Adresse bekommen, unter der Jessica Semmling jetzt wohnte.

39.

»Interessantes Gespräch, Chef. Statt anzurufen, bin ich eben mal rübergefahren nach Essen, ist ja nicht weit. Die Frau Nordland lebt in einer Eigentumswohnung im Stadtteil Heisingen, die sie sich von der Lebensversicherung ihres Mannes gekauft hat. Sie hatte Fotos ihres Gemahls: Schon damals, 2004, ein spirrliger, unscheinbarer Glatzkopf. Keinerlei Ähnlichkeit mit unserem Verdächtigen. Immobilienbranche. Willi Nordland war mit seinen Skatbrüdern in Thailand. *Theptharo Lagoon Beach Resort* in Khao Lak. Ohne seine Frau, über Weihnachten. Die Ehe lief wohl nicht mehr so. Begleitet haben ihn stattdessen zwei weitere Männer: Der eine soll ein Sachbearbeiter von der Sparbank gewesen sein, den Frau Nordland nur unter seinem Vornamen Norbert kannte. Der andere ein Roger Borowicki, auf den auch die Beschreibung unseres Täters passt: Damals Anfang fünfzig, groß, stabil, volle schwarze Haare mit einigen grauen Strähnen. Attraktiv, weil charmant und gefährlich.«

Auf den fragenden Blick seines Chefs zuckte Gültekin die Schultern. »Hat sie so gesagt. Frauen stehen auf charmant und gefährlich, wussten Sie das nicht, Chef?«

Schüppe verdrehte die Augen. »Und, was ist mit diesem Borowicki?«

»Ebenfalls seit dem Tsunami verschwunden. Aber nicht

für tot erklärt, den vermisste wohl niemand. Wir haben nix mehr über den, wird ja alles nach zehn Jahren gelöscht. Das Bleichgesicht hat im Internet gestöbert: Borowicki hat in Dortmund Raumplanung studiert, besaß in den Neunzigern wohl eine Immobilienentwicklungsfirma in Essen, beste Drähte zur SPD, zur Stadt und zur Sparbank. War dann irgendwann trotzdem insolvent, 1999 der Prozess wegen betrügerischen Konkurses. Ging um zwanzig Millionen. Er hat zunächst behauptet, sechs Millionen könne er als Schadenswiedergutmachung beibringen. Das Gericht hat einen Nachweis gefordert, wo diese Millionen denn wohl herkommen sollten trotz angeblicher Vermögenslosigkeit, da hat er sein Angebot zurückgezogen. Ist 2000 zu fünf Jahren verknackt worden, nach dreieinhalb Jahren rausgekommen, kurz vor dieser Reise nach Thailand.«

»Und dort hat dieser Roger Borowicki seine eigenen Papiere und damit seine Vergangenheit entsorgt und die Identität des toten Willi Nordland übernommen, meinst du? Klingt jedenfalls plausibel. Tu mir bitte einen Gefallen, ruf diese Frau Nordland noch einmal an. Frage sie, ob dieser Norbert von der Sparbank, der damals dabei war, ob der vielleicht Drucks mit Nachnamen hieß.«

»Ich könnte von der Internetseite der Sparbank ein Foto von diesem Bankmenschen runterladen, das könntest du ihr mailen und sie fragen, ob der das wohl war«, schlug Christin Blaich vor.

»Gut, macht das so. Erst runterladen, dann vorladen. Falls sie ihn wiedererkennt«, entschied Schüppe.

40.

Das unscheinbare Haus stand in einer Seitenstraße der Stockumer Straße. Ganz in der Nähe der überfallenen Sparbank. Die Semmlings seien aus Barop, hatte die Rentnerin ihm erzählt. Darum war diese Michaela Schmidt, geborene Semmling also hier unterwegs gewesen und nicht in Hörde, wo sie jetzt wohnte, dachte Tom.

Er wartete, bis jemand das Achtfamilienhaus verließ, grüßte freundlich und ging hinein, bevor die Tür sich wieder schloss. Annika Gerbers Wohnung, in der Jessica Semmling Unterschlupf gefunden hatte, befand sich ganz oben unterm Dach, natürlich. Vor der Wohnungstür standen ein Paar rosa Stiefelchen und ein Paar Turnschuhe. Von drinnen hörte er Kinderstimmen. Also nicht in der Schule, dachte Tom, und blickte auf seine Uhr. Es war mittlerweile 9:55 Uhr. Er klingelte zweimal kurz hintereinander. Wie unter Familienangehörigen, meistens funktionierte das und die Leute öffneten die Tür. In diesem Fall nicht. Er hörte Schritte, dann nichts mehr.

Er hielt seinen Presseausweis kurz vor den Spion. Mit autoritärer Stimme rief er: »Frau Semmling, ich weiß, dass Sie da sind. Balzack mein Name, bitte öffnen Sie die Tür.«

Auch dieses Mal funktionierte die Kombination aus Ausweis plus autoritärer Tonfall gleich Polizei. Die Tür wurde geöffnet.

Misstrauisch fragte ihn die Frau: »Könnte ich bitte Ihren Ausweis noch einmal sehen?«

»Gern«, sagte Tom und hielt ihn ihr hin. Sein Daumen verdeckte dabei das Wort *Presse.* Wie die meisten verglich die Frau nur das Foto mit seinem Gesicht. »Das mit der versuchten Kindesentführung habe ich doch schon Ihrem Kollegen am Phoenix-See erzählt, was gibt es denn noch?«

»Können wir das drinnen besprechen?«, fragte Tom und betrat die Wohnung. Frau Semmling schloss die Tür zum Wohnzimmer, wo zwei kleine Kinder spielten, und führte ihn in die kleine Küche.

»Kaffee?«, fragte sie und stellte eine Tasse neben ihre eigene, als Tom nickte.

»Könnten Sie mir die Geschichte von der versuchten Entführung noch einmal erzählen? Das Fernsehen interessiert sich sehr dafür«, begann Tom die Unterhaltung.

»Wieso das Fernsehen? Ich dachte, Sie sind von der Polizei? Sie haben mir doch gerade einen Ausweis vorgehalten.«

Tom sah die Frau scheinbar verständnislos an. »Aber Frau Semmling, das war mein Presseausweis, den ich Ihnen gezeigt habe. Hier, wollen Sie noch einmal sehen? Das tut mir jetzt aber leid, wenn Sie das falsch verstanden haben.«

»Damit das mal klar ist: Ich möchte auf gar keinen Fall ins Fernsehen! Mein Name und mein Wohnort dürfen da nicht erscheinen.«

»Frau Semmling, sehen Sie irgendwo eine Kamera? Ich bin ganz allein hier. Aber ich brauche von Ihnen dringend Auskünfte, damit wir bei der Suche nach Ihrem Schwager helfen können. Die Polizei ist auf unsere Unterstützung angewiesen. Und ich auf Ihre. Ich verspreche Ihnen, dass Ihr Name und Ihre Adresse nicht genannt werden, wenn Sie kooperieren.«

Die einfache Maschine prötterte vor sich hin, der Kaffee war fast durchgelaufen. Jessica Semmling sackte in sich zusammen und begann zu weinen.

»Erzählen Sie doch einfach mal von Anfang an. Vielleicht tut Ihnen das ja gut, wenn Sie sich die Geschichte von der Seele reden können.«

Und Jessica Semmling erzählte. Von ihrem Schwager Andreas, der seit Tagen verschwunden war. Von der mysteriösen WhatsApp-Nachricht auf Michaelas Handy. Dass sie ihrer Schwester ihr ganzes Geld gegeben und sogar noch ihr Konto bis zum Anschlag überzogen hatte, insgesamt 1.700 Euro. Dass Michaela zum Amt, zu dieser Frau Lodz, und zur Bank gewollt hatte, um Geld aufzutreiben. Und um mit ihrem Sachbearbeiter über die Unstimmigkeiten mit den Konten zu sprechen. Dann sei die Polizei an ihren Arbeitsplatz gekommen, habe ihr gesagt, dass ihre Schwester eine Bankräuberin und Geiselnehmerin und jetzt tot sei. Von Andreas habe sie immer noch nichts gehört und dann habe auch noch jemand versucht, die Kinder zu entführen.

»Das müssen Sie mir genauer erzählen«, unterbrach Tom die schluchzende Frau. Er hatte mit einem Block, den er in seinem Auto dann doch noch gefunden hatte, neben ihr gesessen und sich Notizen gemacht. Das brauchte er zwar nicht, weil er nichts Neues erfahren hatte. Das wirkte aber seriöser, das erwarteten die Leute von einem Reporter.

»Ja, ich weiß ja auch nicht. Ich hab Alina und Marvin gestern zum ersten Mal wieder in die Schule geschickt. Als ich dorthin kam, um sie abzuholen, saßen sie bei der Rektorin im Büro. Sie haben erzählt, ein Mann wollte sie in einem goldenen Auto mitnehmen, aber ein Riese habe das verhindert. Die Rektorin hat eine Auseinandersetzung beobachtet zwischen einem Mercedesfahrer und einer Gruppe von südländisch aussehenden Männern, einer von ihnen ein Glatzkopf, extrem groß und breit.« Sie habe die Kinder deswegen heute wieder hierbehalten und nicht nach draußen gelassen, redete Jessica Semmling weiter. Mittlerweile würden die beiden aber verrückt in der kleinen Wohnung, und sie auch. Die Frau bekam erneut einen Heulkrampf.

Tom erhob sich, riss ein Stück von der Küchenrolle ab, die neben der Kaffeemaschine stand, und reichte es der Frau. Dankbar sah sie ihn an, während sie sich die Nase schnäuzte. Tom goss für beide Kaffee ein.

»Frau Semmling, Sie kümmern sich wirklich aufopferungsvoll um die Kinder. Ich glaube, Sie haben bisher alles richtig gemacht. Sie scheinen sich mit Ihrer Schwester und Ihrem Schwager ja gut zu verstehen. Haben die denn früher mal irgendetwas gesagt, ob sie in Schwierigkeiten stecken?«

Jessica Semmling sagte nur ein Wort.

Tom meinte, sich verhört zu haben, fragte: »Bitte?«

Sie wiederholte das Wort, lauter und klarer: »Drucks!«

Tom war überrascht und verwirrt zugleich. »Wie, was, Drucks? Wie meinen Sie das?«

»Mit dem Drucks von der Sparbank fing alles an. Der hat Belege gefälscht, um Michaela und Andreas das Haus abzujagen. Egal, was war – Andreas hat immer pünktlich per Onlinebanking die Raten für die Hypotheken überwiesen. Immer schon am siebenundzwanzigsten eines Monats, damit am dreißigsten auch auf jeden Fall das Geld dort gutgeschrieben war. Dieser Drucks hat ihm aber dann Kontoauszüge geschickt, nach denen das Geld mit bis zu acht Tagen Verspätung eingegangen war. Auf dem Papier waren meine Schwester und mein Schwager also mit den Zahlungen im Verzug.«

»Das wäre ja eine richtige Manipulation. Aber kann man das auch beweisen?« Tom bemühte sich, ruhig und sachlich zu klingen.

Jessica Semmling lächelte unter Tränen. »Im letzten halben Jahr, als das Theater mit der Sparbank immer schlimmer wurde, haben die beiden Screenshots von den Überweisungen gemacht und die ausgedruckt. Kann ich Ihnen zeigen, habe ich alles hier.«

Sie erhob sich, um die Unterlagen zu holen.

»Bringen Sie mir bitte auch ein Foto Ihres Schwagers mit, wenn Sie eines haben«, rief Tom ihr hinterher.

Als die Frau zurückkam, hatte sie ein Hochzeitsbild und einen Stapel Papiere in der Hand.

41.

Auf dem Weg zu seinem Büro lief er Frau Jankowski, der Sekretärin von Ritterswürden, in die Arme. »Ah, Herr Schüppe, schön, dass ich Sie endlich gefunden habe. Kommen Sie doch bitte mit mir, der Polizeipräsident möchte Sie sprechen.«

Der Präsident sprang hinter seinem Schreibtisch auf und eilte dem Kommissar entgegen. Er schüttelte Schüppe die

Hand und deutete auf ein Ensemble von zwei schwarzen Ledersofas mit einem Glastisch davor.

»Frau Jankowski, bringen Sie uns doch bitte einen Kaffee«, rief Ritterswürden seiner Sekretärin hinterher, die gerade die Tür hinter sich schließen wollte. »Mein lieber Schüppe, gut, dass wir uns mal sehen. Haben Sie alles gut überstanden? Was macht die Verletzung? Respekt, wie Sie das im Krankenhaus gemanagt haben! Und die ersten beiden Banküberfälle in Hombruch gelöst. Da freut sich die Statistik. Apropos: Haben wir den Täter schon? Ich würde liebend gern eine Pressekonferenz mit Erfolgsmeldungen einberufen, das entlastet uns bei den ungeklärten Todesfällen. Was machen denn da die Ermittlungen? Ist der Spaten auf etwas gestoßen, haha?«, fragte der Präsident.

»Wie man es nimmt. Der ganze Sachverhalt ist sehr komplex. In Bezug auf die Tötungsdelikte zum Nachteil der Michaela Schmidt, die Bankräuberin, und des Ali Omeirat, das ist der Bodyguard aus dem Krankenhaus, haben wir jetzt mit Mühe einen möglichen Täter identifiziert, aber noch nicht gefasst. Gestern hat er wohl versucht, die Kinder der Familie Schmidt zu entführen. In dem Zusammenhang spielt auch der Sicherheitsunternehmer Immlinghaus eine merkwürdige Rolle, wenn die Aussage der Leiterin der Schule am Phoenix-See stimmt.«

Der Polizeipräsident sagte nichts, ermunterte Schüppe mit einem Nicken fortzufahren.

»Was den letzten Raubüberfall auf die Sparbank angeht, ist der Fall nicht so klar, wie er scheint. Und über Befragungen der Geisel und eines ihrer Kollegen vom Bezirksamt sind wir auf Unregelmäßigkeiten in der Buchführung der Stadtverwaltung gestoßen.«

Ritterswürden guckte bedeutungsschwanger. »Jaja, ich weiß. Gestern Abend, am Rande der Verleihung des Steiger Award, war ich ein gefragter Gesprächspartner. Erst nahm mich der OB zur Seite, wollte wissen, warum wir wegen eines schnöden Bankraubes plötzlich anfangen, in der Stadtverwaltung Fragen zu stellen. Das hätte in der Stadtspitze zu ›Irritationen‹ geführt. Zumal sie selbst schon länger in einer delikaten Finanzangelegenheit innerhalb ihrer Behörde ermittelten, was durch unser Herumstochern behindert und zu früh bekannt werden könnte.«

»Zu früh heißt: vor der Wahl, oder?«

Ritterswürden verdrehte die Augen. »Mein Gott, Schüppe. So ein bisschen Fingerspitzengefühl täte Ihnen auch mal gut. Aber lassen Sie mich mal weitererzählen. Als Nächster kam nämlich der Arbeitsminister NRW auf mich zu. Herr Schuster stellte sich als Parteifreund und Dortmunder Mitbürger vor und begann wie aus dem Nichts, mir mit seiner knarzigen Stimme zu erklären, wie wichtig ein gewisser Igor Immlinghaus für das Land NRW sei. Jetzt ist mir auch klar, warum. Nach den Skandalen wegen Übergriffen auf Asylbewerber habe dessen Firma ISE dort den Wachdienst übernommen und seitdem sei Ruhe. Das könne man, gerade im Hinblick auf die nächsten Wahlen, nicht hoch genug einschätzen. Ich habe den Minister natürlich gefragt, warum er mir das erzählt, und er meinte, da solle ich doch mal meinen Superermittler fragen. Und er kann ja nur einen gemeint haben …«

»Das ist ja interessant«, sagte Schüppe und war tatsächlich erstaunt. »Gestern Abend war das? Da hatten wir diesen Immlinghaus noch gar nicht auf dem Zettel. Erst heute Morgen haben wir erfahren, dass sich die Schulleiterin bei der Hörder Wache gemeldet hatte, wegen einer möglichen versuchten Kindesentführung und einer Auseinandersetzung einer Personengruppe mit einem Mann, auf den die Beschreibung unseres Hauptverdächtigen passt. Zwei Beamte von der neuen Wache sind gucken gegangen und haben am See die Personalien von Immlinghaus aufgenommen, den die Lehrerin oder die Kinder wohl ganz gut beschrieben haben. Wir wollen ihn morgen Nachmittag dazu anhören.

Da war Ihr Parteifreund eindeutig schneller als wir. Vielleicht sollte ich den auch mal vorladen.«

»Um Gottes willen«, sagte der PP in gespielter Entrüstung und drohte scherzhaft mit dem Finger.

Er kann sich wohl nicht vorstellen, dass ich das ernst gemeint haben könnte, dachte Georg.

Im besorgten Ton fuhr der Behördenleiter fort: »Es geht noch weiter, Herr Schüppe. Ich hatte heute Morgen einen Termin mit meinem Hypothekensachbearbeiter bei der Sparbank. Kreditverlängerung, Routineangelegenheit. Und wurde direkt zum für Hypotheken zuständigen Vorstand Dr. Meissner geleitet, der sich meiner persönlich annahm. Und beinahe beiläufig wissen wollte, warum wir denn immer noch bei der Sparbank ermitteln, wo der Bankraub doch aufgeklärt und die Täterin tot ist? Ich konnte ihm nur sagen, dass ich als Behördenleiter vollstes Vertrauen in meine Leute habe. Sie scheinen in ganz schön viele Wespennester zu stechen, Herr Schüppe.«

Und du scheinst durchaus stolz darauf zu sein, dass du wegen meiner Ermittlungen so ein gefragter Mann bist, dachte Schüppe. Er zuckte mit den Schultern und antwortete: »Leider können wir nicht immer auf die Befindlichkeiten der hohen Herren Rücksicht nehmen. Ich ermittle ohne Ansehen der Person.« Schüppe stockte kurz, sah dann seinem Chef in die Augen und fügte hinzu: »Und, wie Sie wissen, Herr Polizeipräsident, auch ohne Ansehen der Institutionen oder der Parteien.«

»Jaja, Herr Schüppe, schon klar.« Ritterswürden winkte ab. Er wirkte jetzt genervt. »Ich bitte lediglich um etwas diplomatisches Vorgehen. Sie wissen, dass wir mit der Stadt auf vielen Feldern zusammenarbeiten. Denken Sie an die Ordnungspartnerschaft, den Kampf gegen die Neonazis und und und … Wenn dieser vermeintliche Finanzskandal bei der Verwaltung nicht unmittelbar mit unseren Todesfällen zu tun hat, würde ich die Ermittlungen dazu jetzt nicht verschärft betreiben. Heute Abend sehe ich den Behördenleiter der Staatsanwaltschaft, mit dem werde ich mich deswegen mal informell austauschen. Die können die Sache mit der Stadt schön nach Bochum schieben, zur Schwerpunktstaatsanwaltschaft für Wirtschaftsstrafsachen. Dann haben die Bochumer den Hut auf und wir sind aus dem Schneider. Und Sie sind diese Sorge los. Was die Sparbank angeht, könnten Sie aber doch vielleicht auch mal einen Gang runterschalten. Die sind Opfer eines Bankraubes geworden und fertig. Bleibt Igor Immlinghaus. Persönlich ist der mir ja sympathisch, kann sehr unterhaltsam erzählen. Gestern beim Steiger Award …«

Aha, dachte Schüppe bitter, dieser Türsteher hat sich also schon in die feinere Gesellschaft hochgeboxt.

»Auf jeden Fall müssen Sie bei dem vorsichtig sein. Der steckt mit diesem Anwalt und Notar Matthias Brockmann unter einer Decke. Der wiederum hat Beziehungen auf allen Ebenen und auf beiden Seiten der Straße. Er hat die Presse im Sack, kann Karrieren anschieben oder verhindern. Und der kennt als Strafverteidiger viele kleine schmutzige Geheimnisse von vielen Menschen.«

Ich auch, mein lieber PP, dachte Schüppe, ich auch. Ich weiß genau, welcher Anwalt für dich die Staatsanwaltschaft dazu gebracht hat, die Anzeige fallen zu lassen, als du damals betrunken auf dem Straßenstrich angehalten wurdest und behauptet hast, du hättest die Nutte nur mitgenommen, weil sie so gefroren hat. Von wegen ›dieser Brockmann‹, ihr duzt euch doch, so gut kennt ihr euch.

»Was gibt es denn da zu grinsen, Schüppe? Ich wollte Ihnen nur ein paar gut gemeinte Ratschläge geben. Aber die fallen ja sowieso nicht auf fruchtbaren Boden, wenn der Spaten einmal gräbt. Mein Gott, mit ein bisschen mehr Fingerspitzengefühl. By the way: Haben Sie schon eine Strategie wegen der Bekämpfung der Einbruchskriminalität ausgearbeitet, um die ich Sie gebeten hatte?«

»Das war letzte Woche, Chef, und seitdem ... Aber natürlich habe ich eine Idee: Lassen Sie eine Großkontrolle in und um Dortmund durchführen, bei der die Umweltfreundlichkeit von Transportern geprüft wird.«

»Wie bitte? Was soll das denn bringen?«

»Unsere Klientel für diese Straftaten benutzt sehr gern uralte Mercedes Sprinter oder VW LT. Die haben alle keine grünen Plaketten, jedenfalls keine legalen. Wenn man die gezielt rauszieht und dabei noch in die Laderäume guckt, wegen der Verkehrssicherheit des Transportgutes ...«

»Brillant! Wir müssen uns keine diskriminierenden Kontrollen gegen bestimmte Bevölkerungsschichten vorhalten lassen, tun nur etwas für die Umwelt! Mein Gott, Schüppe, was hätten Sie für eine Karriere machen können, bei Ihren Fähigkeiten. Und jetzt ab an die Arbeit, ich habe zu tun!«

42.

Es war ein ungewöhnlicher Zeitpunkt, mittwochabends um neunzehn Uhr. Aber wenn sein oberster Chef diesen Termin festsetzte, konnte Drucks dagegen wenig machen. Er parkte seinen Wagen in der Tiefgarage der Essener Zentrale der Sparbank, rief kurz an und fuhr mit dem Aufzug in die fünfte Etage. Dahin, wo die Vorstände saßen. Wo die Teppiche dicker, die Gänge breiter, die Büros größer und die Möblierung edler waren als unten in den Sachbearbeiterbüros. Dahin, wo sie Leute wie ihn normalerweise nicht haben wollten. Drucks war nicht zum ersten Mal hier und er wusste genau, worum es gehen würde. Er war vorbereitet. Norbert Drucks ermahnte sich selbst, an das richtige Auftreten zu denken. Also nicht so, wie jemand, der über Konten mit mehreren Millionen in der Karibik verfügte und eine Luxemburger Immobilienfirma steuerte, die mittlerweile Objekte mit einem Marktwert von rund acht Millionen Euro besaß. Hier war er in seiner Rolle als kleiner Kundenbetreuer in Diensten der großen Bank gefragt.

»Guten Abend, Herr Drucks. Tut mir leid wegen des Zeitpunkts. Um diese Uhrzeit haben Leute wie Sie ja normalerweise schon Feierabend«, begrüßte Dr. Peter Meissner ihn persönlich am Fahrstuhl, den er mit seinem Schlüssel freigeschaltet hatte.

Drucks fiel auf, dass die Etage menschenleer war. Leute wie Sie scheinbar auch, trotz der immer wieder behaupteten Siebzigstundenwoche, dachte er. Dr. Meissner führte ihn in sein Büro, wo eine große Thermoskanne und zwei Porzellangedecke auf dem Besprechungstisch standen. Durch die Fensterfront, die über Eck ging, konnte man die gesamte Essener Innenstadt übersehen, von der Skyline aus Bürogebäuden südlich des Hauptbahnhofs bis tief in den Norden mit den qualmenden Schloten hin.

Drucks antwortete bescheiden: »Ach, so ungewöhnlich ist die Uhrzeit auch wieder nicht. Manchmal müssen wir ja auch abends und am Wochenende Objekte besichtigen, die finanziert werden sollen.«

Das können Leute wie Sie sich wiederum nicht vorstellen, ergänzte Drucks still.

»Stimmt, da habe ich jetzt nicht dran gedacht, Herr Drucks. Aber dafür bekommen Sie ja Freizeitausgleich, nicht wahr? Ich will Sie auch gar nicht lange aufhalten. Nehmen Sie mal Platz«, sagte Dr. Meissner und zeigte auf das schwarze Ledersofa mit dem Chromrahmen. »Wir müssen dringend etwas besprechen. Die BILD-Zeitung von Montag haben Sie gesehen, nehme ich an?«

Drucks schüttelte den Kopf. Er sah auf Meissners iPad, das der ihm herüberreichte. Die Hauptschlagzeile lautete: *Schießerei im Krankenhaus: Sollte Zeuge beseitigt werden?*

»Brauchen Sie jetzt nicht alles zu lesen. Samstagnacht hat jemand in einem Dortmunder Krankenhaus vergeblich versucht, einen Zeugen zu ermorden, den die Polizei dort versteckt gehalten hat. Dabei geht es noch einmal um den Überfall auf unsere Filiale in Dortmund-Hombruch, von der aus Sie ja auch operieren. Die schreiben, dass die tote Geiselnehmerin Schmidt unsere Kundin war. Mehr wissen die scheinbar nicht. Haben sich merkwürdigerweise auch noch nicht hier gemeldet. Wie ist denn da der Stand, sind die Schmidts überhaupt noch unsere Kunden?«

»Wie man es nimmt, Herr Meissner. Eigentlich schon nicht mehr. Nach den strengeren Vorgaben von Basel III und unseren internen Bestimmungen dazu haben wir die Schmidts in die Hochrisikogruppe eingestuft: geringe Einnahmen, unpünktliche Zahlungen. Wir haben das Haus neu geschätzt. Das Geoscoring, also das Verfahren zur Ermittlung der Kreditwürdigkeit anhand von wohnortabhängigen Daten, ist für den Wohnbezirk Hörde trotz des neuen kaufkräftigen Publikums am Phoenix-See immer schlechter geworden, das hat auch Auswirkungen auf die Bewertung von Objekten. Die Belastung des Objektes Schmidt ging über unsere Grenzen. Nach dem Vorstandsbeschluss von Februar sollen wir die ganz miesen Risiken zu Paketen bündeln und weiterverkaufen, die Top-Werte einfach weiterlaufen lassen. Und in den Fällen, wo wir als Sparbank selbst bei einer Versteigerung mehr oder weniger plus minus null rauskommen, gnadenlos kündigen, damit wir unsere Eigenkapitalquote verbessern.«

»Jaja, Herr Drucks, ich kenne unseren Beschluss. Auch wenn der etwas anders formuliert war, haben Sie das schön auf den Punkt gebracht.« Meissner lachte. Ernst fuhr er fort: »Wie Sie sich denken können, hab ich mir die Unterlagen angesehen. Im Fall Schmidt scheint alles sauber, also völlig legal abgelaufen zu sein. Nur eine Sache wundert mich.«

Drucks zuckte mit den Schultern, blickte seinen Vorgesetzten fragend an.

Meissner fuhr fort: »Frau Zmuda, Herr Köhler und Herr Riemer, Ihre Kollegen, hätten mir in einem solchen Fall erzählt, dass eine Kündigung der Hypotheken noch nicht nötig wäre, weil die Darlehensnehmer immer noch zahlten, wenn auch verspätet, und weil das Haus im Wert eher gestiegen sei, wegen der durch den See verbesserten Wohnlage. Normalerweise haben meine Sachbearbeiter eine viel zu emotionale Beziehung zu ihren Kunden. Da hätte ich mal wieder durchgreifen und die unangenehmen Entscheidungen treffen müssen. Aber dafür werde ich ja bezahlt. Sie hingegen …«

Der Vorstand machte eine bedeutungsschwangere Pause und blickte Drucks durchdringend an.

»… Sie hingegen sind noch eine Spur konsequenter vorgegangen, als ich das erwartet hätte. Haben den Schmidts zuerst die Überziehungskredite gekündigt …«

»Nun, ich war mir nicht sicher, ob die verspäteten Zahlungen ausreichten als Grund für die Kündigung der Hypotheken. Dazu hätten sie mit mehr als zwei Darlehensraten im Rückstand sein müssen. Überziehungskredite hingegen können wir ja jederzeit kündigen. Ich dachte, dass die dann die Hypotheken überhaupt nicht mehr bedienen und die Kündigung somit eindeutig legal ist. So ist es ja letztendlich auch gekommen.«

»Jaja, Herr Drucks. Kein Vorwurf, hätte ich wohl auch so gemacht, wenn ich Kunden loswerden wollte. Aber falls sich die Presse in den Fall verbeißt … ich spiele jetzt mal den Advocatus Diaboli: Warum wollten wir die loswerden? Ich meine, für die verspäteten Hypothekenzahlungen haben wir Strafzinsen und Bearbeitungsgebühren kassiert, und die Überziehungszinsen der Privatkonten sind ja auch nicht von Pappe. Fast das Einzige, an dem wir noch Geld verdienen in dieser Niedrigstzinsphase. Unsere Sicherheit, das Haus, ist im Wert auch eher gestiegen, was man in Hörde beileibe nicht überall sagen kann. Also, warum, Herr Drucks?«

Der Immobilienberater dachte kurz nach, antwortete dann ruhig und bestimmt: »Für mich stellte sich das so dar: Der Mann hat mit seiner Firma kaum noch Geld verdient, die

Prognosen für kleine Logistik- und Transportfirmen sind eher negativ. Wie sicher der Job der Frau war, weiß auch niemand, mit zwei kleinen Kindern fehlt man ja doch häufiger bei der Arbeit. Und letztendlich wollte ich den Leuten einen Gefallen tun, sie aus dieser angespannten Situation erlösen. Sie wären mit einer geringen Restschuld aus dem Abenteuer Haus herausgekommen und hätten wieder unbeschwert in Frieden leben können.«

Meissner sah sein Gegenüber mit einem seltsamen Blick an, der nicht zu dem passte, was er dann sagte: »Sehr gut, Herr Drucks. Sie schaffen es ja in einer Vielzahl Ihrer Fälle, für die Sparbank mehr als das bei einer Versteigerung zu erwartende Mindestgebot herauszuholen. Vielleicht sollte ich mir im Hinblick darauf Ihre Personalakte noch einmal ansehen und Verschiedenes neu bewerten.«

Bitte nicht, dachte Drucks. Bloß keine Beförderung, das gefährdet mein Geschäftsmodell. Lass mich dein kleiner Sachbearbeiter sein, der unmittelbar mit den Leuten und den Objekten zu tun hat.

»Jedenfalls eine überzeugende Argumentation, ich bin zufrieden. Bleiben Sie bitte dabei. Wenn zum Beispiel die Polizei Sie zu dem Sachverhalt verhört. Oder diese Frau … von der Pressestelle. Es kann ja sein, dass mal Journalisten anfragen und von der Pressedame etwas wissen wollen. Dann kommunizieren Sie das bitte auch ihr gegenüber genau so. Es muss rüberkommen, dass wir für Familie Schmidt nur das Beste wollten.«

»Gibt es denn schon Anfragen oder hat die Polizei sich gemeldet?«

»Bisher nicht, Herr Drucks,« antwortete Dr. Meissner. »Aber so etwas vorauszusehen und rechtzeitig gegenzusteuern, das ist ja meine Aufgabe als Vorstand. Und diese Luxemburger Firma, diese NorthernGround, taucht im Zusammenhang mit dem Objekt Schmidt nicht auf, das ist ja wohl klar.«

»Aber …«

»Nein, Herr Drucks, keinesfalls, ich möchte da keine schlafenden Hunde wecken. Nicht nur bei BILD ist man schon aufmerksam geworden …«

»Dieser Balzack vom Fernsehen, ich weiß.« Der ist auch bald reif, dachte der Kreditsachbearbeiter. Kurz stellte er sich vor, wie es für Tanja wohl wäre, in einem kleinen Fachwerkhaus am Waldesrand zu wohnen. Die Umbaupläne hatte Drucks schon im Kopf. Nach außen unscheinbar, nach innen edel. Jedenfalls, wenn man das nötige Kleingeld für die notwendigen Renovierungsarbeiten hat …

Sein oberster Chef riss ihn aus seinen Tagträumen. »Haben Sie die Objekte Galewski, Huth und Bauer schon abgewickelt, Herr Drucks? Oder sind die noch bei der NorthernGround?«

Drucks referierte aus dem Kopf: »Das Einfamilienhaus von Galewski in Gelsenkirchen war schwierig, hat aber immer noch 120.000 plus gebracht. Das Objekt Bauer in Hattingen haben wir erst mal im Bestand gehalten, hat uns 165.000 gekostet, bringt 28.000 Nettomiete im Jahr also eine Rendite von …«

»Knapp siebzehn Prozent. Unter anderem fürs Rechnen werde ich hier bezahlt, Herr Drucks. Und Huth?«

»Daran arbeite ich noch. Das haben wir für hundertachtzig bekommen, dürfte mindestens dreihundert bringen. Allein schon wegen der Lage. Essen-Byfang, mit Blick auf den Baldeneysee …«

»Jaja. Das sind ja alles bescheidene Summen. Wenn man bedenkt, dass ich Ihnen und Ihren Partnern für nur fünfzehn Prozent davon den Rücken frei halte … Im Fall Schmidt haben wir uns verstanden? Da lassen Sie die Finger von. Manchmal ist weniger auch mehr, Herr Drucks! Wie ich hörte, gibt es dafür eine andere Interessentin, die es ebenfalls vor der Versteigerung kaufen möchte?«

Drucks nickte. »Ja, eine Frau Lodz. Auch Kundin von

uns. Von einer Finanzierungszusage würde ich aber abraten, das gestaltet sich schwierig. Außerdem müsste sie sich ja auch erst mit der Restfamilie Schmidt einigen. Wenn Sie mich fragen …«

Dr. Meissner wurde ungeduldig. Er erhob sich zum Zeichen, dass ihr Gespräch beendet war. »Herr Drucks, ich habe hier noch zu arbeiten. Es darf auf keinen Fall zu einer Versteigerung kommen. *Mutter raubt aus Verzweiflung Bank aus, Bank versteigert aus Rache ihr Haus*. Solche Schlagzeilen möchte ich nicht lesen müssen. Geben Sie dieser Frau Lodz das Haus doch in Gottes Namen. Am besten finanzieren wir es auch. Vielleicht ergibt sich ja später die Gelegenheit, es auf die bewährte Methode …«

Im Leben nicht, du Arsch, dachte Norbert Drucks. Dafür waren unsere Vorlaufinvestitionen schon zu hoch.

»Sie finden allein raus?«

Drucks nickte und gab Dr. Meissner mit einer tiefen Verbeugung lächelnd die Hand zum Abschied.

43.

Als Tom nach Hause kam, föhnte Charly sich im Badezimmer die Haare. Ach ja, Mittwoch, da ging sie immer mit ihren Freundinnen aus. Er überlegte, ob er ihr erzählen sollte, dass er nach Essen führe, um sich mit seinem Freund Michael zu treffen, da klingelte sein Telefon.

»Na, Herr Balzack, schon wieder Feierabend? Zu Hause sitzen, Füße hochlegen, während vor der Haustür die schönsten Geschichten passieren?«

»Schrei-Bengel, lass mich raten: Der Wind hat dir mal wieder ein Lied erzählt und du bist mit deinem rollenden Klo auf dem Weg zu neuen Ufern?«

»Genau so. Weil ich eben brenne für meinen Job. Und es dir egal ist, wenn man einen Toten findet. Mitten im Steinbruch an der Hohensyburg. Eine Kulisse, sage ich dir, wie in einem Western von Karl May. Da werde ich glatt wieder zum Schreib-Engel.« Vorwurfsvoll fügte der BILD-Reporter hinzu: »Und jetzt wird alles auch noch schön ausgeleuchtet von der Feuerwehr. Das sind Bilder ...«

Tom überlegte. Sicherlich wollte Andreas ihm diese Geschichte nur schmackhaft machen, um ihre Bedeutung gegenüber seinem Redaktionsleiter zu steigern: Das Fernsehen ist auch schon da. Machten sie umgekehrt ja nicht anders. Für seine CvDs wurde eine Geschichte automatisch wichtig, wenn sie hörten, dass BILD dran war. Aber das könnte heute gut in seine Pläne passen.

»Und woran ist der oder die Tote gestorben? Herzinfarkt beim Steineschleppen?«

»Nee, der hat zwei wunderbare Einschusslöcher, eins in der Stirn, eins im Herzen.«

Tom tat so, als ob er noch zögerte. »Hm. Charly hat heute Abend etwas vor, die kann auf keinen Fall mitkommen.«

»Tja, Old Shatterhand, dann musst du wohl deinen Blutsbruder Harry auf seinem schwarzen Ross antraben lassen.«

»Mach deine Witze ins Blatt, Schrei-Bengel. Harry ist mein Angestellter und nicht mein Blutsbruder. Mein Blutsbruder ist tot, das weißt du.«

»Oh, Mann, Entschuldigung, hatte ich vergessen. Tut mir leid. Aber was ist denn jetzt: Sehen wir uns heute noch bei den Karl-May-Festspielen im Steinbruch?«

Tom tat so, als ob er sich einen Ruck gegeben hätte. »Ich denke ja. Das Frühstücksfernsehen freut sich ja immer über aktuelle Bilder aus der Nacht. Gib deiner Rosinante die Sporen, sonst sind wir eher da als du. Bis später.«

Er ging vom Wohnzimmer in sein Arbeitszimmer, zog die Tür hinter sich zu. Im Halbdunkel wählte er Harrys Nummer. »Ganz kurz: Planänderung. Wir treffen uns am Steinbruch an der Hohensyburg. Gib mal Syburger Straße ins Navi ein, geht da irgendwie links ab. Ist ausgeschildert und die Polizei wird da auch schon stehen. Wir machen dort vorher noch kurz ein paar Nachtbilder von einem Erschossenen, den sie da gefunden haben. Perfektes Alibi. Bis gleich …«

Als Tom aufgelegt hatte und seine Lederjacke von der Lehne des Schreibtischstuhls nahm, hörte er hinter sich eine Stimme. »Kannst du mir bitte mal den BH zumachen?«

Charly stand in der anderen Tür seines Büros, die zum Schlafzimmer führte. Von dort kam auch der schwache Lichtschein, der sein Arbeitszimmer erhellte. Also hatte diese Tür die ganze Zeit offen gestanden. Mist.

Charly trug schwarze Nylons, die mit Strapsen an einem ebenfalls schwarzen Hüftgürtel befestigt waren. Und sonst nichts. Außer dem BH natürlich, der an einem Träger über ihrem Zeigefinger hing. Das warme Licht von hinten schmeichelte ihrer Haut, sie wirkte leicht gebräunt und glatt wie bei einer Zwanzigjährigen. Der Anblick nahm Tom fast den Atem, er versuchte, sich das nicht anmerken zu lassen.

Während er zu ihr hinüberging, fragte er ironisch: »Ach, trägt man so etwas neuerdings beim Mädelsabend?«

Charly grinste herablassend, wandte sich ab und legte den BH an, ohne zu antworten. Sie drehte ihm fordernd den Rücken zu. Während er ungeschickt an dem Verschluss des Büstenhalters herumnestelte, fragte sie sich, wofür ihr Freund wohl ein Alibi benötigte.

Donnerstag

44.

Die Oberfläche des Phoenix-Sees war wie geschmirgelt. Die Enten plantschten am Bootssteg um etwas Rundes herum, das im Wasser schwamm. Eigentlich nicht schwamm, es wirkte wie festgebunden an einem der Befestigungspfähle des Stegs. Wie eine Boje. Statisch.

»Ein Kopf. Kurze graue Haare, Oberlippenbart. Besonderes Kennzeichen: extrem abstehende Ohren«, sprach Christin Blaich in das Aufnahmegerät. »Sieht aus wie eine Halloweenmaske, die man dort festgebunden hat. Ziemlich geschmacklos, finde ich. Darunter ist etwas Dunkles, kann ich aber nicht erkennen«, wandte sie sich an ihren Kollegen.

Sie stand mit Gültekin am Rande des Steges des Jachthafens, wie man die Anlegestelle für ein paar Jollen großspurig nannte.

»Mensch, Bleichgesicht, das wird wohl der Körper sein!«, antwortete Gültekin. »Wo bleiben eigentlich die Polizeitaucher? Hattest du die nicht angefordert?«

»Klar. Aber die bergen gerade ein paar Tresore aus der Ruhr bei Hattingen. Kann dauern«, antwortete seine Kollegin.

Fast direkt neben ihnen hantierte ein junger Mann an einem Modell-U-Boot und einem Laptop herum.

»Sagen Sie mal, haben Sie an Ihrem ferngelenkten Teil nicht auch eine Unterwasserkamera?«, fragte Gültekin interessiert.

»Natürlich, mit Funkübertragung auf mein Laptop hier. Sonst könnte ich das Boot ja gar nicht steuern, man sieht ja schon ab einen Meter Tiefe nichts mehr von oben. Warum? Brauche ich für die Kamera jetzt auch wieder eine gesonderte Genehmigung? Verletze ich damit den Datenschutz der Stichlinge, oder was?«, antwortete der junge Mann genervt.

»Quatsch, wir sind nicht von der Stadt. Aber Sie könnten uns einen Riesengefallen tun«, sagte Gültekin und zückte seinen Dienstausweis.

Der junge Mann blickte ihn sich genau an. »Ach so, Polizei. Für die Stadtverwaltung ist mein Modellbötchen hier nämlich zu gefährlich, das kann die Ordnung am See stören. Die haben mich vielleicht drangsaliert …«

»Ich weiß«, unterbrach ihn der Kommissar, »ich habe die Geschichte in der Zeitung gelesen. Würden Sie das Ding bitte mal an diesem komischen Kopf hier tauchen lassen und uns zeigen, wie das unter Wasser aussieht?«

Der junge Mann nickte. »Klar, kein Problem. Man hilft ja gern.«

Das Gesicht des U-Boot-Piloten war rot angelaufen, entweder vor Aufregung oder weil er sich so auf die Fernsteuerung seines Gefährts konzentrierte.

»So, ja, fahren Sie doch mal ganz dicht heran«, dirigierte Christin.

Die beiden Beamten beugten sich gespannt über den Laptop, der die Bilder übertrug. Unter dem Kopf befand sich ein massiger Körper in einem dunklen Anzug. Der Mann stand gerade und unbeweglich im See, der an dieser Stelle etwa ein Meter siebzig Meter tief war. Mit einem Seil war der Körper an den Befestigungspfahl gefesselt. Unter dem Kinn des Toten war ein Extraband gezogen, das den Kopf leicht hintenüber geneigt in einer bestimmten Position fixierte. Durch die Nässe hatte sich dieses Band etwas gelockert, sodass die Wasserlinie jetzt bis zur Mitte der Nase reichte.

»Ursprünglich ging ihm das Wasser genau bis zum Mund. Durch die Nässe wird das Seil immer länger, der Kopf sinkt immer mehr ab. Dauert ewig. Anfangs bekommt man noch Luft, dann läuft nur noch Wasser in den Mund, sobald man ihn öffnet«, stellte Gültekin ungerührt fest.

»Woher willst du das denn wissen?«, fragte Christin.

Gültekins Blick verdüsterte sich, als er weitersprach. »Alte Foltermethode, habe ich schon gesehen. In einem Wadi. Nur dass dabei die Frau und Kinder des Delinquenten gefesselt in der sengenden Sonne danebenstehen und sich das ansehen mussten.«

Christin Blaich entschied sich, nicht näher auf das Thema einzugehen.

»Was für ein Mist. Die zweite Leiche innerhalb von sechzehn Stunden, da wird der Chef sich freuen. Du weißt, wer das ist, oder?«

»Ja klar, ich habe doch gestern der Frau Borowicki das Foto gemailt, das ist dieser Drucks. Jetzt haben wir den Kerl gerade als Freund von diesem Nordland identifiziert und schon kann er uns über den nichts mehr sagen.«

45.

Auf diesen freien Donnerstag hätte Tom lieber verzichtet, wie meistens. Aber sie hatten keine aktuellen Drehs anstehen, seine Recherchen zu den Finanzpraktiken der Sparbank im Allgemeinen und dieses Herrn Drucks im Besonderen waren ja nichts fürs Fernsehen, jedenfalls noch nicht. Er hatte sich mit Müdigkeit herausreden wollen, schließlich war er erst um fünf Uhr morgens nach Hause gekommen.

Es waren wirklich ganz gute Bilder, die sie am Abend im Steinbruch eingefangen hatten. Eine Felslandschaft um ein Tal voller Steinplatten und Geröll, wo es aussah wie auf einem unaufgeräumten Spielplatz für Riesen. Die Steine hatten dramatische Schatten geworfen im grellen Licht der Feuerwehrscheinwerfer, die die Szenerie wie für einen Film ausgeleuchtet hatten. Aber statt Winnetou und Old Shatterhand, die oben auf dem Berg standen und in die Ferne starrten, um nach Rauchzeichen zu suchen, waren es Tom und

Harry, die nach unten filmten, in eine abgelegene Ecke des Steinbruchs, wo die Leiche eines Mannes von der Spurensicherung und Georg Schüppe persönlich begutachtet wurde.

Der Mann lag dort wohl schon einige Tage, denn sein Körper war mit Lehmstaub bedeckt. Trotzdem konnte man auch vom oberen Rand des Talkessels beim Heranzoomen gut erkennen, dass der Tote extrem rote Haare hatte und einen sehr blauen Anzug trug.

Als der Leichenwagen, der sich im Schritttempo um die Steine und Felsen herum in den Steinbruch hinabgetastet hatte, mit der Leiche genau so vorsichtig wieder herauffuhr, hatten sie sogar bis zu ihrem rund zwanzig Meter höherem Aussichtspunkt ein unangenehm knirschendes Geräusch gehört. Es kam vom Unterboden des Kombis, der mit seiner Fracht an einem Huckel kurz aufsetzte, den er bei der Anfahrt noch problemlos passiert hatte. Da war es erst 20:30 Uhr gewesen, was das Team von Broadcast.TV und die BILD-Leute sehr gefreut hatte. Denn Aufnahmen vom Abtransport der Leiche vom Tatort waren bei solchen Geschichten obligatorisch und dieser Vorgang konnte auch gern mal vier oder fünf Stunden auf sich warten lassen.

Schüppe hatte den Journalisten am Eingang zum Steinbruch ein Interview gegeben, mit den kurz nach Auffinden einer Leiche üblichen Floskeln. »Kein natürlicher Tod … Äußere Gewalt … Können wir noch nicht sagen … Wollen wir aus polizeitaktischen und -technischen Gründen nicht sagen … Ermittlungen abwarten.« Schon um 20:45 Uhr hatten Harry und Tom den Tatort verlassen und waren zu ihrer eigentlichen Mission an dem Abend aufgebrochen, die erheblich länger gedauert hatte.

Heute Morgen hatte Charly Toms Müdigkeit nicht gelten lassen. »Ihr wart doch nie im Leben die ganze Nacht in diesem Steinbruch! Das war doch nach einer oder zwei Stunden erledigt, da wart ihr doch spätestens um einundzwanzig Uhr mit durch«, warf sie ihm vor.

Jedenfalls verdonnerte sie ihn zum Einkaufen mit ihr. Beide berufstätig, Arbeitsteilung, immer müsse sie alles allein machen, putzen, waschen, er konnte es nicht mehr hören. Innerlich gab er ihr aber recht und raffte sich auf, um sie zu begleiten. Im Kaufland konnte man schöne Sozialstudien betreiben, auch morgens um zehn Uhr, tröstete er sich.

Und so kam es, dass Tom sich seinem Schicksal ergab und einen leeren Einkaufswagen vor sich her in Richtung Eingang des Warentempels schob. Zum Glück klingelte in diesem Moment sein Telefon.

46.

Ihm fiel sofort auf, dass die Wasserlinie bis ganz dicht unter den Mund ging. Oberkante Unterlippe, sozusagen. Tom stellte sich vor, wie das wohl wäre, festgebunden im Phoenix-See zu stehen, den Mund geschlossen, damit kein Wasser hineinfließt. Nur durch die Nase ein- und auszuatmen. Die Versuche, um Hilfe zu rufen, und dabei jedes Mal direkt Wasser zu schlucken. Mehr als ein ersticktes Gurgeln dürfte dabei nicht herausgekommen sein. Hinzu kam die Unterkühlung. Um diese Jahreszeit hatte das Wasser vielleicht noch so fünfzehn Grad. Wie lange hält man das aus? Allein wegen der Unterkühlung nicht länger als fünf, sechs Stunden, schätzte der Reporter. Vielleicht war der Mann schon vorher ertrunken. Gibt man irgendwann auf, lässt sich fallen, damit es endlich vorbei ist? Oder wird man bewusstlos und bekommt das Ende überhaupt nicht mehr mit?

Eine grausame Art zu krepieren, in der Tat. Trotzdem – so tief Tom auch in sich hineinhorchte: Mitleid war da nicht. Hatte dieser Drucks nicht seinen Blutsbruder genauso gequält, über Jahre? Dafür gesorgt, dass ihm das Wasser stets nicht nur bis zum Hals, sondern Oberkante Unterlippe stand? Paul hatte rund um die Uhr gearbeitet, sich selbst nichts gegönnt, jeden Pfennig und Cent in die Immobilien gesteckt.

Zum Beispiel dieses Haus, für das Drucks seinem Blutsbruder 1999 noch 650.000 Mark, also rund 330.000 Euro, förmlich aufgedrängt hatte. Als Paul es bis auf 190.000 Euro Restschulden abbezahlt hatte, hatte dieser Drucks einfach das Gebäude von den Bausachverständigen der Bank auf einen Wert von nur noch 200.000 Euro festsetzen lassen. Dadurch sah es so aus, als ob die Immobilie immer noch bis unters Dach verschuldet war. Deshalb hatte stets das Damoklesschwert der Versteigerung über Paul geschwebt. Bis er es nicht mehr ausgehalten hatte.

Bei ihm selbst hatte der Drucks das ja anschließend auch versucht. Der unerwartete Geldsegen nach der Sache in Holland hatte ihn gerettet, zumindest vorläufig. Seit Pauls Tod hatte Tom in der Sache recherchiert, bereits einige vergleichbare Fälle gefunden, in denen dieser Kerl unschuldige Menschen auf die gleiche Weise ins Unglück gestürzt hatte. Wie Tom neuerdings wusste, mit eindeutig kriminellen Methoden. Was ihm noch fehlte, war der Nachweis, dass Drucks Handeln von oben gedeckt wurde. An diese Luxemburger Firma, die die ganzen Häuser zu Spottpreisen gekauft hatte, da kam er einfach nicht ran. Sein Leo-Kirch-Prozess, bei dem die Erben des Medienunternehmers öffentlichkeitswirksam noch nach dessen Tod gegen die Deutsche Bank gewonnen hatten, war jetzt wieder in weite Ferne gerückt. Aber eines Tages …

Wenn er es sich genau überlegte, fand Tom es ein bisschen schade, dass dieser Drucks dort im Wasser so bewegungslos festgetackert war. Ein bisschen Wellengang wäre schön, dass sich die Leiche ein wenig hin- und herbewegte. So wie Paul, als Tom ihn im Wald an einem Abschleppseil hängend gefunden hatte und dann der leichte Wind aufkam.

2010

Ich, Pavlos Kalougranis

Lieber Tom,
ich kann nicht mehr. Wir kennen uns jetzt seit fast vierzig Jahren, als uns unser merkwürdiges Schicksal zusammengeführt hat. Wir waren unzertrennlich, fast von Anfang an. Blutsbrüder eben und Blut ist dicker als Wasser. Was haben wir nicht alles zusammen erlebt und durchgestanden. Beruflich und privat. Die ersten tollen Aufbaujahre der Firma. Die Sache mit der LZB damals, ich meine den Prozess und die Folgen. Du hattest darunter mehr zu leiden als ich, wegen seines Namens. Wir haben uns nicht unterkriegen lassen. Dann, langsam und schleichend, haben wir den Verlust fast all unserer Träume akzeptieren müssen. Die Scheißimmobilien, die uns so runtergezogen haben. Ich weiß, es war meine Schuld, ich hätte von Anfang an nicht auf den Vater hören dürfen. Aber es klang so verlockend. Und trotzdem hätte es noch weitergehen können, auf dem niedrigeren Niveau, auf dem wir uns eingerichtet hatten. Seit gestern weiß ich aber, dass wir komplett im Arsch sind. Die Sparbank hat die Immobilien neu bewertet. Gut, dass du bei der Begehung der Häuser nicht dabei warst. Drucks und ein Bausachverständiger der Bank haben die Mieter auf jeden noch so versteckten ›Mangel‹ hingewiesen. In einem Fall haben sie sogar einen platt an die Wand geschraubten Schrank, also ohne Luft dahinter, abgebaut, in dem sogar feuchte Schuhe standen. Der Mieterin den natürlich unvermeidbaren Schimmel dahinter gezeigt und behauptet, das sei gesundheitsbedrohend. Die Frau wird wohl ab sofort auch nicht mehr zahlen und ausziehen. Ein weiterer Leerstand. Auf diese Art haben sie

sämtliche Häuser auf ein lächerlich niedriges Niveau heruntergerechnet. Obwohl ich, alles über alles, bereits mehr als fünfzig Prozent der ursprünglichen Schulden abbezahlt habe, reichen die Sicherheiten ihnen auf einmal nicht mehr. Außerdem wollen sie mich zwingen, ihrer Immobilienabteilung den Auftrag zum Notverkauf der Häuser zu geben. Sich so noch schnell die Provisionen reinpfeifen. Ich sehe das nicht ein, die Häuser bringen mehr an Miete, als sie an Belastung kosten, habe ich gesagt. Dann wollten sie wenigstens deinen Hof als zusätzliches Pfand zum Fachwerkhaus, das scheint das neue Lieblingsobjekt von diesem Drucks zu sein. Habe ich ebenfalls kategorisch abgelehnt. Daraufhin hat Herr Drucks mir gestern die Kündigung für das Mieten- und mein Privatkonto geschickt. Wie heillos die überzogen sind, weißt du ja. Ich müsste jetzt in kürzester Zeit also 30.000 Euro auftreiben. Ich habe den Vater gefragt, ob er eine Lösung habe. Er hat gemeint, ihm seien die Hände gebunden, noch drei bis vier Jahre, danach könne er über erhebliche Geldmengen verfügen. Aber das hilft mir jetzt nicht weiter. Dieser Drucks wird niemals Ruhe geben. Der Typ geht über Leichen.

Lieber Tom, ich habe mich erkundigt. Meine Lebensversicherung läuft schon lange genug, dass sie auch bei Suizid zahlt. Eigentlich sollte sie für den Lebensabend meiner Mutter sein. Aber um die kümmerst du dich ja sowieso, das weiß ich.

Ich habe dich deshalb jetzt als Begünstigten eintragen lassen. Denn die Lebensversicherung ist als Sicherheit an die Sparbank verpfändet, von dem Geld, rund 200.000 Euro, können also nur Immobilien abbezahlt werden. Deren Erbe übrigens du bist. Du kannst die Häuser dann ohne Verlust verkaufen oder bekommst durch die Tilgung einige Jahre Luft, in denen du verdeckt die Hintergründe von diesem Drucks und seiner Machenschaften recherchieren kannst.

Aber sei bitte vorsichtig und warte mit Veröffentlichungen und Prozessen, bis Paul wieder auf dem Spielfeld ist. Ich weiß, wie sehr du ihn ablehnst. Versuche bitte trotzdem, ihm eine Chance zu geben. Er mag dich übrigens sehr. Genug gesülzt, ich muss jetzt gehen. Wenn du an mich denkst, denke an die schönen Zeiten. Wenn du liebst, wenn du lachst, wenn du fluchst – ich werde immer da sein.
Ich, dein Blutsbruder
Pavlos Kalougranis

47.

Endlich waren die Polizeitaucher eingetroffen, hatten die Fesselung an den Pfahl unter Wasser gefilmt und fotografiert, danach die Seile losgeschnitten. Jetzt zogen sie die Leiche vorsichtig auf den Bootssteg des Phoenix-Sees. Weiße Leinentücher waren als Sichtschutz gespannt. Charly, die das ganze Geschehen filmte, stieß Tom für seinen Geschmack ein wenig zu grob zur Seite, um in eine bessere Position zu kommen. Sie unterhielt sich ausschließlich mit ihrem Halbbruder Roberto, dem Fotografen von BILD. Auf Italienisch, was Tom rasend machte, weil er keinen Ton verstand.

Ein paar Meter weiter am plattierten Ufer wartete ein Leichenwagen. Hinter der weiträumigen Absperrung sahen die am frühen Nachmittag typischen See-Leute fasziniert zu: hauptsächlich Rentner und Schulklassen, die ihren Ausflug hierher machten. Zum ersten Mal bemerkte Tom auch Menschen auf den Balkonen und Terrassen der Einfamilienhäuser, die direkt am See standen und sonst immer so verwaist wirkten. Aber gut, privat kamen Charly und er ja auch nur sonntagnachmittags hierher, um mit Tausenden anderer Flaneure eine Runde um den See zu laufen. Wobei keiner von denen, war ihm aufgefallen, auf das Wasser guckte, was ja an einem See normal wäre. Alle Spaziergänger dort starrten immer nur auf die neu entstandenen Villen auf der Südseite, um deren allzu einheitlichen Baustil zu kommentieren. Bei den meisten Häusern waren die Rollläden heruntergelassen, ob wegen der Sonne oder der Gaffer, war nicht klar. Jedenfalls verstärkte das den abweisenden Eindruck, den diese Häuser machten. Tom fragte sich, wer dort außer Fußballspielern mit mehr Geld als Geschmack freiwillig wie ein Affe im Zoo wohnte und seinen Käfig beglotzen ließ.

In diesem Moment kamen Gültekin und Blaich mit ernsten Gesichtern auf ihn zu.

»Herr Balzack«, sprach Gültekin ihn förmlich an, »wir müssen Sie bitten, die Umgebung des Tatortes zu verlassen.«

»Wie bitte? Ihr tickt ja wohl nicht ganz sauber. Schon mal was von Gleichbehandlung der Presse gehört? Solange hier andere filmen und fotografieren, hauen wir doch nicht ab. Was soll das überhaupt?«

»Das bezieht sich ja auch nicht auf Ihre Kollegin, nur auf Sie als Person, und hat mit Presse nichts zu tun.«

Tom guckte verständnislos von Blaich zu Gültekin.

Christin versuchte zu beschwichtigen. »Tom, du stehst in einer Beziehung zu dem Mordopfer. In keiner freundschaftlichen, wie wir wissen. Auch wenn wir es nicht glauben … Aber solange wir dich nicht zu hundert Prozent als potenziellen Täter ausschließen können … Wahrscheinlich ist das nach einer kurzen Anhörung und Alibiüberprüfung ja schon erledigt.« Dabei sah sie Charly fragend an und lächelte.

Aber Charly sagte nichts. Sie lächelte auch nicht.

»Das darf doch wohl nicht wahr sein! Dieser Kerl hat das Leben meines Blutsbruders zerstört, dann mich gequält, und im Tod noch dafür gesorgt, dass ich verdächtigt werde? Ich sage euch mal eins: Wenn es danach geht, wie verhasst diese Spekulanten-Banker-Bande in der Bevölkerung ist, dann müsstet ihr jeden von denen nach seinem Tod obduzieren, um zu sehen, ob es sich wirklich um einen natürlichen Todesfall handelt!«

Gültekin legte ihm mit einer beschwichtigenden Geste die Hand auf den Arm. »Herr Balzack, bleiben Sie doch ruhig. Wir haben ja Verständnis für Ihre Erregung. Niemand beschuldigt Sie. Das lässt sich doch bestimmt schnell klären«, sagte der Oberkommissar.

Ah, hast du also auch ein Deeskalationstraining durchlaufen, dachte Tom. Beruhigen, Verständnis zeigen, Lösungsmöglichkeit anbieten. Aber recht hatte er ja, dieser Gültekin. Er wollte sich morgen nicht als Tatverdächtiger bei BILD im Blatt sehen. Durch sein Geschrei waren die Kollegen bereits aufmerksam geworden.

Charly sah ihn merkwürdig an. Sie hatte ihre Mühle von der Schulter genommen und auf dem Boden abgestellt und drückte jetzt die Canon ihres Halbbruders Roberto herunter, der automatisch begonnen hatte, das Geschehen zu knipsen.

Tom nickte und schlenderte zu einem Café auf der anderen Seite des Sees, von wo aus er allenfalls mit einem Fernglas das Geschehen am Tatort verfolgen konnte.

In diesem Moment klingelte mal wieder sein Telefon.

»Hallo Tom, hast du schon das Neueste gehört?«

Schneidengel. Der schon wieder. Tom hörte lautes Hintergrundrauschen, der Kollege schien im Auto zu sitzen.

»Du hast in deinem neuen Reisebus jetzt auch eine Freisprechanlage?«

»Nerv mich nicht. Der Tote im See?«

»Ach der, ja, Charly dreht gerade die Bergung. Parliert dabei prächtig mit ihrem Bruder, der für euch fotografiert. Deshalb weißt du das doch längst alles.«

»Na ja, ich weiß zum Beispiel: Das ist einer von vierzig Menschen, die pro Stunde ertrinken. Weltweit, natürlich. Insgesamt 372.000 pro Jahr. Habe ich recherchiert.«

»Eine interessante Ansammlung nutzlosen Wissens. Um ein normales Ertrinken handelt es sich in diesem Fall ja wohl nicht.«

»Schon klar. Dein Mitleid mit dem Opfer dürfte sich in Grenzen halten. Das ist ja wohl dieser Drucks von der Sparbank, hinter dem du seit Jahren her bist.«

»Sind wir jetzt wieder schneller als die Polizei, Schrei-Bengel? Hat BILD schon mit dem Toten gesprochen und ihm diese Exklusivinformation entlockt?«

»Haha. Dass du ihn umgelegt hast, hat er mir auch erzählt. Und dass letzte Nacht sein Caravan abgebrannt ist. Auf einem Campingplatz in Bad Sachsa, das ist übrigens im Harz.«

»Weiß ich, erzähl mal lieber von dem Wohnwagen«, forderte Tom ihn auf. Wahrscheinlich kam jetzt wieder der Satz …

»Du weißt ja, ich habe überall meine Verbindungen. Auch im Harz. In Bad Sachsa habe ich nämlich mal Urlaub gemacht, mit meiner Frau.«

»Und bist dann wieder deiner liebsten Urlaubsbeschäftigung nachgegangen und hast die örtliche Polizeistation heimgesucht, um den Beamten dort deine Aufwartung zu machen.«

»Spotte du ruhig. Das hat sich schon mal sehr ausgezahlt, vielleicht erinnerst du dich … Nein, ich war in einem überaus angenehmen Wellnesshotel und habe mich bestens mit dem Bar-Chef verstanden.«

Während deine Frau oben im Bett vergeblich auf dich wartete, dachte Tom.

»Und der hat mich heute Morgen angerufen. Gestern Abend gegen zwanzig Uhr ist jemand auf dem Campingplatz dort, da ist ja um die Jahreszeit mitten in der Woche keine Sau mehr, in einen Wohnwagen eingebrochen. Hat ihn anschließend angezündet und ist abgehauen.«

»Das sagtest du bereits. Und weiter?«

»Ich habe natürlich direkt den Betreiber des Campingplatzes angerufen. Der berichtete, er habe noch das Auto gesehen. Es habe ein Oberhausener Kennzeichen gehabt.«

»Mann, jetzt komm endlich auf den Punkt!«

»Bei dem flüchtigen Fahrzeug handelt es sich um einen goldfarbenen Mercedes. Und der Wohnwagen gehörte einer Familie Drucks aus Essen.«

Das war in der Tat interessant.

»OB oder BO – mit den Kennzeichen sind die da ja nicht so vertraut und in der Aufregung …«, überlegte Tom laut.

»Eben!«, krähte Schneidengel triumphierend durch den Lautsprecher. »Das war bestimmt dieser Nordland, der die Frau Schmidt umgelegt hat, Schüppe angestochen und euch im Krankenhaus besucht hat. Ich wette, der hat auch den Kaputten im Steinbruch auf dem Gewissen. Und jetzt ist der auch noch bei deinem ehemaligen Intimfeind in den Wohnwagen eingebrochen. Meine Schlagzeile steht jedenfalls schon fest: ›Unheimlicher Revier-Killer jetzt auch im Harz aktiv?‹ Das wird nicht nur in NRW, das wird mit Sicherheit auch in Niedersachsen Hauptschlagzeile, das schwöre ich dir. Vielleicht sogar bundesweit. Zwei Sachen frage ich mich bei der Geschichte allerdings noch: Wie kann dieser Nordland gleichzeitig den Wohnwagen abgefackelt und Drucks im See versenkt haben?«

»Das geht, drei Stunden Fahrzeit bis hier, und der Drucks wurde ja auch erst nach Mitternacht ins Wasser gelassen.«

Schon während er sprach, merkte Tom: Fehler. Er biss sich auf die Lippen. Schneidengel war ja nicht doof.

Entsprechend schnell kam dessen Replik: »Ach, das weißt du schon? Schneller, als die Polizei erlaubt, der Kollege …«

»Vielleicht kann ich dir auch bei deiner anderen offenen Frage behilflich sein«, versuchte Tom abzulenken.

Der BILD-Reporter wirkte jetzt nachdenklich. »Die liegt auf der Hand: Was hat dieser ominöse Nordland im Wohnwagen von Drucks gesucht?«

»Schneidengel, das sage ich dir doch seit Jahren: Dieser Drucks hat systematisch Leuten ihre Häuser abgejagt. Der konnte die dann ja nicht selber kaufen, dazu brauchte er Helfer und Tarnfirmen. Ich sage dir, das ist eine ganze Bande, die hier im Ruhrgebiet die Immobilien abräumt. Vielleicht haben die wegen irgendwas Zoff gekriegt, der Nordland hat da irgendwelche Unterlagen gesucht oder so.«

»Tja, das können wir nur leider alles nicht beweisen. Und die Polizei auch nicht«, antwortete Schneidengel. Er schien nicht mehr ganz bei der Sache zu sein, fuhr dann aber fort: »Eigentlich wollte ich dich über meine zweite große Geschichte informieren. Morgen kannst du bei uns etwas lesen über einen Riesenskandal bei der Stadt Dortmund. Und weißt du, wie das herausgekommen ist?«

»Na, sag schon ...«

»Durch den Überfall auf die Sparbank. Ich hatte ja direkt den richtigen Riecher und habe in Richtung der Geisel weiterrecherchiert. Und da meine von dir immer so belächelten vielfältigen Verbindungen eben weit über den Polizeiapparat hinausgehen, habe ich bei der Stadt Dortmund etwas Interessantes erfahren: Diese Frau Lodz soll im Bezirksamt über Jahre Geld abgezweigt haben, von bis zu einer Million Euro ist die Rede. Und niemand hat es gemerkt. Die Quelle, von der ich das habe, hat mir auch eine wunderschöne Aldi-Tüte überlassen.«

»Was war denn da drin? Texanischer Feuertopf für deinen Gaskocher?«

»Ach Tom. In der Einkaufstasche befanden sich jede Menge erstklassiger Kopien. Von Quittungen über Einzahlungen der Bezirksverwaltungsstelle. Einige als Nachweis des Erhalts der Summe von der Sparbank Dortmund abgestempelt. Die allermeisten nicht. Verstehst du?«

»Schneidengel, jetzt erzähl doch nichts vom Pferd. Du meinst, Frau Lodz hätte zwar die Einzahlungsformulare ausgefüllt, das Geld aber nicht eingezahlt und die Quittungen abgeheftet? Das müsste doch jemandem aufgefallen sein, dass die nicht abgestempelt waren!«

»Doch, so einfach ist das wohl, die Stadt zu bescheißen. Ich habe ja die Kopien.«

»Wie bist du daran gekommen?«

»Tja, mein Lieber. Tagelange Vorortrecherche. Ich war in der Bezirksverwaltungsstelle und habe mir die Leute angeguckt, die dort arbeiten. Und den einen oder die andere vorsichtig angesprochen, wenn die nach Feierabend rauskamen. Mühsames Geschäft, die meisten haben mich beschimpft. Kennst du ja. Von früher.«

»Mensch, Andreas, du weißt doch...«

»... dass dir beim Fernsehen niemand solche tagelangen Recherchen mit unsicherem Ausgang bezahlt. Darum habt ihr ja auch nie Exklusivgeschichten. Zum Glück hast du ja mich, der dich nicht dumm sterben lässt, damit du sie wenigstens als Erster nachdrehen kannst. Jedenfalls habe ich doch noch einen aufgetrieben. Komischer Kauz. War auch schon bei Schüppe mit seiner Geschichte, hat den Bullen aber nicht die Kopien gegeben. Weil er Angst hat, dass sein Name dann aktenkundig wird und die Stadt wegen Geheimnisverrats gegen ihn ermittelt. Ich bin auf dem Weg zum Oberbürgermeister, der sich bei mir im Blatt exklusiv zu dem Fall äußern darf. Na, was sagst du?«

»Gut gemacht, Herr Schneidengel. Aber frag den OB doch auch noch, warum sie nicht von sich aus mit der Geschichte um die Ecke kommen, obwohl sie intern schon ein Jahr in dieser Sache ermitteln. Ob das wohl mit der Kommunalwahl zu tun hat?«

»Wie, was, woher hast du das denn?«

»Kann ich nicht sagen, Andreas. Quellenschutz, du weißt schon. Ist aber sicher.«

»Dann komm doch mit. Darfst du nur heute nicht mehr anbieten. Ist für euch auch morgen noch eine schöne Story.«

»Keine Zeit, ich muss zu Schüppe, den Mordverdacht ausräumen. Ist für *Das Magazin* auch zu regional, die Geschichte.«

Schneidengel war beleidigt. »Na dann mach mal. Bei uns kannst darüber jedenfalls morgen bundesweit etwas lesen.«

48.

Schüppe verspürte eine innere Unruhe, blickte auf seine Uhr. Ach ja, Donnerstagnachmittag, 14:30 Uhr. Jahrelang hatte er einmal in der Woche um diese Uhrzeit die Dienststelle verlassen. Er war nach Gelsenkirchen gefahren, um Gisela und Stefan zu besuchen. Wie gut, dass das vorbei war. Weil er beide jetzt täglich sehen konnte, seitdem er wieder zu Hause wohnte. Mit Gisela war es immer noch nicht wieder wie früher, aber sie arbeiteten daran. Die geschwisterliche Zweckbeziehung entwickelte sich langsam, aber sicher wieder zu einer Ehe hin. Letztens hätten sie fast sogar Sex gehabt. Wenn Stefan nicht nach ihm gerufen hätte.

Ihr Enkel, den sie adoptiert hatten, war jetzt vierzehn. Gisela ging mit Stefan zu allen möglichen Therapien, sie hatte auch durchgesetzt, dass er jetzt wieder an einer Schule für Behinderte unterrichtet wurde. Inklusion hin, Inklusion her, nur an Schulen, wo es genügend Lehrer mit Spezialausbildung gab, konnten Kinder wie Stefan vernünftig gefördert werden. Jedenfalls derzeit. Davon war seine Frau überzeugt.

Georg seufzte und nahm sich die Akte vor, die die Abteilung OK über den Mann angelegt hatte, den er gleich verhören wollte. Gegen den ausdrücklichen Rat seines Präsidenten, deshalb würde er vorsichtig vorgehen müssen. 1956 in Ostberlin geboren. Mutter Deutsche, Vater Russe. 1960 siedelte die Familie nach Bochum über, wo die Frau herstammte. Mittlere Reife, Ausbildung zum Kfz-Mechaniker. Amateurboxer. 1976 Bundeswehr, Verpflichtung zu zwölf Jahren, Sportförderkompanie Essen-Kray. 1980 Ermittlungen nach einem Kampf, bei dem der Gegner ins Hirnkoma gefallen und gestorben war. Kein Wunder, gegen den zu boxen, ist ja wahrscheinlich wie ein Kampf gegen Nikolai Walujew, dachte Schüppe. 1988 ehrenhaft vom Bund entlassen, von der Abfindung hatte Immlinghaus 1989 die Sicherheitsfirma aufgebaut. Anfangs mit drei Leuten als Türsteher für Discotheken und Nachtklubs. Ermittlungen wegen Auseinandersetzungen mit Albaner-Gangs, die Anfang der Neunziger im Ruhrgebiet Fuß fassen wollten. Wer die Tür hat, hat den Laden, steuert den Drogenverkauf und die Prostitution in den Bars und Discos. Durch die Türen, die Immlinghaus schützte, gelangte keiner der Albaner. Alle Ermittlungen eingestellt. Das OK-Kommissariat war ihm damals sogar dankbar gewesen, weil der Riese robuster gegen die Osteuropäer vorgehen konnte, als es den Beamten erlaubt war. Immlinghaus' Firma hatte sich mittlerweile weiterentwickelt, das Discothekengeschäft betrieb sie nur noch am Rande. Personenschutz und Detektei waren Felder, auf denen sie sich tummelte. Aber auch Wachschutz war ein Zweig. Schüppe meinte, sich erinnern zu können, irgendetwas über die ISE, so hieß die Firma, im Zusammenhang mit den Übergriffen in Asylantenheimen gelesen zu haben. Jedenfalls war die Akte sauber, seit vielen Jahren kein Eintrag mehr. Und die Firma schien äußerst solvent zu sein. Ihm fiel der Spruch seines Vaters dazu ein: Du kannst jeden Reichen nach all seinen Millionen fragen, nur nicht nach der ersten.

In diesem Moment verdunkelte ein Schatten Schüppes Büro. Ein Mann stand im Flur. Sein Körper füllte mit Breite und Höhe den Türrahmen so komplett aus, dass man nicht einmal seinen Kopf erkennen konnte.

»Kommen Sie rein, es ist offen«, rief Schüppe.

Die riesige Gestalt bückte sich, ein kahl geschorener Schädel und ein Hals im weit aufgeknöpften weißen Hemd ohne Krawatte wurde sichtbar. Darunter ein grauer Seidenanzug.

Seide knittert edel, dachte Schüppe, aber zwangsweise Maßanfertigung, für diese Figur gibt es keine Kleidergröße mehr. Igor Immlinghaus betrat den Raum. In seinem Windschatten, vorher durch den Riesen verdeckt, materialisierte sich Matthias Brockmann.

»Hallo Herr Schüppe, erst sieht man sich jahrelang nicht und dann direkt an zwei Tagen hintereinander«, begrüßte der Rechtsbeistand ihn gut gelaunt.

»Gibt es im Ruhrgebiet eigentlich nur einen einzigen Anwalt?«, konterte Schüppe bissig. Mit dem hatte er jetzt nicht gerechnet. »Dann nehmen Sie mal Platz.«

Brockmann ließ sich nicht zweimal bitten. Immlinghaus prüfte zunächst die Standfestigkeit des anderen Besucherstuhles und ließ sich vorsichtig darauf nieder.

»Was kann ich für Sie tun, Herr Hauptkommissar?«, fragte der Riese freundlich. Seine Stimme klang tief, warm und sanft.

»Nun, Herr Immlinghaus, es geht um Ihre direkte oder indirekte Verwicklung in mindestens zwei Mordfälle, an denen ich gerade arbeite. Da wäre zum einen das Tötungsdelikt zum Nachteil Ihres Mitarbeiters Ali Omeirat ... Was wissen Sie eigentlich über die Hintergründe seines Auftrages im Krankenhaus?«

»Ali Omeirat war einer meiner besten Personenschützer. Und, nebenbei, einer meiner ältesten Freunde. Wir alle bedauern seinen Tod sehr und hoffen, dass Sie den Täter schnell fassen und ihn seiner gerechten Strafe zuführen. Warum Herr Balzack sich bedroht fühlte, entzieht sich meiner Kenntnis. Dass er mit dieser Einschätzung nicht falsch lag, mussten wir schmerzlich erfahren.«

»Sagen Ihnen die Namen Drucks oder Nordland etwas? Nordland ist der Mann, den wir für den Mörder von Herrn Omeirat halten. Drucks stand heute Morgen tot im Phoenix-See. Nur der Kopf guckte noch raus.«

Weder der Riese noch sein Anwalt wirkten erstaunt.

»Ja, diese Pfütze Phoenix-See, auf die die Dortmunder so stolz sind. Hat nicht einmal vernünftigen Tiefgang. Das wäre im Kemnader See in Bochum nicht passiert, dass der da noch rausguckt. Aber, nein, die Namen sagen mir nichts.«

Brockmann lächelte höflich über den Witz seines Mandanten.

»Das wundert mich aber sehr. Ein Beamter der Hörder Wache am Phoenix-See hat Ihre Personalien aufgenommen. Denn ein Mann, dessen Beschreibung auf Sie passt, hatte vor Kurzem vor der Weingartenschule eine Auseinandersetzung mit Herrn Nordland.«

»Ach, der ist das? Was für ein Zufall. Ein paar Mitarbeiter und ich wollten uns dort umschauen, weil es eine Ausschreibung für den Sicherheitsdienst am See gibt. Da haben wir zufällig mitbekommen, wie ein Mann zwei kleine Kinder in sein Auto locken wollte. Da die Kinder den Mann nicht kannten, kam uns das komisch vor und wir sind eingeschritten. Man hilft ja gern. Aber die Zeugin, die Ihren Kollegen gerufen hat, müsste doch auch gesehen haben, dass dieser Nordland, oder wie war der Name?, dann unversehrt im Auto weggefahren ist.«

»Unversehrt … ich weiß nicht. Aber es liegt keine Strafanzeige gegen Sie vor, das stimmt. Die Kinder, die Sie da ›gerettet‹ haben, wie Sie es ausdrücken, das sind übrigens die Kinder eines weiteren Mordopfers, das möglicherweise auch dieser Nordland auf dem Gewissen hat.«

Keine Reaktion bei Immlinghaus. Auch nicht bei Brockmann. Dieser Anwalt mit seinem Pokerface wurde ihm langsam unheimlich. Schüppe fuhr fort: »Das sind mir ein paar Zufälle zu viel, Herr Immlinghaus. Woher wussten Sie, dass Nordland hinter den Kindern her war und vor der Schule auftauchen würde?«

Statt des Riesen antwortete jetzt sein Anwalt. »Die Wege des Herrn sind unerforschlich, Herr Hauptkommissar. Natürlich hätten Herr Immlinghaus und alle 169 Mitarbeiter seiner Firma sowie Omeirats Familie, die viele Häupter zählt, ein Motiv, diesem Nordland was zu wollen. Ali war ein Sonnenschein, überall sehr beliebt. Wissen Sie, wie sein Spitzname lautete? ›Der Lächler.‹ Warum Herr Immlinghaus sich vorgestern Mittag am Phoenix-See aufgehalten hat, hat er plausibel begründet. Und nach der Diskussion mit diesem Mann, diesem Nordland, hat der nachweislich noch gelebt.«

Der Anwalt lehnte sich entspannt zurück und strich sich durch die schütteren blonden Haare, die ihm immer wieder in die Stirn fielen.

»Und zu diesem anderen, diesem Drucks«, ergänzte Immlinghaus, »zu dem kann ich Ihnen überhaupt nichts sagen. Ich habe den Namen gerade zum ersten Mal gehört.«

»Und Ihr Anwalt? Hat der den Namen gerade auch zum ersten Mal gehört?«, wandte Schüppe sich weiter an Immlinghaus.

Brockmann richtete sich empört auf, wollte antworten, doch sein Klient legte ihm die schwere Pranke auf den Arm, guckte einmal kurz, und, wie es Schüppe erschien, ziemlich verärgert, seinen Rechtsbeistand an: »Das weiß ich nicht. Noch nicht.«

Der Anwalt hatte sich wieder gefangen. Im scharfen Ton sagte er: »Ob ich jemanden kenne oder nicht, muss und werde ich Ihnen nicht sagen. Und was Herrn Immlinghaus angeht, Herr Schüppe: Wo nichts ist, da gibt es auch nichts zu erzählen, und Sie haben nichts gegen ihn in der Hand. Mein Mandant hat Ihnen alles gesagt, was er weiß.«

Schüppe starrte auf den leeren Tisch vor ihm. Als er sprach, war sein Gesicht ausdruckslos und sein Tonfall nüchtern. »Ich könnte sein Aussageverhalten allerdings auch so interpretieren, dass Herr Immlinghaus Mordermittlungen behindert, in dem er uns Informationen zu zwei beziehungsweise drei Todesfällen vorenthält. Dann ginge es um Vertuschung von Straftaten, dafür könnte ich ihn hier eine Zeit lang festhalten und seine Firma durchsuchen lassen. Das würde wahrscheinlich an die Presse durchsickern, was für das Image von Herrn Immlinghaus nicht förderlich wäre, gerade jetzt, wo es für ihn um diesen fetten Auftrag am Phoenix-See geht.«

Brockmann lächelte. »Es dürfte Ihnen nicht entgangen sein, Herr Schüppe, dass auch Herr Immlinghaus eine vertrauensvolle Beziehung zu Ihrem Freund, diesem Fernsehreporter Balzack pflegt. Und die Reporter von BILD Rhein-Ruhr stehen meinen Geschichten besonders in Gestalt des Ihnen sicherlich bekannten Herrn Schneidengel ebenfalls sehr aufgeschlossen gegenüber. Es könnte also durchaus sein, dass in den Medienberichten über Herrn Immlinghaus und seine Firma von Schikane, Willkür und Verzweiflungsaktionen der Polizei die Rede ist, weil sie in mehreren Todesermittlungen nichts in der Hand hat. Damit würde dieser Schuss für Sie und Ihre Behörde nach hinten losgehen.«

Schüppe starrte wieder ausdruckslos auf den Tisch. Wie brachte er diesen Trumm nur zum Reden? Solange der Anwalt dabei war, hatte er in diesem Pokerspiel unzweifelhaft das schlechtere Blatt.

Für eine halbe Minute schwiegen alle drei. Dann ergriff Immlinghaus das Wort. »Mein lieber Herr Schüppe.« Der riesige Mann beugte sich über den Tisch, stützte sich auf seine Arme und faltete die Hände.

Was ich hinter dem Georg habe, hat der am Ende seiner Arme, dachte Schüppe. Instinktiv wich er etwas zurück.

»Ich bin gelernter Kfz-Mechaniker, wissen Sie. Ich habe mich von ganz unten hochgearbeitet und jetzt 169 Angestellte. Ich zahle pünktlich meine Steuern. Ich mag für Sie nicht so aussehen, aber ich bin ein ehrbarer deutscher Kaufmann. Das einzig Erstaunliche, was Sie in meiner Firma finden werden, sind Unterlagen über meine Geschäftsbeziehungen zu diversen Ministerien, die unsere Dienste gern für delikate Aufgaben in Anspruch nehmen. Wenn Sie weitere Fragen haben, wenden Sie sich an meinen Anwalt, Herrn Brockmann hier. Meine Zeit ist begrenzt. Ich werde jetzt gehen und wünsche Ihnen noch einen schönen Tag.«

Damit erhob sich der massige Mann gemächlich, nickte dem Kommissar noch einmal zu und verließ den Verhörraum. Als er aus der Tür ging, zog er gewohnheitsmäßig den Kopf ein.

Auch Schüppe und Brockmann erhoben sich. Der Anwalt griff nach seiner schwarzen Ledermappe und reichte dem Hauptkommissar die Hand.

»Dann wären wir hier ja so weit durch, Herr Hauptkommissar. Nichts für ungut, aber so läuft das Geschäft.«

Schüppe sagte nichts, nickte nur.

Im Plauderton fügte der Anwalt hinzu: »Manchmal verliert man, manchmal gewinnt man. Apropos – am Mittwoch spielt unser Verein doch Champions League gegen Chelsea, da gilt Ihre Dauerkarte in Block C nicht. Ich habe eine Loge in der Arena, mit Parkplätzen direkt am Aufzug, also barrierefrei für den Rollstuhl Ihres Enkels, und man braucht nicht weit zu laufen. Wenn Sie Lust haben …?«

Als sein Gegenüber weiterhin stumm blieb, verließ der Anwalt mit einem Achselzucken den Raum.

Schüppe blieb noch einen Moment in dem jetzt leeren Verhörraum stehen und dachte nach. Schon wieder dieser Anwalt Brockmann, dessen Argumentation er leider nichts entgegenzusetzen gehabt hatte. Hatte sich vorher offensichtlich genau über ihn und seine Vorlieben informiert. Dieser Winkeladvokat wusste sogar, dass er eine Dauerkarte in Block C hatte. Eine Drohung in Form einer Einladung zum Fußballspiel, das war schon subtiler als die alte Mafiafrage nach dem Wohlergehen seiner Familie. War verdammt gut, der Junge. Knapp über vierzig, Fachanwalt für Strafrecht und neuerdings auch Notar. Seltene Kombination. Und schon wieder ein Gegner mit Beziehungen nach oben. Einziger Trost: Je höher der Affe klettert, desto mehr sieht man von seinem Arsch. Trotzdem: Es kotzte ihn an.

Noch fünf Jahre.

49.

Er stand vor der hölzernen Haustür, die mal wieder einen Anstrich vertragen könnte. Genau wie die schweren, halb heruntergelassenen Rollläden, von denen der verwitterte Holzlack absplitterte, wie er mit einem Blick zur Seite feststellte. An der Hauswand über ihm war eine Überwachungskamera installiert, von der weiße Kabel zum Dach hochführten, die unter den Sparren verschwanden. Der schmutzig graubraune Putz aus den Fünfzigern hatte Risse, die mit weißem Acryl ausgespritzt worden waren. Aber nicht überstrichen. Dieses Haus wird nicht geliebt, dachte Tom und drückte auf die Klingel. Er schaute dabei gewohnheitsmäßig auf seine Uhr. 17:10 Uhr.

Wie oft hatte er sich in seinem Reporterleben schon in genau dieser Situation befunden. Und immer wieder aufs Neue war es ihm unangenehm und peinlich, fremde Menschen so kurz nach dem Ableben eines Angehörigen zu behelligen. Er tat das auch nur, wenn es einen triftigen Grund dafür gab.

Heute war es noch schlimmer als sonst. Sonst wartete wenigstens ein Kameramann einige Schritte hinter ihm, ob es wohl zu einem Interview kommen würde. Dieses Mal war er ganz allein. Und die Tür wurde schon nach dem ersten Klingeln geöffnet. Von einer kleinen, schlanken Frau Anfang vierzig, die sehr apart wirkte. Ein schwarzer Pagenkopf, ein anthrazitfarbener Rollkragenpullover, der ihre Rundungen betonte, eine knallenge schwarze Stretchjeans, die ihre langen geraden Beine zeigte. Die nackten Füße der Frau waren gebräunt, genau wie die schmalen Hände und ihr Gesicht. So hatte Tom sich die Frau des Sparbank-Beraters Norbert Drucks nun wirklich nicht vorgestellt. Was ihn noch mehr erstaunte als das Äußere: Sie wirkte nicht im Geringsten verheult und aufgelöst oder trauernd-gefasst, sondern sah ihn nur fragend an. Tom hatte den Eindruck, dass er sie bei etwas Wichtigem gestört hatte.

»Guten Tag, Frau Drucks. Mein Name ist Tom Balzack. Mein Beileid zum Tod Ihres Mannes. Ich war ein Kunde von ihm.«

»Ich weiß, er hat Ihren Namen öfter erwähnt. Arbeiten Sie nicht fürs Fernsehen?«, fragte sie misstrauisch und blickte forschend an ihm vorbei. Gleichzeitig versuchte sie, einen Hund festzuhalten, der schwanzwedelnd auf Tom zulaufen wollte. »Renault, du verdammter Köter, mach endlich sitz!«, schrie sie den Hund an.

»Das stimmt, Frau Drucks, in diesem Fall bin ich aber privat hier. Wie Sie sehen, ohne Kamerateam.«

»Ach, dann kommen Sie bestimmt wegen des Verkaufs Ihres Fachwerkhauses? Da muss ich Sie enttäuschen, daraus wird jetzt wahrscheinlich nichts mehr.«

Wieder wanderte ihr Blick spähend über die Straße. »Hier schleicht schon den ganzen Tag über so ein Kerl mit einem irren Blick durch die Gegend. Ich glaube, das ist ein Freund von Norbert. Aber kommen Sie doch erst mal rein, Herr Balzack. Mit einem Mann im Haus fühle ich mich sicherer.«

Die letzte Bemerkung passt jetzt aber gar nicht, dachte Tom.

Die Frau führte ihn durch den Flur in das Wohnzimmer, während der Hund ihn aufgeregt abschnupperte. Dabei sprach sie weiter: »Norbert hat immer von Ihrem Haus geschwärmt, von der Lage direkt am Wald. Ich hätte mir auch gut vorstellen können, dort zu wohnen. Aber jetzt, nach seinem unerwarteten Tod, muss ich mich erst einmal sortieren. Ich weiß gar nicht, wo ich finanziell stehe, darum hat sich Norbert immer gekümmert.«

Tom folgte ihr, ohne etwas zu sagen. Ihn wunderte der nüchterne Tonfall, in dem Frau Drucks, die ihn überhaupt nicht kannte, ihm das alles so offen erzählte. Trauer klingt anders, dachte er.

Im Wohnzimmer fiel Tom sofort das Bild an der Wand auf. Ein hyperrealistisch gemaltes Porträt, das dem Abgebildeten nicht schmeichelte. Der Mann hatte silbergraue Haare mit Mittelscheitel, die nach vorn gekämmt waren. An den Seiten waren sie kurz geschnitten. Das betonte seine intensiv abstehenden Ohren, die den Bügeln einer modischen Hornbrille mit zu großem Gestell für das schmale Gesicht den perfekten Halt boten. Das Bild entfaltete eine noch größere Kraft, weil es nicht plan an der Wand hing, sondern in den Raum hineinragte. Wie Tom von der Seite aus sehen konnte, war zwischen der Wand und dem Gemälde eine schmale rechteckige hölzerne Kiste angebracht. Etwas größer und tiefer als alte Zigarrenkisten. Hat Ähnlichkeit mit der Halterung eines Flachbildfernsehers, dachte Tom. Wozu das wohl diente?

Er wandte den Blick ab. Durch das Panoramafenster sah er in den Garten. Draußen standen zwei große Käfige mit Vögeln auf einem Teakholztisch.

»Ganz so, wie Sie sagen, ist die Sache nicht, Frau Drucks.« Er hatte entschieden, alles auf eine Karte zu setzen und die Frau mit der Wahrheit über ihren Mann zu konfrontieren. Er würde ja sehen, wie sie reagierte. »Ich habe niemals vorgehabt, mein Haus zu verkaufen. Vielmehr hat Ihr Mann versucht, es mir abzujagen. Mit unlauteren Mittel wollte er mich in die Insolvenz und Versteigerung treiben, um sich mein Haus unter den Nagel reißen zu können.«

Die Frau sah ihn ausdruckslos an.

Tom hatte zumindest eine gewisse Bestürzung erwartet. Dann also die volle Dröhnung: »Das hat er übrigens nicht nur mit mir so gemacht. Nach meinem Kenntnisstand hat er zahlreiche Kunden der Sparbank ins Unglück getrieben und sich daran bereichert. Zusammen mit anderen, dabei ist es sogar zu Morden gekommen.«

Diese Reaktion der Frau mit dem schwarzen Pagenkopf kam völlig überraschend. Frau Drucks lachte laut und bitter auf. Sie sah Tom mit einem spöttischen Gesichtsausdruck an und taxierte ihn von oben bis unten. Dann trat sie einen Schritt auf ihn zu, er hatte den Eindruck, in ihrem Atem Alkohol zu riechen.

»Da sind Sie aber definitiv auf dem Holzweg, Herr Balzack. Ich dachte, Sie sind so ein investigativer Reporter? Dann müssten Sie den da …«, dabei zeigte sie auf das Bild an der Wand, »… aber besser kennen. Auch wenn man über Tote nicht schlecht reden soll: Mein Mann war der größte Spießer und Schlappschwanz unter der Sonne. Zu so etwas, was Sie da beschreiben, hatte der gar nicht die Eier. Der hat morgens angezogen, was ich ihm hingelegt habe, und wenn es noch so geschmacklos war. Der hatte diesen Köter, diese Scheißvögel, seine Skatfreunde und den Wohnwagen im Harz, der zum Glück abgebrannt ist. Zu den langweiligen Harz-Reisen musste ich ihn sogar zwingen. Aber das war die einzige Abwechslung, die er mir aus diesem tristen Gefängnis hier bieten konnte. Sehen Sie sich doch mal um – lebt so ein Mensch, der mehr Geld zur Verfügung hat, als es dem Gehalt eines erfolglosen Sparbank-Angestellten entspricht?«

Tom ließ seinen Blick durch den Raum schweifen und konnte ihr nicht widersprechen. Die Sitzecke mit dem Bezug aus floralen Motiven auf grünem Grund, der gläserne Couchtisch mit dem leeren Cognacschwenker, der Schrank aus rötlichem Teak mit den Buddhafiguren darin, der beigefarbene Teppichboden – alles wirkte sauber und ordentlich, nahezu steril, aber abgewohnt. Hier war seit den späten Achtzigern wohl nichts mehr erneuert worden.

»Ja, gucken Sie ruhig. Goldene Käfige sehen anders aus. Die hatten nur seine Vögel. Er konnte stundenlang stumm vor den Gittern sitzen und ihnen zusehen. Oder er hat lange Zahlenkolonnen zusammenaddiert. Während ich *Tatort* geguckt habe. Ich bin ausschließlich wegen meiner Tochter geblieben. Die studiert jetzt, ich wäre sowieso in den nächsten Tagen ausgezogen. Ich nehme fast nichts mit. Übrigens, wollen Sie den Köter haben? Ein Labradoodle, Mischung aus Labrador und Pudel. Der ist doof, aber haart nicht. Passte zu ihm.«

Tom sah zu dem Hund, der mit dem Schwanz wedelte, als er bemerkte, dass man über ihn sprach. Der Reporter verschränkte die Arme vor der Brust, um die Frau auf Abstand zu halten. »Frau Drucks, es tut mir leid. Ihr Mann hat scheinbar ein Doppelleben geführt. Vielleicht wollte er sich ja irgendwann mit der Kohle absetzen. Wenn Sie davon nichts wissen und nichts damit zu tun haben, können Sie mir vielleicht helfen. Und sich selbst überzeugen, ob es stimmt, was ich sage. Ihr Mann muss irgendwo Papiere aufbewahrt haben, die ihm besonders wichtig waren. Können Sie mir wohl mal zeigen, wo das sein könnte?«

»Warum sollte ich Ihnen helfen, Herr Balzack? So viel Geld, um mich für zweiundzwanzig Ehejahre mit diesem Ekelpaket ...«, dabei machte sie eine Kopfbewegung in Richtung des Bildes, »... zu entschädigen, kann der gar nicht gehortet haben. Aber in meiner Situation könnte mir natürlich jeder Cent weiterhelfen. Was hätte ich also davon, Ihnen irgendwelche Unterlagen auszuhändigen?« Dabei kam sie ihm noch näher, berührte mit ihrer Brust seine verschränkten Arme. Aus wenigen Zentimetern Entfernung blickte die Frau Tom direkt in die Augen.

Der Reporter bückte sich, um den Hund zu streicheln. Dabei sagte er: »Vielleicht, weil Sie nicht vom Leid anderer Leute profitieren wollen? Oder mit denen nicht jahrelang um Häuser und Geld prozessieren wollen, weil Ihr Mann das alles durch illegale Machenschaften erlangt hat? Oder, auch das könnte ich mir vorstellen, weil Sie eine intelligente Frau sind und jetzt endlich zeigen können, was in Ihnen steckt. Und weil Sie nicht noch über seinen Tod hinaus vom Geld Ihres Mannes abhängig sein wollen.« Tom trat einen Schritt zurück.

Frau Drucks ließ wieder diesen seltsamen Blick von oben bis unten an seinem Körper entlangwandern. Dann ging sie auf die Wendeltreppe zu, die vom Wohnzimmer nach oben führte. Schon zum zweiten Mal bemerkte er, dass auch ihre Kehrseite sich sehen lassen konnte. Und dass in der Ecke des Raumes eine große, offene Sporttasche stand.

»Dazu müssten Sie mir aber nach oben folgen, Tom. Tom ist doch richtig, oder? Mein Name ist übrigens Tanja. Sein Hausaltar, der Safe, steht nämlich im Schlafzimmer. Und dieser Tresor ist das Einzige, was ihn dort interessiert hat. Seit Jahren. Aber ich kann ihn für Sie öffnen …«

Es war genau achtzehn Uhr, aus dem Wohnzimmer begrüßte sie ein Kuckuck, der aus einer Uhr sprang, als Tanja Drucks und Tom Balzack die Wendeltreppe wieder hinunterkamen. Der Reporter hatte ein dickes Aktenbündel in der Hand, das er auf dem Wohnzimmertisch ablegte.

Die Frau schob die Schiebetür des Panoramafensters auf, beide traten in den Garten und blieben neben dem Teakholztisch mit den Vogelkäfigen stehen. Sie öffnete die Türen der riesigen Käfige und klopfte gegen die gold glänzenden Stangen, um die Vögel zum Verlassen ihrer Behausung zu animieren. Die grünen Sittiche mit den roten Schnäbeln hüpften vorsichtig aus den Käfigen, blieben eine Weile in der Nähe der Türen, bevor sie sich trauten. Die Frau lehnte sich an die Schulter des Reporters. Ihr Blick folgte den Vögeln, die über ihnen erst kleinere, dann immer größere Kreise zogen, bevor sie einen ungeordneten Schwarm bildeten und davonflogen.

»Jetzt weißt du alles über mich, Tom«, sagte die Frau.

»Und fast alles über deinen Mann, Tanja«, antwortete der Reporter.

50.

Charly war unglücklich. Sie hatte sich auf der Couch in ihre Lieblingsdecke eingemuckelt und sah fern. In der Hand hielt sie ihr Handy, um die Zeit stoppen zu können, falls ein Sender ihre Bilder von der Bergung des Toten brachte. Den ganzen Nachmittag über hatte sie das Material geschnitten und überspielt. Was Tom in dieser Zeit trieb, wusste sie nicht. Sie hatte sich einen Vorwand gesucht, irgendetwas mit Archivmaterial, und Lydia angerufen, aber die hatte brav in der Essener Redaktion gesessen und für den nächsten Tag wegen eines anstehenden Prozesses recherchiert. Nein, Tom sei nicht zufällig da, hatte Lydia gesagt. Und nach einer kurzen Pause hinzugefügt: Aber Harry, wenn Charly den sprechen wolle … Blöde Ziege.

Als Tom endlich nach Hause kam, war es schon fast neunzehn Uhr. Er hatte sogar das Magazin verpasst, was ihm sonst nie passierte. Die Begrüßung war eisig gewesen. Solange ihr Freund ihr nicht einiges erklärte, würde das auch so bleiben, hatte Charly entschieden. Während er jetzt in seinem Arbeitszimmer saß, wahrscheinlich Hunderte von Mails mit Polizeimeldungen durchsah, die den Tag über aufgelaufen waren, dachte sie weiter über ihr Problem nach. Sein ›Alibi‹, das Wort hatte er Mittwochabend in dem Telefonat mit Harry verwendet.

Sie erinnerte sich daran, wie er allein einen bestimmt siebzig Kilo schweren Baumstamm quer über seinen Hof bis in den Wald geschleppt hatte. Die Kraft für so eine Tat hätte er also. Und er konnte beim Tauchen ohne Hilfsmittel ziemlich lange unter Wasser bleiben, wie er ihr auf Formentera demonstriert hatte. Wie er den gestrigen Abend verbracht hatte, wusste sie nicht, jedenfalls nicht für die Zeit nach dem Dreh im Steinbruch. Dort war er bereits gegen 20:30 Uhr verschwunden, wie sie von ihrem Halbbruder Roberto erfahren hatte.

Der hatte sich am Telefon über ihre »Gelosia« amüsiert. »Es wird sich alles aufklären, Sorellina«, hatte er in seiner sonnigen Art behauptet. Aber ihr Problem war nicht ›Gelosia‹, die Eifersucht. Charly fragte sich, ob sie mit einem Mörder zusammenlebte. Und was sie Schüppes Leuten sagen sollte, wenn die sie nach Toms Alibi für die letzte Nacht befragten.

51.

Irgendwie wird die Anzahl meiner Bewacher immer geringer, dachte Acki Schmidt. Den Joker hatte er schon ewig nicht mehr gesehen. Und der, der immer schweigend hinter ihm gestanden hatte, war auch lange nicht mehr da gewesen. Nur Travolta kam noch regelmäßig, um ihm seine Spritzen zu verpassen und ihn zu füttern. Dafür war Andreas dem Mann extrem dankbar. Auch wenn er den Eindruck hatte, dass das Medikament nicht mehr so wirkte wie zu Anfang. Selbst wenn er schlief, hatte er jetzt Schmerzen. Besonders in der Hand, die Travolta ihm zertrümmert hatte. Warum der das getan hatte, wusste er nicht mehr. Aber er hatte wohl einen guten Grund gehabt.

Denn Travolta sorgte für ihn. Immer wieder drangen jetzt auch Geräusche von außen durch Ackis bunte Träume. Vielleicht bildete er sich das aber nur ein. Einmal glaubte er, Fangesänge gehört zu haben, und das Knallen von Bengalos. Waren das seine Kumpel von Block 13 der Süd, die Treuesten der Treuen? Kamen die jetzt, um ihn zu holen?

Einmal hatte Travolta mit dem Joker gestritten, einmal einen eingerollten Teppich durch die Gegend gewuchtet. Ein anderes Mal hatte Travolta draußen vor der Tür mit zwei Männern gesprochen, die irgendjemanden suchten. Als er in das Innere der Hütte zurückkehrte, hatte er gegrinst. Und irgendetwas war mit Michaela gewesen, das wusste Andreas Schmidt auch noch. Er träumte oft von seinem Leben. Von seiner Arbeit, den langen Nächten im Taxi und den Paketen tagsüber, die so schwer waren, dass ihm die Knochen wehtaten. Von den anstrengenden Umbauarbeiten im Haus, nach denen er Muskelkater hatte. Alle seine Träume hatten mit Schmerzen zu tun. Er versuchte sich zu erinnern, was er angestellt oder verbrochen hatte, um diese Strafe zu verdienen. Er vermisste Alina und Marvin. Von denen sprach Travolta auch oft. Was genau, daran konnte Acki sich nicht erinnern. Wahrscheinlich hatte er Fieber. Morgen sei alles vorbei, dann würde er erlöst, hatte Travolta gesagt. Aber wann ist morgen?

Freitag

52.

»Also, hier meine Theorie: Dieser ominöse Nordland, eigentlich Borowicki, aber wir bleiben mal bei dem Namen, den er jetzt verwendet, also dieser Nordland, der Makler Rothaar und der Sparbank-Immobilienberater Drucks steckten unter einer Decke. Die drei wollten das Haus der Familie Schmidt abräumen. Deshalb haben sie dessen Ehefrau Michaela Schmidt getötet. Das war dieser Nordland. Dafür haben wir auch einen Zeugen, Tom Balzack. Den Ehemann Andreas Schmidt haben sie vielleicht auch getötet, wahrscheinlich aber eher entführt, denn einer muss ja den Kaufvertrag unterschreiben. Jedenfalls ist der seit einer Woche spurlos verschwunden. Hinter den Kindern ist Nordland auch her, das wissen wir von dem Zwischenfall am See, wo Nordland sie in sein Auto zerren wollte. Die Kinder sind ebenfalls verschwunden, jedenfalls offiziell. Die Wohnung, in der ihre Tante Jessica Semmling sich mit Alina und Marvin versteckt hat, lasse ich verdeckt beobachten, für den Fall, dass dieser Nordland sich da sehen lässt. Beziehungsweise noch einmal sehen lässt.«

Schüppe hielt kurz inne und blickte vorwurfsvoll in die Runde. Im großen Besprechungsraum hatten sich alle Mitglieder der MK Nordland versammelt.

»Jetzt kommen wir nämlich zu den peinlichen Pannen in dieser Ermittlung: Nordland hat die Adresse aus einem kleinen Notizbuch der Mutter, das wir, also die Spusi, nach dem ersten Einbruch im Hause Schmidt leider nicht sichergestellt haben und das dafür Nordland beim zweiten Einbruch erbeutet hat. Die Information über diese Wohnung, in der

Frau Semmling nicht gemeldet ist, haben wir von dem Reporter Balzack, der sie durch intensive Umfeldbefragung erlangt hat. Der nämlich im Gegensatz zu uns, zweite Panne, seine Hausaufgaben gemacht hat.«

Wieder blickte Schüppe seine Mitarbeiter vorwurfsvoll an.

Blaich und Gültekin nickten, einige ihrer Kollegen sahen schuldbewusst auf ihre Notizblöcke.

»Der Verdächtige Nordland ist am Unterschlupf der Frau Semmling sogar aufgetaucht. Hat unsere Kollegen aber sofort als Zivilbeamte identifiziert und ist vorbeigefahren. Leider haben die Kollegen, nächste Panne, keine Unterstützung gerufen und den ach so unscheinbaren goldenen Mercedes bei der Verfolgung verloren.«

Bei diesen Worten schlug Schüppe sich gegen die Stirn.

»Jetzt weiter mit meiner Theorie: Irgendwann hat unser Gangstertrio untereinander Krach bekommen. Wahrscheinlich wegen Geld, wie meistens. Der Nordland hat diesen Immobilienheini erschossen, diesen Helmut Rothaar, die beiden Projektile stammen jedenfalls aus der Waffe, die auch im Krankenhaus eingesetzt wurde.«

Gültekin unterbrach seinen Chef: »Außerdem hat der Betreiber des Steinbruchs mir bei der Befragung ein interessantes Detail verraten: Samstags kommen jede Menge Privatleute dorthin, die sich für zehn Euro den Kofferraum mit so viel Ruhrsandstein vollmachen dürfen, wie sie wollen. Die fahren ganz vorsichtig runter, überladen den Wagen dort in ihrer Gier und setzen dann auf dem Rückweg an einer bestimmten Stelle mit dem Unterboden ihrer Autos auf. Fast alle. Am Samstag, der Steinbruchbesitzer wollte gerade schließen, sei noch ein Mann gekommen. Beschreibung passt auf Nordland. Der sei schon bei der Einfahrt in den Steinbruch mit seinem Auto aufgesetzt. Als der Inhaber zwanzig Minuten später noch einmal gucken ging, weil er die Absperrkette anbringen wollte, sei dieser Mann gerade wieder herausgefahren. Ohne aufzusetzen. Der Mann vom

Steinbruch hat sofort unten nachgesehen, ob der späte Kunde vielleicht illegal Bauschutt bei ihm entsorgt habe, also etwas gebracht, statt Steine geholt hat, was wohl auch vorkommt, er habe aber nichts gefunden. Das Auto sei übrigens ein älterer goldfarbener Mercedes gewesen.«

Schüppe nickte. »Passt ja. Unglaublich, dass wir zu der Karre noch nicht mehr haben, so auffällig, wie die ist. Das mit dem dritten aus dem Trio, diesem Norbert Drucks, könnte auch Nordland gewesen sein. Motiv: immer noch Abrechnung unter Gangstern. Vielleicht hatte Drucks zu viel von der gemeinsamen Kohle abgeräumt. Und Nordland wollte mit dieser Wasserfolter etwas von seinem Komplizen herausbekommen. Ist aber reine Spekulation.«

Christin Blaich räusperte sich und zeigte auf die BILD-Zeitung, die zerlesen auf dem Tisch lag. *Revier-Killer jetzt auch im Harz aktiv?*, lautete die Schlagzeile von Andreas Schneidengel.

»Haben Sie das schon gesehen, Chef?«

Als Schüppe den Kopf schüttelte, fasste sie zusammen: »Laut BILD hat jemand in Bad Sachsa im Harz den Wohnwagen der Familie Drucks aus Essen abgefackelt. Fluchtfahrzeug ein goldener Mercedes. Ich habe die Kollegen dort heute Morgen direkt angerufen, die bestätigen das. Keine Spuren vom Täter am Wohnwagen. Aber ein Überwachungsfoto einer Tankstelle im Ort, wo jemand kurz vor dem Brand einen Ersatzkanister mit Super aufgefüllt hat. Das Foto ist völlig unscharf, für die Fahndung nicht zu gebrauchen. Aber von der Größe und vom Typ her könnte das sehr gut dieser Nordland sein.«

»Verdammt, Frau Blaich, warum haben Sie mir das denn nicht gesagt?«, fragte Schüppe wütend.

»Ich habe Ihnen eine Mail geschickt, Herr Schüppe«, antwortete die Beamtin schulterzuckend.

Dieses Mal nickte der Chefermittler schuldbewusst. In sein Mailpostfach müsste er viel häufiger hineinschauen. Und vielleicht hätte er auch Schneidengel zurückrufen sollen, der gestern Abend versucht hatte, ihn zu erreichen. Aber da hatte er gerade mit Stefan Fußballbilder in sein Album eingeklebt. Wenn er sich mit dem Jungen beschäftigte, ließ er sich ungern stören. Heute Morgen hatte er schon nicht mehr an den Rückruf gedacht. Meistens wollten die Reporter sowieso nur Informationen haben und nicht geben.

»Bedeutet das, Nordland hat ein Alibi für den Mord an Drucks?«

»Ja und Nein«, dieses Mal meldete sich Gültekin zu Wort. »Ich war ja gestern wieder mal bei einer Leichenschau. Drucks ist zwischen dreiundzwanzig Uhr dreißig und null Uhr dreißig ins Wasser verbracht worden. Bis dahin könnte Nordland aus diesem Bad Sexy, oder wie heißt das, zurück gewesen sein.«

»Gültekin, lassen Sie den Quatsch. Bad Sachsa. Los, weiter«, drängte sein Chef genervt.

»Ich habe vorhin ein erstes Ergebnis der toxikologischen Untersuchung bekommen. Die hatte ich angeregt, weil sich an der Leiche keine Spuren von äußerer Gewalt befanden, und von selbst wird der sich ja nicht in den See gestellt haben. Der Kollege von der Rechtsmedizin hat schon im Schnelltest etwas Interessantes gefunden: Demnach ist dem Drucks schon vorher, gegen dreiundzwanzig Uhr, ein Cocktail aus Alkohol und einem starken Beruhigungsmittel verabreicht worden. Daran wäre er gestorben, das kalte Wasser hat das nur beschleunigt. Ob Nordland aber die Zeit hatte, Drucks vorher noch das Getränk einzuflößen, halte ich für zweifelhaft.«

Schüppe steckte sich eine Voltaren in den Mund und spülte sie mit einem Schluck Kaffee hinunter. Seine Mitarbeiter schwiegen und sahen ihn erwartungsvoll an. Der Chefermittler tat ihnen den Gefallen und redete weiter: »Wahrscheinlich hat dieser Nordland auch im Krankenhaus den Omeirat erstochen, als er es auf Balzack abgesehen hatte. Könnte theoretisch allerdings auch sein Hiwi, dieser Timmy

Müller gewesen sein. Bei dem sitzt die Klinge ja bekanntlich locker. Jedenfalls ist der Nordland für mindestens zwei, vielleicht sogar vier Tötungsdelikte innerhalb kurzer Zeit in unserem Zuständigkeitsbereich verantwortlich. Und wir haben nichts über den. Die Identität ist falsch, keine Meldeadresse, nichts über sein Auto. Oder?«

Dabei blickte er Christin Blaich an. Die schüttelte den Kopf und antwortete kaugummikauend: »Ich habe noch einmal ausführlich mit diesem Timmy Müller gesprochen. Er hat mir nichts gesagt, was wir nicht schon wussten. Sein Freund Willi ließe sich nur alle paar Wochen mal bei ihm sehen. Er weiß nicht, wo er wohnt, hat keine Telefonnummer von ihm. Wenn Nordland ihn anruft, dann ohne Telefonnummernkennung.«

»Wahrscheinlich ständig wechselnde Prepaidkarten, aussichtslos. Gut. Beziehungsweise nicht gut. Welche anderen Tatverdächtigen haben wir? Ich bin für jede Idee dankbar«, fragte Schüppe in die Runde.

Zu seiner Überraschung sprach wieder Christin. Dieses Mal schluckte sie ihr Kaugummi vorher runter.

»Drucks könnte vielleicht auch von Immlinghaus und seinen Leuten versenkt worden sein, aus Rache für den Mord an Omeirat. Der Folteraspekt spricht dafür, der Mann sollte leiden. Die Frage wäre dann aber, warum Drucks? Wie sollte Igor auf den gekommen sein? Eigentlich hatte Igor doch diesen Nordland im Visier. Wobei ich mich auch frage, wie Immlinghaus überhaupt auf den Borowicki, also Nordland, als möglichen Mörder seines Mitarbeiters gekommen ist. An dieser Stelle kommt der Rechtsanwalt Brockmann ins Spiel. Der hatte diese Info von seinem Mandanten Timmy Müller und hat sie an Immlinghaus weitergegeben. Um seinen Mandanten vor Igors Rache zu schützen oder um Nordland zu schaden? In welcher Beziehung steht Brockmann überhaupt zu diesem Nordland? Gibt es überhaupt eine Beziehung? Alles Spekulation, ich weiß.«

Schüppe nickte nachdenklich.

»Und im Fall Drucks vergessen Sie Balzack, Chef«, meldete sich Gültekin zu Wort. »Der hat ein starkes Motiv. Hass. Und, soweit ich weiß, bisher kein ausreichendes Alibi«, fügte er vorsichtig hinzu.

Schüppe fixierte Gültekin. »Mein lieber Gültekin. Wir haben es in diesem Spiel mit sehr vielen Arschlöchern zu tun. Egal, wie sehr uns der Kerl nervt, und auch, wenn er uns nicht alles sagt, was er weiß – Balzack gehört nicht dazu. Er hat mich schon vor Tagen darüber informiert, dass er gesehen hat, wie Nordland die Schmidt umgelegt hat. Und mir von einem weiteren Mord des Kerls erzählt, den er schon vor zwanzig Jahren beobachtet hat. Balzack hat Angst vor diesem Nordland, hat niemals in diese Richtung recherchiert, weil er sich an dem nicht die Hände verbrennen wollte. Balzack hatte es immer nur auf Drucks abgesehen, den er für den Tod seines Geschäftspartners Pavlos Kalougranis und sein eigenes finanzielles Dilemma verantwortlich macht. Und, um Ihrer nächsten Frage zuvorzukommen: Doch, Balzack hat für den Mord an Drucks ein Alibi. Wie Sie selbst eben referiert haben, wurde Drucks gegen Mitternacht in den See verbracht. Balzack und sein Kameramann Harry Fitz haben Mittwochabend von einundzwanzig Uhr bis gestern Morgen um vier Uhr, also auf jeden Fall zur Tatzeit, einen Film gedreht. Sie haben im Auftrag der Betreiber die Eröffnungsparty eines Großbordells dokumentiert, für jeweils 1.000 Euro bar auf die Hand. Diesen Job haben die beiden ihren Freundinnen verschwiegen, warum auch immer. Dafür gibt es aber jede Menge Zeugen: die gesamte Rotlichtszene des Ruhrgebiets, Z-Promis aus dem Fernsehen, örtliche Geschäftsleute und Lokalpolitiker. Balzack hat mir für sein Alibi jede Menge Namen von Anwesenden genannt. Auch von solchen, die nicht gefilmt werden durften und die ich ungern befragen würde.« Nach einer kleinen Kunstpause fügte er hinzu: »Einen Behördenleiter zum Beispiel, der vor Ort persönlich Erkenntnisse zum Rotlichtsumpf gesammelt hat.«

Alle brachen in Lachen aus. Dann wurde Gültekin wieder ernst. »Die Behörde werden Sie uns sicherlich nicht nennen, das muss ich so ja wohl akzeptieren. Aber: Wie war das mit Nordland und Balzack umgekehrt?«

»Wie, umgekehrt?«

»Ich meine, dieser Nordland, der könnte Balzacks Namen ja vielleicht über die Fernsehberichte herausbekommen haben. Aber woher wusste er, in welchem Krankenhaus, auf welcher Station Balzack sich versteckt hat?«

Schüppe pfiff durch die Zähne. »Gute Frage, Gültekin. Daran habe ich noch gar nicht gedacht. Vielleicht hat Nordland Charly verfolgt?«

Christin Blaich schüttelte energisch den Kopf: »Nicht, so lange ich auf sie aufgepasst habe. Das hätte ich gemerkt.«

Gültekin grinste. »Und vorher auch nicht. Da habe ich die nämlich beschattet. Und niemand anderer.«

Schüppe zog fragend die Brauen hoch.

»Eigeninitiative, Chef. Direkt nach dem Mord in der Bolmke bin ich ihr zum Krankenhaus und von dort nach Hause gefolgt. Und am nächsten Morgen wieder zum Krankenhaus. Ich habe gedacht, sie und ihr Reporterfreund hätten vielleicht doch was mit dem Mord zu tun. Und Sie, Chef, seien in diesem Fall befangen.«

Schüppe runzelte missbilligend die Stirn. »So so. Und warum haben Sie mir dann später nichts davon erzählt?«

»Sie sagen mir doch auch nicht alles, Chef. Ich habe jedenfalls keine Überstunden dafür aufgeschrieben. Und was ich in meiner Freizeit mache …«

»Das Thema hatten wir schon. Vorsichtig, Gültekin, Sie bewegen sich auf dünnem Eis!«, sagte Schüppe mit erhobenem Zeigefinger. Dann dachte er laut nach: »Wer könnte also gewusst haben, in welchem Krankenhaus Tom liegt? Immlinghaus natürlich, der hatte da einen Mann postiert. Ist aber sicherlich nicht mit Nordland befreundet. Könnte allerdings seinem Rechtsanwalt Brockmann davon erzählt haben. Wobei ich das nicht glaube. Die scheinen nicht mehr sehr dicke zu sein, hatte ich den Eindruck. Und in Angelegenheiten, die seine Firma betreffen, halte ich Immlinghaus für diskret und verschwiegen.«

Schüppe überlegte und ihm fiel ein Satz von Brockmann ein. »Weißt du was, Gültekin? Ruf doch mal diesen Andreas Schneidengel von BILD an. Ich möchte mich mit ihm treffen, informell mit ihm über den Fall plaudern.«

53.

Den idyllisch gelegenen Biergarten in Hattingen direkt an der Ruhr kannte Schüppe von Sonntagsausflügen mit Gisela und Stefan. Er hatte ihn als Treffpunkt vorgeschlagen, weil er sich ungefähr in der Mitte zwischen Dortmund und Essen befand, wo Schneidengels Redaktion war. Als Schüppe auf dem Parkplatz ankam, kletterte Schneidengel gerade aus einem grünen VW Transporter.

»Neues Auto?«, fragte Schüppe, der den Reporter nur in einem mächtigen Audi-Geländewagen kannte.

»Das ist mein neues Projekt«, erzählte der Reporter stolz. »Selbst umgebaut zum Campingbus. Für Wochenendausflüge mit Frau und Kind und gleichzeitig für die Arbeit. Wollen Sie mal gucken?«

Ohne die Antwort des Kommissars abzuwarten, riss er die Schiebetür auf. In diesem Moment versuchte ein graubrauner Hund aus dem Auto zu springen. »Bleibst du wohl hier, du …«, rief Schneidengel und griff nach dem Halsband.

»Ach, einen Hund haben Sie auch?«, fragte Schüppe.

»Nee, auf den passe ich nur ein paar Tage auf.«

Während er mit einer Hand das Tier festhielt, zeigte er Schüppe stolz seine neueste Errungenschaft.

»Sehen Sie, die Rückbank kann ich zum Bett umklappen. Und hier an der Seite die Platte, das ist ein herausziehbarer Tisch. Da kann ich mein Laptop draufstellen und schreiben. Hier habe ich einen Campingkocher, darauf lässt sich prima Gulaschsuppe erhitzen. Und da vorn steht die tragbare Chemietoilette. Na, was sagen Sie, Herr Schüppe?«

»Ich glaube, dafür bin ich zu alt, Herr Schneidengel«, versuchte der Beamte, sich diplomatisch aus der Affäre zu ziehen.

Schüppe war froh, als der Reporter die Schiebetür wieder schloss. Gemeinsam gingen sie hinüber zum Biergarten und suchten sich einen ruhigen Tisch aus.

»Kann man hier auch essen?«, fragte Schneidengel und griff gierig nach der Karte.

»Sehr gut«, antwortete der Kommissar, »es gibt sogar eine Wildkarte.«

»Das passt ja, ich bin nämlich Halbvegetarier. Die Hälfte des Tellers für das Steak, der Rest fürs Gemüse, hahahaha.«

Schüppe stimmte höflich in das Lachen ein. Er bestellte sich nur eine Apfelschorle, zu Hause wartete Gisela mit dem Essen auf ihn. Als der Reporter genüsslich den ersten Schluck Bier aus dem Halbliterhumpen getrunken hatte, kam Schüppe auf sein Anliegen zu sprechen.

»Herr Schneidengel, Sie sind ja ein Mann mit vielen Beziehungen.«

Der Reporter wirkte gebauchpinselt und grinste abwartend, sagte aber nichts.

»Mich würde mal interessieren, wie Ihre Beziehung zum Rechtsanwalt Brockmann ist.«

»Warum wollen Sie das denn wissen, Herr Schüppe?«

»Erzählen Sie erst mal, das sage ich Ihnen später.«

»Nun, Brockmann und ich kennen uns seit vielen Jahren. Ich war ja schon mit seinem Vater bekannt, dem alten Löwen. Der Junior steht der Presse extrem aufgeschlossen gegenüber. Er versorgt bevorzugt Balzack und mich mit sehr guten Prozessen, die vor kleinen Amtsgerichten laufen, von denen wir sonst nie etwas erführen. Und er sorgt dafür, dass seine Mandanten mit uns reden, sich fotografieren und filmen lassen.«

Schüppe nickte. »Und ihr macht ihn im Gegenzug berühmt. Die Knackis lesen BILD und gucken Privatfernsehen und so wächst sein Kundenkreis. Schon klar. Aber wie ist Ihre Beziehung genau? Sind Sie auch privat befreundet?«

Der Reporter winkte ab. »Befreundet wäre übertrieben. Wissen Sie, ich kenne ja so viele Leute … Aber er lädt Tom und mich zu seinen Geburtstagsfeiern ein, das schon.«

»Würde er Sie oder Tom im Krankenhaus besuchen?«

»Kann schon sein, wenn er es zeitlich schafft. Letzte Woche hat er mich noch gefragt, wo Tom genau liegt, weil er vorbeischauen wollte.«

»Und, hat er?«

»Nicht, dass ich wüsste. Aber das ist bei Matthias normal. Der hat viel guten Willen und wenig Zeit.«

»Hat er sie gestern angerufen, nachdem wir den Toten im See gefunden haben?«

Schneidengel zögerte mit einer Antwort.

Der Kommissar drängte: »Nun sagen Sie schon. Ich weiß es doch längst.«

»Und wir sprechen hier unter vier?«

»Natürlich, unter vier – streng vertraulich, nicht offiziell und nicht zur Veröffentlichung«, bestätigte der Kommissar.

»Also, ich habe mich schon sehr gewundert. Kaum war der Tote aufgeploppt, rief Matthias mich an und nannte mir dessen Namen, Norbert Drucks. Dann erzählte er unvermittelt von der Sache mit der falschen Identität dieses Nordland. Da wüsste die Polizei noch nichts von und ich solle doch mal in Bochum nach dem Namen Willi Nordland und in Essen wegen Roger Borowicki recherchieren. Der Nordland sei nämlich der Mörder von Ali Omeirat. Ich habe Matthias gefragt, woher die Info stammt, und er hat behauptet, er sei durch seinen Mandanten Timmy Müller darauf gestoßen.

Dann habe ich insistiert, ob sein Freund Igor vielleicht hinter diesem Anruf stecke, ich dem also nur bei der Mördersuche helfen soll. Matthias behauptete, bestimmt nicht, Herr Immlinghaus und er seien nicht mehr so dicke, er sei nur noch dessen Anwalt. Jetzt sind Sie aber dran, Herr Schüppe. Warum wollen Sie das alles wissen?«

»Nun, ich informiere mich gern über die Gegenseite. Und ich habe den Eindruck – wir sprechen ja hier vertraulich, nichts zum Schreiben, Herr Schneidengel! –, dass dieser Herr Brockmann möglicherweise nicht nur in seiner Eigenschaft als Anwalt zur Gegenseite gehören könnte. Ich kann Ihnen nur raten, im Umgang mit ihm vorsichtig zu sein. Vielleicht haben die Gangster, dieser Nordland und sein Gehilfe Timmy Müller, Tom im Krankenhaus gefunden, weil Sie Brockmann erzählt haben, wo er liegt.«

Schneidengel wirkte nachdenklich und betroffen. »Dann hätte ich Tom ja beinahe unfreiwillig ans Messer geliefert. Beziehungsweise Sie, den der Angriff ja dann getroffen hat.« Nach einem Moment des Nachdenkens fragte er weiter: »Brockmann, dieser Nordland, der tote Drucks … glauben Sie, die gehören alle zusammen? Tom hat sich ja schon seit Langem auf diesen Drucks von der Sparbank eingeschossen. Von dem ist er ja regelrecht besessen, seit der Sache mit Pavlos, seinem Blutsbruder, wie er ihn immer so schwülstig nennt. Meinen Sie, es lohnt sich noch, in diese Richtung zu recherchieren, obwohl dieser Drucks jetzt tot ist?«

Der Kommissar sagte nichts, nickte aber zwei Mal nachdrücklich.

54.

Nachdem Schüppe gegangen war, blieb der Reporter noch einen Moment sitzen. Schon komisch. Gestern hatte Schüppe ihn nicht einmal zurückgerufen und heute wollte er sich mit ihm treffen. Um ihn vor Brockmann zu warnen. Oder wollte der Kommissar eine bestimmte Reaktion seinerseits provozieren?

Schneidengel trank sein Bier aus, bezahlte und ging in Gedanken versunken zu seinem Auto. Neben dem Campingbus parkte ein Audi A8 älteren Baujahres. Zwischen den Wagen standen zwei Männer, unterhielten sich und rauchten dabei. Irgendwo hatte Schneidengel die beiden schon einmal gesehen. Sie waren ziemlich groß, aber das war im Vergleich zu seiner Körpergröße ja fast jeder. Die Männer trugen schwarze Anzüge, was ihnen wohl einen Anschein von nicht vorhandener Seriosität verleihen sollte, und weiße Hemden ohne Krawatte. Dazu Sonnenbrillen.

Als sie den Reporter kommen sahen, warfen sie ihre Zigaretten zu Boden und traten sie aus. Der eine Mann machte einen Schritt zur Seite, der andere, muskulös, Anfang dreißig, sprach ihn freundlich an: »Herr Schneidengel, wenn ich nicht irre?«

Der Reporter nickte, blickte den Mann fragend an. Dann spürte er einen leichten Stich in den Oberarm. Das Letzte, was er sah, bevor er ohnmächtig wurde, waren die schwarzen Lackschuhe des einen und die grünen Turnschuhe mit den weißen Streifen des anderen Mannes. Zum schwarzen Anzug, geht gar nicht, dachte er noch und sackte zusammen.

Aus seinem Auto heraus, das am anderen Ende des Parkplatzes stand, beobachtete Schüppe, wie zwei Männer den dicken Schneidengel auf die Rückbank eines graumetallicfarbenen Audi A8 wuchteten.

Er folgte dem Wagen und gab sich dabei wenig Mühe, unauffällig zu bleiben. Zum einen achteten solche Menschen nicht auf einen alten dunkelblauen Opel Vectra mit Stufenheck. Zum anderen wusste er sowieso, wo die hinwollten.

Als der Audi vor der Einfahrt zum Anwesen warten musste, blieb Schüppe in einiger Entfernung am Straßenrand stehen.

Er war nahe genug, um sich das Tor anzusehen, das sich automatisch langsam zur Seite schob. Es bestand aus etwa drei Meter hohen schmalen schwarzen Eisenstangen, die durch drei massive Querstreben verbunden waren. Auf den Längsstangen thronten goldene Spitzen. In der Mitte der Tores befand sich ein geschmiedeter Kreis. Sieht aus wie das Logo von RTL 2, dachte Schüppe. Sollte aber wohl den Namen des Eigentümers symbolisieren. Zwei i, wie Igor Immlinghaus.

Als sich das Tor wieder schloss und die Limousine die lange, leicht ansteigende Zufahrt zur Gründerzeitvilla hinaufrollte, fuhr der Kommissar bis fast zum Tor vor und blieb im Schatten der drei Meter hohen Bruchsteinmauer stehen. Er parkte so, dass die Überwachungskamera ihn nur von hinten erfassen konnte, als er aus dem Vectra stieg. Schon während er über die Straße ging, nestelte er auffällig an dem Reißverschluss seiner Hose herum. Ein uralter Opel und ein älterer Mann mit Prostataproblemen, der die Deckung des Waldes gegenüber zum unbeobachteten Pinkeln nutzte. Das würden sie im Haus auf dem Monitor der Kamera sehen.

Schüppe stapfte einige Meter in den Wald hinein, bis er zwar noch das Anwesen, die Kamera aber nicht mehr ihn beobachten konnte. Dann rief er Gültekin an.

55.

Als Andreas Schneidengel wieder zu sich kam, saß er auf einem harten Holzstuhl, in dessen Sitzfläche ein großes rundes Loch gesägt worden war. Er erkannte sofort, wo er sich befand, auch wenn die Schreibtischlampe, die auf ihn gerichtet war, ihn blendete: die rustikale Bar in der einen, der Billardtisch in der anderen Ecke des rund vierzig Quadratmeter großen Raumes. Die Tür, auf die er blickte, führte ins Treppenhaus. Die andere, hinter ihm, in den Garten, erinnerte er sich. Die Holzvertäfelung aus den Siebzigern, Hirschgeweihe an der Wand. Über ihm hing die Discokugel. Igor hatte diesen Verhörtisch, der an eine Schulbank erinnerte, genau in die Mitte der Tanzfläche stellen lassen. Hier, im Keller des Anwesens, hatte der Reporter schon mehrmals rauschende Partys mitgefeiert. Unter Igors Gästen und denen, die gern dazugehören würden, firmierte dieser Raum als die ›Russendisco‹. Der Tisch hatte dann immer in einer Ecke gestanden, als Abstellmöglichkeit für Biergläser. Der Reporter hatte sogar mal Scherze darüber gemacht, dass in Igors Russendisco alles blitzsauber und gepflegt sei, nur dieser schäbige Tisch habe eingetrocknete Flecken, wie von Rotwein. Das sei kein Rotwein, hatte Igor gelacht und Schneidengels Kopf sanft auf die Tischplatte gedrückt. Seine Nase kam genau dort an, wo der große Fleck war.

»Ihr seid ja wohl nicht ganz dicht! Igor, jetzt übertreibst du aber endgültig! Mich betäuben und entführen, ich glaube, es hackt. Diese Affen sollen mich sofort loslassen«, schrie Schneidengel. Er wand sich unter dem eisernen Griff, mit dem die beiden Männer ihn festhielten, die ihn hergebracht hatten. Als sein Geschrei keine Wirkung zeigte, tobte der Reporter weiter: »Diese Karnevalsveranstaltung hier wird Konsequenzen haben. Du weißt ja gar nicht …«

»Welche Beziehungen du hast. Jaja, schon klar. Du kleines, fettes Arschloch.« Igor, der auf dem Stuhl ihm gegenübersaß, verschränkte die Arme auf dem Tisch. »Mich interessiert hier nur eine deiner Beziehungen. Warum«, jetzt beugte sich der Riese leicht nach vorn, seine Stimme klang gar nicht mehr sanft und warm, eher wie das dunkle Grollen eines heranziehenden Gewitters, »warum hast du deinen Freund Tom verraten?«

»Bitte??? Ich, Tom verraten? An wen denn, wie kommst du denn darauf?« Schneidengel war sofort klar, worauf der Riese hinauswollte. Er musste an sein Gespräch mit Schüppe denken.

»Du hast ihm versprochen, niemandem zu sagen, wo er steckt. Und bist direkt zu deinem Freund Brockmann gerannt und hast ihm die Info brühwarm gesteckt! Warum? Los, gestehe! Gestehe!« Der Riese schrie nun in einem Tonfall und einer Lautstärke, dass Schneidengel Angst hatte, die Discokugel über seinem Kopf könnte sich lösen und herabfallen. Das Gesicht von Igor war nur noch wenige Zentimeter von seinem entfernt, er konnte die roten Äderchen auf dessen Stirn sehen.

Doch jetzt, wo er wusste, worum es in diesem Bauerntheater hier ging, wurde er ganz ruhig. Er hatte sich nichts vorzuwerfen, eigentlich. Und Igor konnte zwar ruppig werden, aber der würde ihn nicht umlegen. Nicht einmal ernsthaft verletzen. Die ganze Inszenierung mit den beiden Gorillas und diesem Folterstuhl ohne Sitzfläche diente lediglich seiner Einschüchterung.

»Mein Freund Matthias ist doch in Wirklichkeit dein Freund Matthias. Und, lieber Igor, natürlich habe ich deinem Freund Matthias Brockmann gesagt, wo Tom liegt. Weil ich ihn für einen guten Bekannten von Tom und für verschwiegen gehalten habe. Genau so hätte Tom es ihm umgekehrt, wenn es um mich gegangen wäre, wahrscheinlich auch erzählt. Du kannst ihn doch fragen, er steht ja wohl hinter mir.«

Schneidengel hatte endlich den Geruch identifiziert, der in der Russendisco die ganze Zeit über in der Luft hing: Es war kein Nuttendiesel, wie er zunächst geglaubt hatte, es war das eklig süße Aroma von Toms Zigarillos, das ihn von hinten anwehte.

Igor hörte auf zu brüllen, blickte über Andreas hinweg in die Ecke des Raumes, nickte kurz. Der Reporter hörte, wie sich jemand bewegte, den Raum verließ.

Nachdem die Tür sich geschlossen hatte, lockerten die beiden Männer ihren Griff um seine Arme etwas, ließen ihn aber nicht los.

Igor hatte sich zurückgelehnt und sprach jetzt wieder mit seiner sanften, tiefen Stimme. »Und jetzt, mein guter Bekannter Andreas, wirst du mir mal erzählen, was du bisher über den Fall herausbekommen hast. Besonders die Rolle unseres gemeinsamen Freundes oder, wie du es treffender nennst, Bekannten Brockmann interessiert mich sehr.«

56.

»Mich auch, Herr Immlinghaus, mich auch«, sagte Schüppe, als er den Raum betrat. Direkt hinter ihm befand sich Gültekin, beide hatten ihre Dienstwaffen gezogen.

Immlinghaus ließ sich seine Überraschung nicht anmerken. Freundlich lächelnd sagte er: »Ach, der Herr Hauptkommissar. Herzlich willkommen in meinem bescheidenen Heim. Und Amin, mein verlorenes Schaf. Schön, dass du wieder bei uns bist. Nimm Herrn Schüppe doch bitte die Waffe ab, ohne plaudert es sich entspannter.«

Jetzt würde es sich erweisen.

Schüppe hatte Gültekin schon von Weitem gehört, seine leisen Flüche, als er sich durch das Unterholz zu ihm hinkämpfte. Die glänzenden Lackschuhe des Oberkommissars versanken im Morast, Brombeerranken verfingen sich in seiner blauen Designerjeans und dem grauen Mohairpullover, den er unter der schwarzen Lederjacke im angesagten Bikerstil trug.

»Na, hat das schicke Designerjäckchen auch keine Kratzer abbekommen?«, fragte Schüppe ironisch, als Gültekin sich endlich zu ihm durchgeschlagen hatte. Im gedämpften Ton fügte er hinzu: »Ging leider nicht anders, die sollen uns ja nicht sehen. Die Kamera, die da vorn am Tor, ist das Problem. Da müssen wir durch, die Mauern werden wahrscheinlich durch weitere Kameras abgesichert und sind sowieso zu hoch.«

»Und oben drauf liegen einbetonierte Flaschenscherben

und Natodraht, den man von hier unten nicht sieht. Keine Chance.« Schüppe hatte Gültekin nicht gefragt, woher er das wusste.

»Ich schlage Folgendes vor, Chef: Ich gehe ganz offen zum Tor und klingele. Die werden mich reinlassen, da bin ich mir sicher. Wenn das Tor fast wieder zu ist, Sie haben ja gesehen, wie elend lange das dauert, schlüpfen Sie, Chef, noch schnell durch. Ich werde bis dahin schon auf der Terrasse stehen und den Mann ablenken, der eigentlich die Monitore überwachen soll.«

Eine bessere Idee hatte Schüppe auch nicht gehabt. Als er auf der Terrasse angekommen war, hatte sein Assistent Gültekin den Sicherheitsmann schon entwaffnet, mit Kabelbindern am Fallrohr der Dachrinne gefesselt und mit einem großen, altmodischen Herrentaschentuch geknebelt.

»Das nennen Sie also ablenken?«, hatte Schüppe noch leise gezischt, dann hatten sie durch die Glasschiebtür das rustikal eingerichtete Wohnzimmer betreten. Beigebraune Travertinplatten auf dem Boden, massive Eichenmöbel, die Sessel mit braunem Dickleder bezogen. Die Wände mit Rustikalputz gekälkt, ein riesiger Flachbildfernseher, ein gemauerter offener Kamin.

Schüppe hatte kaum Zeit, sich umzusehen, so schnell und zielstrebig war sein Mitarbeiter durch den Raum geeilt. Gültekin schien sich hier auszukennen. Sein Chef war ihm die Treppe hinab in den Keller gefolgt, wo man hinter einer Tür lautes Geschrei hörte. Hier hatte Schüppe Gültekin zur Seite geschoben, seine Waffe hervorgeholt und vor ihm den Raum betreten.

Jetzt standen sie da. Jetzt würde es sich erweisen. Der Treuetest.

Schüppe bemerkte, dass Gültekin einen Schritt nach vorn machte, er stand nun hinter ihm.

»Wo du recht hast, hast du recht, Igor. Wie fast immer. Sie sind doch auch seiner Meinung, Chef? Oder?«, fragte sein Assistent.

57.

»Mir reicht's! Entweder bist du gleich in der Kanzlei oder du bist tot! Kannst du dir aussuchen! In zehn Minuten, verstanden?«

Acki Schmidt gefiel der Tonfall des Mannes nicht, dessen Stimme aus dem Lautsprecher tönte. Diese ständigen »geht nicht«, »kann das nicht«, »aber«, und »nein«. Kein Wunder, dass Travolta den Mann so anschrie. Sie saßen offensichtlich in einem Auto, einem Mercedes, wie er an dem großen Stern auf dem Lenkrad erkannte. Wie er hierhergekommen war, wusste Acki nicht. Jedenfalls war er nicht mehr in Paketband eingewickelt. Das war gut. Die Wirkung der Spritze ließ immer mehr nach, wahrscheinlich wegen des Windes, der durch die komplett geöffneten Seitenscheiben durch das Auto pustete. Das war nicht gut. Denn seine linke Hand, immer noch ein unförmiger Klumpen, der in seinem Schoß lag, gab pochende Schmerzsignale ab, die immer stärker wurden. Ich bin nicht angeschnallt, stellte Andreas leicht benommen fest. Jedenfalls nicht auf die herkömmliche Art. An seinem Hals spürte er Schmerzen, wenn Travolta die Geschwindigkeit kurz verringerte oder mit quietschenden Reifen um Kurven raste. Die Karre schlingerte auch auf gerader Strecke ziemlich, weil Travolta nur die linke Hand am Lenkrad hatte. In der Hand des rechten Arms, aus dem durch einen Verband Blut tropfte, hielt er eine Kette. Die Kette führte zu ihm, stellte Acki fest, zu seinem Hals. Im Spiegel der heruntergeklappten Sonnenblende erkannte er jetzt, dass die Kette um seinen Hals und die beiden Stangen der Kopfstütze geschlungen war. Ihm wurde klar, warum es wie aus tausend Nadeln schmerzte, wenn Travolta an der Kette zog. Es handelte sich um ein Halsband für Hunde mit innen liegenden Stacheln. Andreas fand, dass sich seine Situation seit dem Verlassen der Hütte nicht unbedingt verbessert hatte.

»Na, Freundchen, hat der Wind dich wieder wach geblasen?«, fragte Travolta und blickte zu ihm rüber, während er über eine rote Ampel raste. Mit 86 km/h, wie es die Kamera im Starenkasten am Straßenrand präzise aufzeichnete.

Andreas versuchte zu antworten, aber statt eines Ja kam nur ein unverständliches Krächzen aus seinem Mund. Er hätte jetzt gern eine Spritze gehabt. Aber Travolta konnte ihm damit nicht helfen, der hatte alle Hände voll zu tun.

58.

Schüppe hielt die P99 weiterhin abwechselnd auf Immlinghaus und auf dessen Leute gerichtet. Nicht einmal aus den Augenwinkeln konnte er erkennen, wohin Gültekins Waffe jetzt zeigte. Schüppe fühlte, wie seine Nackenhaare sich aufstellten. Er war voll konzentriert, sagte nichts und nickte nur.

Sein Mitarbeiter trat nach vorn, befand sich jetzt neben ihm. Er hielt die Waffe in beiden Händen. Sie war nach vorn gerichtet. Treuetest bestanden.

Gültekin ging weiter, auf die beiden Bodyguards zu. Während er an Immlinghaus vorbeilief, sagte er: »Ich weiß, Igor, du trägst nie eine Waffe. Aber bei Mohammet und Mesut bin ich mir nicht so sicher.« Er wandte sich an die beiden Männer in den schwarzen Anzügen, die immer noch ihre Sonnenbrillen trugen und den BILD-Reporter im Klammergriff hielten. »Die Kartoffel loslassen und umdrehen.« Gültekin zog ihnen mit der freien Hand die Berettas aus den Hosenbünden und trat von ihnen zurück. »So, jetzt können wir plaudern.«

»Amin, mein Amin, du enttäuschst mich. Sehr. Habe ich dich und deinen Kampf nicht immer unterstützt?«, fragte Igor. In theatralischem Tonfall fügte er hinzu: »Hast du deinem Chef eigentlich jemals deine Tätowierung gezeigt, das Zeichen deiner ewigen Treue?«

»Hat er nicht, braucht er nicht. Weiß ich, kenn ich«, antwortete Schüppe für seinen Mitarbeiter, der ihn erstaunt ansah. »Meinst du, ich erkundige mich nicht über die Leute, mit denen ich mich einlasse? Wenn jemand mit deinen Fähigkeiten, der früher auch noch beim SEK war, mit Mitte dreißig noch nicht Hauptkommissar ist, hat das doch seine Gründe. Natürlich weiß ich, wie wohl fast alle hier im Raum ...«, dabei sah er Schneidengel an, der fragend den Kopf schüttelte, »... von deiner engen Beziehung zu Herrn Immlinghaus hier und deiner früheren nebenberuflichen Tätigkeit als Türsteher für ihn. Ich kenne auch das staatsanwaltliche Ermittlungs- und das polizeiliche Disziplinarverfahren. Und ich weiß, wofür du das Geld brauchtest und wo du es hingeschickt hast. Das Einzige, was ich bis gerade nicht wusste, war, wem im Zweifelsfall deine Loyalität gehört.«

Wieder an den Securitychef gewandt, fuhr Schüppe fort: »Lassen Sie uns jetzt mal zum Wesentlichen kommen, Herr Immlinghaus.« Dabei steckte er seine Waffe ins Holster. Gültekin hatte seine Pistole zwar Richtung Fußboden gesenkt, behielt sie aber in der Hand.

Andreas Schneidengel erhob sich, reckte demonstrativ die Arme, rieb sie sich an den Stellen, an denen Igors Männer ihn umklammert hatten. Die beiden Bodyguards standen immer noch hinter ihm, als er in einer Geschwindigkeit, die dem kleinen dicken Reporter niemand zugetraut hätte, zwei Mal kurz hochsprang und mit den Absätzen erst seines rechten, dann seines linken Schuhs seine fünfundneunzig Kilogramm auf einem grünen Turnschuh von Mohammet und auf einem schwarzen Lackschuh von Mesut landen ließ. Die beiden Männer quiekten vor Schmerz und begannen, auf einem Bein zu hüpfen.

»Beim Supertalent kommt ihr mit dieser Bluesbrothers-Nummer aber nicht in den Recall«, kommentierte Schneidengel ungerührt. Um dann, mit Blick auf die zum Haus führende Tür, festzustellen: »Das ist ja wie im Theater hier. Am Ende der Vorstellung treten noch einmal alle Mitspieler gemeinsam auf die Bühne.«

»Entschuldigung, die Terrassentür stand offen, Igor«, sagte Tom Balzack, der vorsichtig um die Ecke gelugt hatte und jetzt hereinkam.

»Tu doch nicht so unschuldig. Du warst doch vorhin schon die ganze Zeit im Raum, standest hinter mir, als die mich gefoltert haben, und bist jetzt nur einmal ums Haus gelaufen!« Schneidengel wirkte ehrlich empört.

Tom sah Igor fragend an, der unmerklich den Kopf schüttelte. »Schneidengel, du siehst weiße Mäuse. Ich bin gerade erst gekommen«, behauptete Tom.

»Und warum stinkt es hier dann nach deinen Zigarillos?«

In diesem Moment ertönte der *Ritt der Walküren*. Schüppes Klingelton, schoss es Tom durch den Kopf, den diese Melodie an eine andere, ganz ähnliche Situation erinnerte.

Der Beamte nahm das Gespräch an. »Ja … Gut … Wo? … Wiederholen, ganz schlechter Empfang… Nein, auf keinen Fall einen Zugriff versuchen … Ich kümmere mich selbst darum … Ja, ich bin mir ziemlich sicher. Ich melde mich.«

Der Kommissar steckte sein Handy wieder in die Manteltasche und überlegte kurz. »Gültekin, Sie wickeln das hier ab. Herr Immlinghaus und seine Mitarbeiter werden wegen Freiheitsberaubung festgenommen. Zum Nachteil von Herrn Schneidengel, dessen Zeugenaussage Sie aufnehmen.«

»So ein Quatsch, Herr Schüppe! Ich fühlte mich nie in Gefahr. Wegen so einem Scheiß zeige ich Igor doch nicht an. Außerdem muss ich los!«, protestierte der BILD-Reporter.

»Jetzt halten Sie mal die Klappe, Herr Schneidengel. Das ist ein Offizialdelikt, ob Sie die Leute anzeigen oder nicht, ist mir egal. Tom, du kommst mit mir.«

59.

Andreas wurde fast wahnsinnig vor Schmerzen. Er saß, nein hing, auf einem Sessel an einem Konferenztisch. Vor ihm ein Mann, den er nicht kannte, und der in monotonem Tonfall etwas vorlas, was er nicht verstand.

Herrn Travolta, der andere Mann hatte ihn »Roger« genannt, schien das nicht zu gefallen. »Schneller, schneller!«, schrie er. »Du sollst schneller lesen!«

Der andere Mann ließ sich nicht beirren, leierte seinen Text in gleichbleibender Lautstärke und Geschwindigkeit herunter. Vor Acki und Herrn Travolta lag jeweils ein Stapel Blätter. *Kaufvertrag* stand auf dem obersten. Und sein Name. Schmidt. Auch *Weingartenstraße* konnte er lesen. Acki hatte das schon einmal erlebt. Ach ja, damals. Als sie ihr Haus gekauft hatten. Beim Notar. Der Mann vor ihm war Notar. Ab und zu sah er ihn an, fragte kurz: »Haben Sie das verstanden, Herr Schmidt?«

Herr Travolta zog dann kurz und heftig die Kette nach unten, die um seinen Hals geschlungen war, sodass Acki gezwungen war, den Kopf zu senken. Wie ein Nicken, der Notar las dann weiter.

»So, sind wir jetzt endlich fertig? Datum stimmt auch, zehn Tage zurück? Gib mal den Stift.« Travolta zog das kleine grüne Notizbuch aus der Tasche, sah sich den Namen auf dem Einband an. Dann schrieb er *Michaela Schmidt* unter den Vertrag.

»Roger, so geht das nicht. Das geht gegen meine Berufsehre«, der Notar wirkte verärgert.

»Du und Berufsehre, dass ich nicht lache. Los, Schmidt, unterschreiben! Hier!«, rief Travolta. Er wirkte jetzt etwas ruhiger, wo die Lesestunde beendet war, auf die der Notar bestanden hatte. Travolta legte seine rechte Hand auf den

Tisch, drückte Acki einen Stift zwischen die Finger, führte die Hand des Noch-Hausbesitzers zu der Stelle des Schriftstückes, an der sein Name stand.

»Das würde ich mir an Ihrer Stelle gut überlegen«, sagte plötzlich eine Stimme.

Wo kommt die her, ist das Gott?, fragte sich Andreas Schmidt.

Aber er hatte sich nicht getäuscht, die Stimme schien es wirklich zu geben. Denn auch Herr Travolta hatte sie offensichtlich gehört, überrascht ließ er Ackis Hand los. Und die Kette. Stattdessen zog er seine Pistole aus dem Hosenbund. Andreas Schmidt rutschte stöhnend vom Sessel auf den Boden.

60.

Draußen, vor der Villa von Immlinghaus, zeigte der Kommissar auf Toms Auto. »Du fährst«, ordnete er an.

»Wohin?«

»Brockmanns Büro. Nordlands goldener Mercedes ist von einer Zivilstreife gesichtet worden.«

»Wann war das?«

»Schon vor …«, Schüppe blickte auf seine Uhr, »… einundzwanzig Minuten. Angeblich konnte die Leitstelle mich nicht erreichen, wahrscheinlich wegen des schlechten Empfangs da unten in der Russendisco. Da raste Nordland gerade mit heruntergelassenen Scheiben über die A40 wie ein Wahnsinniger von Dortmund in Richtung Bochum.«

»Warum habt ihr den nicht einfach abgefischt?«

»Ging nicht. Die Kollegen wollten ihn stoppen, haben sich mit ihrem Wagen neben ihn gesetzt. Nordland scheint völlig durchgedreht zu sein. Auf dem Beifahrersitz hat er einen Mann, auf den die Beschreibung dieses Andreas Schmidt zutrifft. Dessen Hals steckte in einer Stachelschlinge, die mit einer Kette um das Gestänge der Kopfstütze gewickelt war. Das andere Ende der Kette hatte Nordland in der Hand. Er hat wie ein Irrer zu den Kollegen rübergestikuliert, kurz auf die Bremse getippt und nur einmal leicht an der Kette gezogen, um zu demonstrieren, was passieren kann ... Sie haben sich dann zurückfallen lassen. Denn immer, wenn sie ihm zu sehr auf die Pelle gerückt sind, hat er kurz auf die Bremse getreten. Als er Bochum-Mitte abgefahren ist, haben sie ihn im Stadtverkehr verloren.«

Tom war mittlerweile bereits in Lavesum auf die A43 aufgefahren, prügelte den Passat über die äußerst linke Spur. Dabei gab er die Adresse von Brockmanns Büro in sein Navigationsgerät ein. Schüppe blickte von den runden Schildern mit der 100 im roten Kreis auf den Tacho, dessen Nadel zwischen der 180 und der 200 pendelte.

»Sorry, mehr gibt die Karre leider nicht her. Laut Navi noch neunundzwanzig Minuten, also etwa zwanzig. Darf ich Mal?«, fragte der Reporter und griff zwischen Schüppes Beine hindurch zu einem kleinen Kästchen, das versteckt unter dem Handschuhfach angebracht war. Er fummelte kurz daran herum.

»Eigensicherung beachten, Tom. Nicht, dass dir wieder ein Reifen platzt«, antwortete der Kommissar. Er kannte die Fahrweise des Reporters ja, aber bei dem, was jetzt anstand, konnte er auf Balzack möglicherweise nicht verzichten. Er steckte sich eine Voltaren in den Mund. Dieses verfluchte Knie.

61.

»Paul, was machst du denn hier? Ich dachte, du müsstest noch ein Jahr.«

»Ich habe mich wegen guter Führung vorzeitig entlassen. Ist in der Krümmede ja nicht so schwer. Das erste Mal keine gesiebte Luft seit drei Jahren.«

Mit einer besonderen Betonung fügte der Eindringling hinzu: »Seit Pauls Beerdigung.«

Der Mann trat jetzt vollständig aus dem Dunkel heraus. Er trug eine verwaschene Cordhose, einen Rollkragenpullover mit Zopfmuster und eine altmodische Lederjacke. Aus dem gleichen Material waren auch die perforierten Autofahrerhandschuhe.

Er rückte einen Stuhl so zurecht, dass der genau in der Mitte der Längsseite des Konferenztisches stand und ließ sich darauf nieder. Nordland und er saßen sich jetzt gegenüber wie Pokerspieler, die sich belauern und darauf warten, dass der andere einen Fehler macht. Den Notar, der vor Kopf saß, beachteten sie nicht.

Nordland eröffnete die Partie. »Das klingt so vorwurfsvoll, Paul. Da hatten wir nichts mit zu tun. Dein Sohn hat Selbstmord begangen.«

»Schon klar, Roger. Oder soll ich dich Willi Nordland nennen? Aber natürlich könnte man auf die Idee kommen, dass du, dieser Drucks und der saubere Herr Notar hier, dass ihr ihn dazu getrieben habt.«

»Aber Paul. Wir doch nicht, doch nicht deinen Sohn! Das Problem war, dass er immer gieriger wurde. Immer mehr Häuser, immer mehr Kredite, plötzlich konnte er die Raten nicht mehr pünktlich bezahlen. Drucks hat alles versucht, aber deinem Jungen war nicht zu helfen. Genau wie dir. Nur weil du damals nicht rechtzeitig mit uns abgehauen bist, hast du jetzt vierzehn Jahre lang gesessen.«

»Und weil ich keine Komplizen verraten habe, vergiss das nicht«, antwortete Paul in bitterem Tonfall.

Einen Moment lang schwiegen beide.

»Und deshalb sind wir ja auch immer noch Freunde, oder?«, fragte Nordland dann, setzte dabei sein typisches Wolfslächeln auf.

Sein Gegenüber lächelte nicht. Er blickte auf die Tischplatte, als ob er sich noch einmal von der Qualität seines

Blattes überzeugen wollte, und fragte ruhig: »Vorige Tage im Krankenhaus hatte ich nicht den Eindruck.«

»Ich umgekehrt auch nicht«, dabei blickte Nordland auf seinen dick bandagierten Arm, aus dem immer noch Blut tropfte, und fügte hinzu: »Immerhin habe ich dich nicht erschossen, als ich es gekonnt hätte.«

Jetzt lächelte der andere verächtlich. »Weil du mich nicht getroffen hast. Du wirst alt, Roger.«

Als Nordland schwieg, stellte Paul seine nächste Frage: »Was wolltest du von Tom?«

Nordland zögerte mit der Antwort. Als der andere in seine Lederjacke griff, wanderte Nordlands Hand mit der Waffe weg von Schmidt und zeigte jetzt auf seinen früheren Komplizen.

Doch Paul zog nur eine Pappschachtel mit Zigarillos hervor und Nordland antwortete zögerlich: »Tom ist ein Problem. Das müssen wir lösen. Der hat mich gesehen, im Wald und im Krankenhaus. Kannst du garantieren, dass er schweigen wird?«

Der Mann nahm einen Zigarillo aus der Schachtel und begutachtete ihn intensiv, drückte auf die dünnere Seite, um die Festigkeit zu prüfen. Dann schnippte er mit den Fingern als Zeichen, dass er Feuer brauchte. Nordland legte die Waffe aus der Hand, mit der er greifen konnte. Er kramte ein Feuerzeug aus der Hosentasche und schob es über den Tisch. Paul nahm es, entzündete den Zigarillo und zog nachdenklich mehrmals daran. Dann beugte er sich nach vorn und blies seinem Gegenüber Rauchkringel ins Gesicht.

Nordland starrte fasziniert darauf.

Der andere antwortete: »Ich kann dir auf jeden Fall garantieren …«

In diesem Moment dröhnte ein Schuss durch die Kanzlei, »… dass DU schweigen wirst. Für immer.«

Nordland krümmte sich, seine gesunde Hand fuhr reflexhaft auf seinen Magen. Währenddessen zog der andere Mann die Beretta, aus deren Lauf die Kugel stammte, die Nordlands Unterleib getroffen hatte, in aller Ruhe unter dem Tisch hervor und richtete sie auf Nordland. Gleichzeitig schob er, wie nebenbei, dessen Pistole zur Seite.

Während Nordland ihn ansah, mit einem Blick voller Schmerz und Panik, sagte der Mann: »Du hast bereits einen meiner Söhne auf dem Gewissen. Den anderen wirst du mir nicht nehmen.«

Dann feuerte Paul Balzack einen zweiten Schuss ab, genau in die Mitte der Stirn seines früheren Komplizen. Es sah wie ein Nicken, eine Bestätigung aus, als Nordlands Kopf erst langsam nach vorn sank, bevor er krachend auf die Tischplatte fiel.

Andreas Schmidt lag immer noch bewusstlos auf dem Boden. Doch in den Notar, der die ganze Zeit wie festgetackert vor Kopf gesessen hatte, kam wieder Leben. Er erhob sich kreidebleich, im Lendenbereich seines hellgrauen Seidenanzugs zeichnete sich eine dunkle Stelle ab. Er wimmerte: »Hören Sie …«

Paul Balzack unterbrach ihn. »Nein, Sie hören jetzt zu. Und ich rate Ihnen, mir die Wahrheit zu sagen. Haben Sie die Unterlagen und Zugangsdaten zu den Offshorekonten? Wo das Geld von NorthernGround hinging, Sie wissen schon.«

Der Notar erhob sich und ging zu seinem Safe. »Ja, die hat der Herr Drucks hier deponiert. Nur vorübergehend, hat er gesagt, aber dann … Dass Sie die Unterlagen mitnehmen, ist ganz in meinem Sinne. Die möchte ich nicht hierhaben, wenn die Polizei kommt. Hier sind meine Autoschlüssel, lassen Sie den Wagen einfach am Flughafen stehen«, fügte er hinzu.

»Wenn Sie den Bullen erzählen, dass Nordland Sie gerade erschießen wollte und den hier auch«, dabei zeigte Paul Balzack auf Schmidt, »und ich Ihnen das Leben gerettet habe, dann hören Sie nie mehr von mir. Wenn Sie etwas anderes sagen … dann doch.«

Dabei ging er auf den immer noch vor Angst schlotternden Brockmann zu. Er nahm dessen Hand und presste sie kurz auf den Griff der nach unten gerichteten Waffe, die er anschließend mit zwei Fingern am Lauf fasste und einsteckte. »Dann werde ich nämlich sagen, dass Sie Nordland erschossen haben, ich den Halbkaputten hier im letzten Moment vor Ihnen gerettet und Ihnen die Waffe abgenommen habe.«

»Hören Sie, das war eindeutig Nothilfe, was Sie getan haben. Außerdem hätte Nordland uns doch auf jeden Fall erschossen, noch bevor die Unterschriften trocken gewesen wären!«, beeilte Brockmann sich zu versichern.

»Na gut, dann sind wir uns ja einig«, antwortete Paul Balzack und steckte das dicke Aktenbündel in einen Pilotenkoffer, den der Notar ihm anreichte. »Wie komme ich ungesehen hier raus?«

62.

Als Balzack und Schüppe vor dem Bürohaus ankamen, verstaute dort gerade ein älterer Mann einen Pilotenkoffer im Fußraum vor der Rückbank eines grünen Jaguar. Das Haus war dunkel, nur in einer der oberen Etagen brannte hinter mehreren Fenstern Licht. Sie hatten gerade eingeparkt, da quäkte aus dem Polizeifunk-Scanner unter dem Armaturenbrett ein Notruf über die Bochumer Frequenz: »Achtung, angezeigtes Kapitaldelikt in der Königsallee 17. Dritte Etage, Notar Brockmann. Ein Toter, Täter bewaffnet und flüchtig. Alle verfügbaren Irma-Wagen im Bereich dorthin. Eigensicherung beachten.«

Schüppe rief über sein Handy die Bochumer Leitstelle an: »Hallo, hier EKHK Schüppe vom Dortmunder KK 11. Ich befinde mich wegen einer überörtlichen Ermittlung am Objekt Brockmann … Nein, ich konnte mich nicht über Union bei Ihnen anmelden, ich bin in einem Zivilfahrzeug unterwegs … Ich gehe da jetzt rein. Ja, Eigensicherung, habe ich gehört, danke.«

Als sie ausstiegen, sahen sie den Jaguar wegfahren. Tom nahm zwei Schutzwesten aus dem Kofferraum, warf dem erstaunten Kommissar eine zu. »Hier, Schutzklasse eins. Sollte reichen.«

»Na gut, du würdest ja sowieso nicht im Auto warten, wärest ja auch in Gefahr, wenn der Täter noch irgendwo hier herumläuft. Bleib dicht hinter mir.«

Tom nickte nur. Schüppe drückte auf die Klingel neben dem Schild *Notariat Brockmann, 3. Etage.*

Eine tiefe Stimme klang aus dem Lautsprecher: »Brockmann.«

»Hier Schüppe. Herr Brockmann, was ist bei Ihnen los? Sind Sie verletzt?«

»Ach, Herr Schüppe. Gut, dass Sie da sind. Mir geht es … Also, den Umständen entsprechend. Aber hier liegt ein Toter. Erschossen.«

»Herr Brockmann, haben Sie den Mann erschossen?«

»Nein, ich bin überfallen worden. Der Tote ist ein Klient. Der Täter ist vor etwa fünf Minuten hier raus.«

»Können Sie den Flüchtigen beschreiben?«

»Ein älterer Mann, bestimmt schon Mitte siebzig. Aber drahtig. Um die eins achtzig groß. Und er hatte einen Pilotenkoffer dabei mit etwa 300.000 Euro, die er mir geraubt hat.«

»Scheiße«, fluchte Schüppe und blickte in die Richtung, in die der Jaguar verschwunden war. Während er und Tom auf den Aufzug zugingen, wählte er die Nummer seines Kollegen Prütter.

»Hier Georg Schüppe, dieses Mal pfusche ich dir in deiner Stadt ins Handwerk. Bin gerade am Tatort deines neuesten Falles.«

»Wie, in Bochum? Du hast wohl auch kein Zuhause.«

»Ja, Königsallee 17. Einzelheiten erkläre ich dir später. Löse bitte ganz schnell einen Ring zwanzig aus. Gesucht wird ein dunkelgrüner Jaguar, Kennzeichen habe ich nicht, aber von der Sorte gibt es hier nachts bestimmt nicht viele Wagen. Am Steuer ein älterer Mann, Faustfeuerwaffe, Hauptverdächtiger Tötungsdelikt. Ach ja, hinterm Sitz steht ein Pilotenkoffer, vermutlich mit 300.000 Euro.«

Oben erwartete sie bereits der Notar. Über einem hellgrauen Anzug trug er einen grafitfarbenen Mantel, ähnlich dem, den der Kommissar anhatte, aber von modernerem Zuschnitt. Tom fragte sich, warum der Notar in der gut geheizten Kanzlei einen Mantel trug, der dazu noch von oben bis unten zugeknöpft war.

»Hallo Herr Brockmann«, sagte Schüppe, der plötzlich seine Waffe in der Hand hielt, »ich muss Sie bitten, vor meinen Augen Ihren Mantel aufzuknöpfen, sich dann umzudrehen und Ihre Hände an die Wand zu legen, damit ich Sie durchsuchen kann.«

Mit Blick auf den Reporter, dem er kurz zunickte, begann der Notar zögernd, die Knöpfe zu lösen, dabei fragte er, es klang resigniert und traurig: »Muss das sein?«

Schüppe nickte grimmig und blickte auf die eingenässte Hose des Notars. »Ich muss Sie als möglichen Träger der Tatwaffe ausschließen können, das ist Vorschrift.«

Nach der Durchsuchung, die für Schüppe und den Notar gleichermaßen unangenehm war, hatte der Kommissar die P99 wieder eingesteckt. Tom hatte aus dem Nichts einen Camcorder hervorgezaubert und filmte, was er sah.

Der Notar führte sie in den Besprechungsraum. Er deutete auf den Toten am Konferenztisch. »Das hier ist Herr Nordland, ein Klient von mir. Wir waren gerade dabei, ein Grundstücksgeschäft zum Notat zu bringen, als ein mir Unbekannter hereinstürmte und die Kombination des Safes verlangte. Dann hat er eine Diskussion mit Herrn Nordland begonnen, bei der es um Ereignisse der jüngsten Vergangenheit ging. Herr Nordland, der heute reichlich indisponiert wirkte, wenn Sie mich fragen, hatte plötzlich eine Waffe in der Hand. Das ist die, die dort noch liegt, damit wollte er den Mann erschießen. Nordland hat abgedrückt, sein Ziel aber verfehlt. Die Kugel ist dort oben in der Decke eingeschlagen, wo sie wohl auch eine Wasserleitung getroffen hat, Sie sehen die Verfärbung am Stuck. Daraufhin hat der andere Mann, Nordland kannte ihn wohl und nannte ihn Paul, auf Herrn Nordland geschossen und, als der wieder seine Waffe hob, noch ein zweites Mal. Eindeutige Notwehr, wenn Sie mich als Juristen fragen. Herr Schmidt, das ist dieser Herr dort, dem es schon vorher nicht gut zu gehen schien, ist daraufhin vor Schreck bewusstlos geworden.« Dabei zeigte der Anwalt in eine andere Richtung. Schüppe und Balzack hatten den Mann bis dahin nicht bemerkt, weil er hinter dem massiven Eichenschreibtisch auf dem Boden lag.

»Um Gottes willen! Moment!«, brachte Schüppe Brockmann zum Schweigen. Er fühlte Schmidt den Puls und griff zum Telefon, um nachzufragen, wann der Notarzt endlich einträfe. Dann steckte er den Apparat ein und brachte den Bewusstlosen in die stabile Seitenlage.

Währenddessen redete der Notar weiter. »Der Mann hat dann das ganze Geld aus dem Safe genommen und in meinen schwarzen Pilotenkoffer gepackt, ich schätze, um die 360.000 Euro. Mandantengelder.«

Schüppe stutzte kurz, als er die Summe hörte, sagte aber nichts. Während er sich weiterhin um Acki Schmidt kümmerte, meckerte er Balzack an, der hinter seinem Rücken den Toten und den Bewusstlosen abfilmte: »Tom, ausmachen! Mensch, das ist ein Tatort hier!«

Zögernd steckte Tom die Minikamera ein und blickte in das überraschte Gesicht des Kommissars, der sich jetzt zu ihm umgedreht hatte.

»Ich meinte eigentlich deine Kippe. Aber du rauchst ja gar nicht!«, sagte Schüppe.

»Wie kommst du denn darauf?«, fragte Tom perplex.

»Na, weil es hier nach deinen Zigarillos stinkt. Oder …?«, fragend blickte Schüppe Brockmann an.

»Ich bin Nichtraucher und die beiden Herren hier haben auch nicht geraucht. Aber der Täter.«

Vom Flur her hörten sie Geräusche, der Notar öffnete die Tür. Ein Notarzt und zwei Sanitäter grüßten kurz, kümmerten sich dann gleich um Andreas Schmidt.

Schüppe konzentrierte sich mit seinen Fragen wieder auf Brockmann. Irgendetwas gefiel ihm an der Geschichte nicht.

»Noch mal zu dem Geld, Herr Brockmann. Vor fünf Minuten, über die Sprechanlage, war noch von 300.000 Euro die Rede«, wandte der Ermittler ein.

»Das war eine erste Schätzung, Herr Schüppe. Während ich auf Sie gewartet habe, habe ich weiter nachgerechnet.«

»Statt sich um den Verletzten zu kümmern. So so. Ist denn sonst noch etwas geraubt worden?«

»Nein, nichts. Der Täter hatte es nur auf das Bargeld abgesehen.«

Während Schüppe sich den Toten genauer ansah, ohne ihn zu berühren, fragte er beiläufig: »Ist das Geld eigentlich versichert?«

Der Notar atmete tief durch. »Da es sich mit anderen Mandantenunterlagen im verschlossenen Safe befand und nur durch eine strafbewehrte Handlung, nämlich die Bedrohung mit dem Tod, vom Täter erlangt wurde, gehe ich mal davon aus.«

Schüppe erhob sich und ging durch die offen stehende doppelflügelige Verbindungstür in den Nachbarraum, offensichtlich das Sekretariat. Von dort filmte der Reporter gerade in die Kanzlei hinein.

Der Kommissar lief zum Schreibtisch, guckte kurz und winkte Tom zu sich, damit der etwas abfilmte. Gleichzeitig rief Schüppe in den Nachbarraum hinüber: »Ist das eigentlich normal, dass Sie um diese Zeit noch Notartermine wahrnehmen? Es muss doch schon …«, er blickte auf die Uhr und rechnete, »… nach einundzwanzig Uhr gewesen sein, als Nordland mit Schmidt zu Ihnen kam.«

»21:15 Uhr genau. Herr Nordland hat den Termin erst gestern vereinbart, das Notat sollte unbedingt noch diese Woche stattfinden, da ging es nach unserem Terminplan nur noch heute um diese Zeit. Auch wir Notare müssen uns nach den Bedürfnissen unserer Klientel richten«, antwortete Brockmann säuerlich.

In diesem Moment betrat ein schlanker, silberhaariger Mann die Kanzlei, deren Tür noch immer offen stand. Er hatte ein Handy am Ohr und blickte forschend in die Runde. »Herr Brockmann? Hatte Ihr Fahrzeug das Kennzeichen BO MB 1000?«, fragte er den Notar.

»Ja, das steht für Matthias Brockmann 1.000 Prozent. Warum hatte?«

Der Mann, sein Äußeres erinnerte Tom entfernt an den Schauspieler Richard Gere, telefonierte weiter, bestätigte das Kennzeichen, wies seinen Gesprächspartner an, die Bundespolizei zu benachrichtigen mit einer Täterbeschreibung, beendete das Gespräch und steckte das Telefon ein. Dann wandte er sich Schüppe zu.

»Gut, dass du da bist«, sagte der und gab dem Kollegen die Hand. Verdammt! Axel, Alex, Arno, warum hatte er den Vornamen schon wieder vergessen? »Das ist Herr Balzack, ein Journalist, der gehört zu mir. Und das ist EKHK Prütter, Leiter des KK 11. Also quasi mein Pendant in Bochum«, stellte er die beiden gegenseitig vor.

»Wir kennen uns«, sagte Prütter knapp. »Balzacks bohrende Fragen sind auch bei uns gefürchtet«, fügte er hinzu, während er Tom die Hand gab.

»Habt ihr schon etwas von dem flüchtigen Täter? Was ist mit dem Jaguar?«, wollte Schüppe wissen.

»Das Fahrzeug ist wohl gerade in der Nähe des Bahnhofs mit einem lauten Krachen in Flammen aufgegangen. Ob sich dabei jemand in dem Auto befand, können wir noch nicht sagen. Enorme Sprengkraft. Zum Glück waren keine Passanten in der Nähe. Mehr als das hintere Kennzeichen …«, dabei wandte er sich Brockmann zu, »… ist von Ihrem Auto wohl nicht übrig geblieben.«

»Tom, geh doch schon mal zum Wagen, während ich den Kollegen ins Bild setze.« Damit zog Schüppe Prütter in den Nachbarraum und schloss die Tür.

»Also, das Große und Ganze erfährst du morgen. Nur ganz kurz zu diesem Fall: Angeblich war das hier ein Raubüberfall. Der Tote heißt Willi Nordland, eigentlich Roger Borowicki, gegen den habe ich in anderer Sache ermittelt. Laut Notar Brockmann hat der flüchtige Räuber Nordland in Notwehr erschossen. Ich würde dir empfehlen, gut auf den verletzten Zeugen aufzupassen und ihn intensiv zu befragen, wenn er wieder vernehmungsfähig ist. Der heißt Andreas Schmidt und ist der Schlüssel zu allem. Bei dessen Anhörung wäre ich übrigens gerne dabei, wenn das geht. Ich muss jetzt aber dringend los. Ach so, noch was: An dem Notar Brockmann ist irgendwas faul. Angeblich ist der Täter in die Kanzlei gestürmt, um ihn zu berauben, hat hier aber noch in Ruhe einen Zigarillo geraucht. Erst war von 300.000 Euro Beute die Rede, aber statt dem Verletzten zu helfen, hat dieser Rechtsverdreher noch mal nachgerechnet und kommt ein paar Minuten später auf 360.000 Euro. Ich bezweifle, dass so viel Geld in diesen kleinen Tresor passt oder, wenn doch, so viel Geld darin war.«

Prütter runzelte die Stirn. Es gefiel ihm gar nicht, über ein Kapitaldelikt in seiner Stadt nur so rudimentär aufgeklärt zu werden.

»Kannst du mir auch etwas über den Täter sagen?«, rief er Schüppe hinterher, der schon im Aufzug stand.

»Vielleicht. Morgen, Arnold, morgen, ich muss, wie gesagt, unbedingt weiter.« Zum Glück war ihm der Vorname des Kollegen doch noch eingefallen.

Unten wartete Tom schon ungeduldig am Auto. Auf der Straße standen jetzt zwei Notarztwagen und vier Streifenwagen, deren Blaulichter die Nacht in ein nervös zuckendes Licht tauchten. Beamte zogen Absperrbänder.

»Wir müssen hier weg, bevor meine Kollegen kommen und sich fragen, was ich nicht am, sondern im Tatort mache«, drängte Tom Schüppe zur Eile.

»Sag einfach, du seiest Sportreporter. Ein Fan, der es auf die andere Seite der Absperrung geschafft hat. Kannst du ja sogar beweisen. Welcher Journalist hat schon so eine Ausrüstung im Fahrzeug?«

Während sie die Westen ablegten und im Kofferraum verstauten, spürte Schüppe plötzlich, wie sein Knie schmerzte. Im Auto warf er seine letzte Voltaren ein. Morgen würde er sich neue besorgen müssen.

Während Tom langsam losfuhr, sich vorsichtig zwischen den kreuz und quer geparkten Polizei- und Krankenwagen durchschlängelte, fragte er seinen Beifahrer: »Warum hast du mich eigentlich überhaupt mitgenommen zu diesem Einsatz?«

Schüppe schwieg einen Moment. Dann sagte er in ernstem Tonfall: »Wenn der Mann, der meiner Vermutung nach Willi Nordland erschossen hat, noch vor Ort gewesen wäre, hätte ich mich in deiner Begleitung sicherer gefühlt. Und jetzt die Speicherkarte, bitte.«

Tom nickte ergeben, kramte in seiner Hosentasche und reichte Schüppe die Karte herüber. »Und warum sollte ich die weiße Seite im Terminkalender abfilmen?«

»Weil dort auf der Seite von heute nichts eingetragen war. Außer *Notar Brockmann: Freitag frei.*«

Montag

63.

»Ich möchte gern wissen, ob Sie einen Paul Balzack auf irgendeiner Abflugliste stehen haben. Ja, wie der französische Dichter Balzac, aber hinten mit ck. Geboren 20.05.39. Ja, 1939. Nineteenthirtynine.«

Während Schüppe wartete, deckte er mit der Hand den Lautsprecher des Telefons ab und raunte seinem Besucher zu: »Schiphol, Zollabfertigung.«

Tom griff sich einen Zettel vom Schreibtisch und begann, eilig etwas darauf zu kritzeln.

»Wann, heute Mittag, 12:50 Uhr? Wie heißt das Kaff? Dschi Si Em? Ach so, GCM. Never heard of. Ach, Grand Cayman Island, das passt. Und Boarding hat schon begonnen? Sie müssen diesen Balzack unbedingt …«

Schüppe schaute auf den Zettel, den Tom ihm zugeschoben hatte, zögerte kurz. Dann beendete er seinen Satz: »… ohne Kontrolle unbehelligt passieren lassen. Yes, let him pass freely without control. Das liegt im Interesse der Bundesrepublik Deutschland. Nein, das haben Sie falsch verstanden, you got me wrong. Gegen den Mann liegt nichts vor. Bedankt noch mal.«

Dabei sah er Tom aus funkelnden Augen an. Als er das Gespräch beendet hatte, fauchte er: »Na, zufrieden?«

Tom lächelte erleichtert. Schüppe zerknüllte den Zettel zu einem Ball und warf ihn wütend in den Papierkorb. »›Denk an deine Frau‹, was soll das denn heißen?«

»Das weißt du doch ganz genau, sonst hättest du jetzt anders reagiert. Nur weil der Killer Marten Emmerich deine Frau kurz vor seinem Tod beschuldigt hat, Merid Berisha getötet zu haben, würdest du doch wohl nicht gegen Gisela ermitteln?«, fragte Tom.

»Und was hat das mit deinem Vater zu tun?«

»Brockmann hat ausgesagt, es sei Notwehr gewesen. Aber welche Beweise hast du denn, dass Paul geschossen hat und nicht Brockmann? Habt ihr die Tatwaffe gefunden? Und woher weißt du, dass dieser ominöse Paul, von dem Brockmann ja auch nur den Vornamen gehört hat, mein Vater ist? Hast du von ihm irgendwelche Spuren gefunden? Was hat denn dieser Schmidt mitbekommen, ist der schon vernehmungsfähig?«, gab Tom dem Kommissar zu bedenken.

Schüppe schüttelte den Kopf. »Nein, immer noch nicht. Es ist nicht sicher, ob er überhaupt durchkommt. Es gibt ja auch keine offizielle Fahndung nach deinem Vater. Aber ich habe ihn draußen am Jaguar gesehen …«

»Da bist du aber der Einzige. Und wenn du ihn erkannt hast, warum hast du ihn nicht gleich festgenommen? Weil du nämlich erst im Nachhinein, durch Brockmanns Erzählungen, darauf gekommen bist, dass das Paul gewesen sein könnte am Auto. Aber erkannt hast du ihn nicht. Obwohl du ihn dort erwartet hast.«

»Okay, stimmt. Aus dir wäre auch ein guter Strafverteidiger geworden, Tom. Da bliebe noch die Sache mit dem Zigarilloaroma in der Kanzlei.«

»Dass ich nicht lache. Diese Zigarillos rauchen ja nicht nur Balzacks. Diesen Geruch hat auch Schneidengel in der Russendisco bemerkt und da kann der nicht von Paul gekommen sein.«

Schüppe blickte Balzack in die Augen. »Sag mir bitte mal ganz ehrlich: Seit wann wusstest du, dass Paul nicht mehr im Knast ist?«

»Seit der Sache im Krankenhaus. Er tauchte abends plötzlich in meinem Zimmer auf, als draußen das Theater losging. Er war es, der diesem Timmy Müller eins übergezogen und Nordland die Waffe aus der Hand geschlagen hat. Danach hat er sich in meinem Zimmer versteckt, bis der Trubel vorbei war. Er hat dir übrigens das Leben gerettet, Georg.«

Schüppe ging darauf nicht ein. »Auf jeden Fall war es wohl Paul, auf den dieser Nordland geschossen hat. Das würde auch dessen geschockten Gesichtsausdruck und seine panische Flucht erklären.« Nach einer kurzen Pause fügte er hinzu: »Tom, du brauchst jetzt nichts zu sagen, wenn du damit dich selbst oder ein Familienmitglied belasten würdest. Aber hast du eine Idee, wer Drucks umgebracht hat?«

»Ach, ist das jetzt ein Verhör hier, Georg?«

Als Schüppe stumm blieb, fuhr Balzack fort: »Denk mal an die Familien, die er um ihre Häuser gebracht und so ihr Leben zerstört hat. Diesen Bankfuzzi haben einige bis auf den Tod gehasst, sogar seine eigene Frau. Und was ist mit Brockmann, der sich vielleicht selbst die Kohle unter den Nagel reißen wollte? Merkwürdig, dass der eine Schuss ausgerechnet an der Stelle in die Decke ging, wo es vor einiger Zeit einen Wasserrohrbruch gegeben haben muss. Die Stockflecke im Stuck der Kanzlei waren abgetrocknet, nicht frisch. So schnell bilden die sich auch nicht, selbst wenn die Kugel eine Leitung getroffen hätte. Wenn du mich fragst, hat da selbst in dieser Situation jemand versucht, eiskalt noch schnell einen alten Leitungsschaden über die Versicherung abzurechnen.«

»Wovon man als Immobilienbesitzer so alles Ahnung hat«, sagte Schüppe ironisch. »Ich werde das überprüfen lassen, vielleicht kriegen wir ihn wenigstens für so kleine Sachen dran. Brockmann können wir die Verwicklung in die Morde und die Immobilienbetrügereien nicht nachweisen. Aber vielleicht einen weiteren Betrug. Bei meinem Kollegen Prütter hat sich heute Morgen der Neffe einer alten Dame gemeldet, deren Vermögensverwalter dieser Brockmann ist. Der Neffe hatte von dem Überfall in der Zeitung gelesen und besorgt im Notariat nachgefragt, ob denn auch etwas von seiner Tante weggekommen sei. Und da hat der Herr Notar doch wahrhaftig behauptet, alle Aktien und Anteilsscheine seiner Tante am Vortag verkauft zu haben, das Geld habe zur Wiederanlage in bar im Tresor gelegen und sei jetzt gestohlen. Das fand nicht nur der Neffe sehr merkwürdig. Wir sprechen übrigens von 360.000 Euro. Wenn die Geschichte mit dem Raubüberfall so stimmt, wie Brockmann sie erzählt, und er das Geld nicht für sich verbraucht hat, müsste er ja noch die Belege für den Verkauf der Aktien haben. Wenn er die nicht vorweisen kann …«

»Dreihundertsechzigtausend, das ist doch die Summe, die er uns beim zweiten Mal genannt hat, als wir an dem Abend dort waren«, fiel Tom ein.

Schüppe nickte nur und schwieg eine Weile, seine Augen blickten durch Balzack hindurch. Als er endlich etwas sagte, sprach er wie zu sich selbst, seine Stimme klang fast verzweifelt: »Und trotzdem. Ich kann doch keine Selbstjustiz dulden. Ich doch nicht.«

Tom überhörte diesen Einwand: »Aber in erster Linie hätte wohl Nordland ein Motiv gehabt. Vielleicht wollte der Verrückte den Drucks foltern, damit er das Versteck der Unterlagen für die Karibik-Kohle preisgab und er ist ihm dabei versehentlich ertrunken.«

»Drucks ist nicht nur ertrunken«, widersprach Schüppe. »Wir haben bei der Obduktion eine hohe Konzentration eines Beruhigungsmittels und Alkohol in seinem Körper festgestellt. Daran wäre er letztendlich gestorben, das kalte Wasser hat die Wirkung noch beschleunigt. Jedenfalls war er laut Einschätzung des Gerichtsmediziners schon kurz nach der Einnahme nicht mehr verhörfähig. Was hätte Nordland also davon gehabt?«

»Vergiss nicht, der Typ war irre. Solche Menschen handeln nicht immer rational.«

Schüppe schüttelte den Kopf. »Ich weiß nicht. Bei Nordland wäre das auch zeitlich schwierig. Und die Methode des Vergiftens spricht für eine Frau als Täter.«

Tom Balzack musste plötzlich an ein leeres Cognacglas

und eine Sporttasche denken, in der obenauf eine Tauchermaske gelegen hatte.

»Vielleicht diese Tante von der Stadt? Nach allem, was man so hört, war Frau Lodz war ja wohl auch zu einigem bereit, um an das Haus der Familie Schmidt zu kommen. Wie auch immer: Auch im Fall Drucks hast du nicht den geringsten Beweis gegen Paul.«

Schüppe sah dem Reporter genau in die Augen. »Nein, Tom, gegen deinen Vater habe ich keine Beweise.«

Tom hielt dem Blick nicht stand, guckte auf seine Uhr. Noch war das Flugzeug nicht in der Luft. Er wechselte das Thema. »Sag mal, Georg, der junge Mann, der gerade in Handschellen aus deinem Büro geführt wurde, als ich kam, hat der auch mit den Morden zu tun?«

Schüppe winkte ab. »Ach der, das ist der Täter von den beiden Bankrauben in Hombruch. Also, von den alten Fällen, bevor Frau Schmidt ... Er hat gestanden. Hat aber behauptet, angestiftet worden zu sein.«

»Ach, das ist ja interessant. Von wem denn?«, fragte Tom scheinheilig. Noch fünf Minuten.

»Tohommm ... das darf ich dir doch nicht sagen, das weißt du doch. Dieser Marcel ... äh, dieser junge Mann behauptet, er habe die Überfälle immer zu ganz bestimmten Zeitpunkten begehen müssen, vorher jeweils eine Latexmaske ausgehändigt bekommen, die hinterher wieder eingesammelt wurde. Zusammen mit dem Geld. Er habe nur 500 Euro pro Überfall bekommen. Ich lasse gerade eine Hausdurchsuchung durchführen bei der Person, die ihn angestiftet haben soll. Vielleicht finden wir diese Maske ja. Dann wäre die Kiste ziemlich wasserdicht.«

»Zumal ihr auch noch genügend Hinweise auf Vermögen ungeklärter Herkunft habt. Apropos: Harry und Lydia stehen gerade bei Frau Lodz vor der Tür und drehen die Durchsuchung. Der Tipp kam übrigens von Schneidengel. Der verfügt ja bekanntlich über beste Beziehungen, was Informationen für solche Termine angeht. Und hatte wohl noch einen gut bei dir …«, warf Tom in den Raum.

Der Kommissar grinste müde und blickte unschlüssig von seiner Uhr zum Telefon. Tom wurde heiß und kalt, er versuchte, sich nichts anmerken zu lassen. Schüppe durfte es sich jetzt nicht mehr anders überlegen. Er sagte: »Ach, komm, Georg. Lass es. Ich glaube nicht, dass Paul ein Mörder ist. Und du hast keine Beweise für seine Schuld. Außerdem hat er schon für einen Mord gesessen, den er nicht begangen hat. Gönn ihm doch die letzten Jahre in der Sonne.«

Schüppe nahm eine Voltaren ein, spülte sie mit einem Schluck Wasser aus dem Glas auf seinem Schreibtisch hinunter. Die Flasche dazu stand darunter, direkt neben dem Papierkorb.

»Wenn ich es genau bedenke … Das könnte der Beginn einer …«

»Jetzt bloß nicht noch diesen abgestandenen Spruch! Hau endlich ab, ich habe zu arbeiten!«, scheuchte der Kommissar den Reporter mit jetzt wieder energischer Stimme davon.

»Bin ja schon weg«, rief Tom und sprang auf. Wie bringe ich den Mann auf andere Gedanken, fragte er sich verzweifelt. Nur noch zwei Minuten, bis der Flieger abhob. Georg durfte sich das nicht anders überlegen. Ihm fiel nichts mehr ein, womit er seinen Abgang verzögern konnte. Doch, eine Sache noch.

»Wir sehen uns ja sicher Samstag in der Arena. Wenn du willst, bring Gilla doch auch mit, dann kann deine Frau Charly mal kennenlernen. Du und Stefan im Rolli-Bereich, wir anderen direkt nebenan auf der Pressetribüne. Ich habe drei Karten. Gegen Paderborn, das wird ein Spaß! Bis auf Charlys BVB-Sprüche, natürlich.«

Schüppe lächelte matt und deutete mit ausgestrecktem Arm auf den Ausgang. »Ist gut, Tom. Du hast alles gegeben. Ich glaube, es reicht jetzt. Das Flugzeug ist in der Luft. Und mach die Tür hinter dir zu!«

Dienstag

64.

Sie hatten ihn auf dem städtischen Friedhof auf dem Hügel begraben. *Pavlos Kalougranis 19.04.1963 – 18.08.2010* stand auf dem unregelmäßig geformten Ruhrsandstein. Sonst nichts. Tom hatte, wie so oft, auf der Bank Platz genommen, die direkt neben der Eckgruft stand. Zu seinen Füßen lag Renault, der Hund des verblichenen Drucks. Tom fragte sich, ob Charly sich über ihr Geburtstagsgeschenk freuen würde. Natürlich war so ein Labradoodle nicht ansatzweise mit Max, ihrem verstorbenen Schäferhund, zu vergleichen. Aber vielleicht war das gerade das Gute daran. Hoffentlich wüsste sie diese Geste zu schätzen. Ihre Arbeit machte das bestimmt nicht leichter, wenn sie jetzt auch noch immer einen Hund zu den Drehs mitschleppen müssten. Wenigstens verliert diese Rasse keine Haare, dachte Tom. Angeblich. Denn vor Hundehaaren ekelte er sich am meisten. Aber was tut man nicht alles. Er überlegte, wie es sein konnte, dass schlechte Menschen wie Drucks so liebe Hunde hatten. Denn brav schien Renault zu sein, jedenfalls hatte Schneidengel den kaum noch rausrücken wollen, nachdem er ein paar Tage für Tom auf ihn aufgepasst hatte.

Während er seinen Gedanken nachhing, wanderten seine Augen weit über Felder und Wälder bis tief hinab ins Ruhrtal und auf den Fluss. Seinem Blutsbruder, den nur Tom bei seinem deutschen Namen Paul genannt hatte, hätte die Aussicht gefallen, da war er sich sicher. Die Liebe zum Wasser: Noch so eine Eigenschaft, die sie beide geteilt hatten.

Als Tom damals zu Charly in die verbotene Stadt gezogen war, hatte er sich eine Lösung für seine Mutter ausdenken müssen. Sie wäre auf seinem Bauernhof, den sein Vater Paul ihm schon vor vielen Jahren überschrieben hatte, allein zurückgeblieben. Gut, dort befand sich auch noch ihre Essener Redaktion. Aber Harry und Lydia waren nur tagsüber dort, und auch das nur, wenn sie nicht gerade irgendwo drehten.

Dann war Tom Elena eingefallen. Für ihn war es selbstverständlich, sich um die Mutter seines verstorbenen Blutsbruders zu kümmern. Zu Anfang, direkt nach Pauls Tod, war das schwierig gewesen. Worüber sie vorher immer gelacht hatte, dass die beiden Jungs sich nicht nur ähnlich sahen, auch die gleiche Mimik und Gestik hatten, den gleichen Geschmack und die gleichen Vorlieben, hatte sie damals noch trauriger gemacht. Wenn er bei ihr zu Besuch war, sah sie immer nur die eine Hälfte des Duos, die falsche. Auch in ihrer Wohnung erinnerte sie alles an ihren Pavlos. Tom hatte ihr deshalb vorgeschlagen, zu seiner Mutter nach Essen zu ziehen. Dort gab es Platz genug und einen Garten, mit dem seine Mutter allein nicht mehr fertig wurde. Mit dieser Aussicht hatte er Elena rumgekriegt, die aus einer griechischen Bauernfamilie stammte. Und Irmgard, seine Mutter, hatte endlich jemanden, der ihr zuhörte und Zeit für sie hatte. Gemeinsam gingen die beiden Frauen auch zwei- bis dreimal in der Woche zum Friedhof, der nur wenige Gehminuten vom Hof entfernt war. Pauls Grabstätte war sicherlich die bestgepflegte und ordentlichste dort. Blumen standen eingepflanzt oder frisch in der Vase. Die einzelne rote Baccararose, die heute mitten auf dem Grab lag, passte deshalb nicht ins Bild.

Tom musste an eine Tätowierung auf einem Unterarm denken, die ihn als Kind an dem Mann so beeindruckt hatte, dem er im Besucherraum der Haftanstalt einmal im Monat gegenübergesessen hatte. Die Rose auf dem Grab, so interpretierte Tom das, war wohl ein Gruß an sie beide, seinen Blutsbruder und ihn. Tom lächelte, dabei kamen ihm Tränen. Macht's gut, ihr Pauls. Wo auch immer ihr sein möget, wir werden uns wiedersehen. In diesem oder im nächsten Leben.

Tom kramte den Brief aus der Tasche, den er heute Mittag nur überflogen hatte und jetzt in Ruhe lesen wollte. Eine Art Lebensbeichte zum Abschied. Blaue Tinte auf weißem Papier, ungelenk und ungeübt die Buchstaben. Ohne Marken und Stempel, persönlich eingeworfen in den Briefkasten der Essener Redaktion.

65.

Ich, Paul Balzack

Mein lieber Tom,
Angst und Geld habe ich nie gehabt. Das war mein Motto in jungen Jahren. Eigentlich war für mich ein Leben auf dem Bauernhof vorgesehen. Aber dafür war ich nicht geschaffen. Ich war das, was man in meiner Generation einen Luftikus nennt. Deine Mutter Irmgard habe ich schon mit zweiundzwanzig geheiratet. Direkt nach der Hochzeit hat sie sich verändert. Sie hat ständig an mir rumgenörgelt, wollte nicht ausgehen, immer war ihr schlecht. In der griechischen Taverne habe ich Elena kennengelernt. Nachts, im Hinterzimmer, ist es dann passiert. Irmgards Unwohlsein stellte sich dann als Schwangerschaft heraus, ich habe mich unheimlich gefreut auf dich, den kleinen Tom. Da habe ich Elena schnell vergessen. Dass sie ebenfalls schwanger war, wusste ich nicht.
Mit der Situation als Familienvater war ich leider komplett überfordert, immer unterwegs, auf der Suche nach schönen Frauen und dem schnellen Geld. Meistens habe ich an den falschen Stellen gesucht, um es einmal so auszudrücken. Ich war in Nachtklubs als Türsteher, als Spielautomatenaufsteller, in der Gebrauchtwarenbranche un-

terwegs. Ich habe mich zu dieser Zeit als Box-Promoter versucht und hatte einen echt fitten Jungen am Start, Igor. Eines Abends, das muss um 1980 gewesen sein, habe ich ihn in den Eierberg geschleppt. Igor war da vierundzwanzig und, wie ich zumindest glaubte, immer noch Jungfrau. Hatte ja nur seinen Sport im Kopf. Ich wollte ihm in der Gußstahlstraße das wahre Leben zeigen. Es begegnete uns in Gestalt von zwei Türken, die sich aufspielen wollten. Leider ist der eine der beiden Muselmanen bei der Wämserei fast abgenippelt, weil eine Glasscherbe in seinem Bauch stecken geblieben ist, als Igor ihn durch die Scheibe geworfen hat. Ich habe Igor weggeschickt, an den Jungen durfte ja nichts drankommen, Vorstrafen wegen Schlägereien machen sich nicht gut für die Boxkarriere. Igor war mir dafür sein Leben lang dankbar, bis heute.

An dem Abend hat die Polizei mir die Schilderung noch abgenommen, dass ich aus Notwehr gehandelt habe. Als die beiden Kufnucken wieder vernehmungsfähig waren, nicht mehr. Mein Anwalt hat die Anklage zwar noch von versuchtem Totschlag auf schwere Körperverletzung abmildern können, aber wegen meiner Betrugsvorstrafen im Immobiliengeschäft musste ich jetzt erstmals in den Knast. Für drei Jahre. Die Zeitungen haben über den Prozess berichtet, mit meinem Foto, und darauf hat Elena mich erkannt.

Und eines Tages stand sie dann vor mir. Eine ältere, verhärmte griechische Frau mit starkem Akzent und einem siebzehnjährigen Bengel im Schlepptau. Sie sei Elena und das sei Paul, mein Sohn. Leugnen zwecklos – bis auf den leicht mediterranen Einschlag sah er aus wie du. Beziehungsweise wie ich in diesem Alter. Jedenfalls hatte ich plötzlich zwei Söhne, die vom Alter her nur wenige Monate trennten.

Da ich meinen Erziehungsauftrag ernst nehmen wollte, lach jetzt bitte nicht, und mich außer Igor niemand im

Knast besucht hat, habe ich mit Elena einen Deal gemacht: Sie bekam einmalig 30.000 und ab sofort monatlich 300 Mark von mir, dafür musste der Junge mich aber alle zwei Wochen im Knast besuchen. Das klappte ganz gut, ich habe zu dem Bengel eine richtige Beziehung aufgebaut und ihm das Leben erklärt.

Mit deiner Mutter Irmgard habe ich einen ähnlichen Deal gemacht und euch Jungs immer abwechselnd kommen lassen, das funktionierte ganz gut. Bis einer von uns dreien sich im Besuchstermin vertan hat. Plötzlich starrten sich zwei siebzehnjährige Bengel an wie in einem Spiegel. Paul war minimal kleiner, hatte eine leicht dunklere Hautfarbe und braune Augen, aber sonst … Ihr hättet Zwillinge sein können, mindestens zweieiige. Als ihr die Augen endlich voneinander abgewendet hattet und mich fragend ansaht, habe ich es euch erklärt. Ihr habt es verstanden und ihr habt euch verstanden, vom ersten Moment an.

Das ging so über Jahre. Wenn ich mal nicht in der Kiste saß, haben wir uns in Bochum in einer Kneipe getroffen. In diesem schrecklichen Oblomow, *gibt es das überhaupt noch? Paul erzählte dabei aus seinem Leben, hörte sich auch mal Ratschläge an. Mit dir war das immer schwieriger, Tom. Du hattest wohl Angst vor meinen Gangster-Genen und wolltest keinesfalls so werden wie dein Vater. Obwohl wir, Ironie des Schicksals, sogar dieselbe ausgefallene Zigarillosorte rauchen. Einmal hast du mir bei einem deiner seltenen Besuche so einen Zigarillo angeboten. Schmeckte mir, man gönnt sich da drin ja sonst nichts, deshalb hat Paul mir die dann immer mitgebracht.*

Sobald du es nicht mehr musstest, hast du ja dann die Besuche bei mir auf ein Mindestmaß reduziert. Ich kann dir das aber nicht vorwerfen. Traurig war ich schon. Trotzdem habe ich alles über dich und dein Leben erfahren, von Paul, den habe ich ja noch regelmäßig gesehen. Ich war so stolz auf euch, was ihr gemeinsam erreicht habt.

Es hat mir so leidgetan, dass du nach dem Überfall auf die LZB in Aachen wegen mir noch richtig Schwierigkeiten bekommen hast. Lächerlich, dass die Bullen euch unterstellt haben, nicht nur als Reporter und Kameramann, sondern als meine Komplizen am Tatort gewesen zu sein. Das war zum Glück schnell aus der Welt. Aber dann, beim Prozess, wurdest du von den anderen Pressefuzzis immer wegen deines Nachnamens und möglicher Verbindungen zu mir befragt. Balzack heißen ja nicht viele. Das habe ich durchaus mitbekommen. Trotzdem war ich froh, dass das nicht Paul getroffen hat. Denn du, Tom, warst immer der Härtere von euch beiden.

Ich bin ja dann zur Höchststrafe verknackt worden, weil ich Borowicki und Rothaar nicht verraten habe. Und nicht den Bankmenschen, der uns den Tipp gegeben hatte. Heute sitzt der übrigens im Vorstand der Sparbank.

Dass ich die Frau nicht erschossen habe, wusstet ihr beide, das war mir wichtig. Und auch, dass ihr dann die Kassette zerstört habt, wie ich es Paul geraten hatte.

Mit Borowicki und Rothaar war nie zu spaßen. Sie sollten auf mein Geld aufpassen, während ich für sie im Knast saß, und es ordentlich vermehren. Diesen Drucks, den kannte ich damals überhaupt noch nicht, das lief über Roger. Zu Roger habe ich dann blöderweise Paul geschickt, damit der ihm einen winzigen Teil unserer damaligen Beute als Startkapital gibt. Helmut, dieses rothaarige Frettchen, sollte Paul bei der Finanzierung helfen. Dass mittlerweile Drucks die Fäden zog und das Geld verwaltete, mit dem Anwalt Brockmann unter einer Decke steckte, konnte ich ja nicht ahnen. Paul erzählte mir bei seinen Knastbesuchen später davon und ich konnte nichts tun.

Zu Pauls Beerdigung durfte ich erstmals raus. Meine beiden Begleiter haben mir wenigstens den Mantel über die Handschellen gehängt, aber ich bin trotzdem ganz hinten stehen geblieben. Irmgard hat mich nicht beachtet, du und

Elena, ihr habt mich wahrscheinlich gar nicht wahrgenommen, als ihr hinter dem Sarg auf dem Friedhof an mir vorbeigingt. In mir war nur unendliche Trauer. Und Wut. Diesen Drucks, den habe ich mir ganz genau angesehen. Und als du mir bei einem deiner seltenen Besuche in der Krümmede wieder Vorwürfe machtest, dass Paul nur durch meine Ratschläge und meine Freunde in diese Situation gekommen war, und sagtest, dass Drucks jetzt versuchte, mit dir dieselbe Nummer abzuziehen, da war Schluss mit lustig. Da musste ich handeln und dich schützen.

Igor hat seine Besucherkarte bei mir liegen lassen, als er ging. Ich bin dann damit rausmarschiert. So einfach ist das in der Krümme.

Ich hatte sogar vor, zurück in den Knast zu gehen, nachdem alles geregelt war. Aber wahrscheinlich hätten sie versucht, mir die Sache mit Drucks anzuhängen. Und wenn sie mir wegen Roger die Notwehr nicht abgenommen hätten, wäre ich im Gefängnis verschimmelt und hätte nie mehr die Sonne gesehen. Die ich mir jetzt für meine letzten Jahre in der Karibik auf den Bauch scheinen lasse. Natürlich hat es meinen Entschluss auch erleichtert, dass ich relativ mühelos an die Zugangsdaten für meine Karibik-Konten gekommen bin. Ja, meine. Ich sehe mich als rechtmäßigen Eigentümer dieses Geldes. Schließlich habe ich dafür fünfzehn Jahre gesessen und alle anderen, die darauf Anspruch erheben könnten, sind tot.

Ein Problem könnte noch dieser Brockmann mit seinen Unterweltkontakten werden. Wenn der sich die Kontounterlagen von Drucks angesehen oder sogar Kopien davon gemacht hat, weiß er, wo das Geld ist und könnte mich aufspüren lassen. Nicht nur wegen der Karibik-Kohle, sondern auch, weil ich bezeugen kann, dass in seinem Tresor kein Bargeld lag. Und das würde meine Version des Todes von Roger Borowicki, den er als Willi Nordland kannte, glaubwürdiger machen als seine. Wenn du ihn also mal siehst, richte ihm bitte von mir aus: Vor mir muss niemand mehr Angst haben, ich verrate niemanden. Aber wehe dem, der mich verrät. Oder meine Kinder. Apropos: Was machen denn deine Jungs? Paul sagte mir, der Kontakt sei nicht der beste, sie wollten nicht viel von dir wissen. Hoffentlich hat sich das in den letzten Jahren geändert. So etwas ist schwer für einen Vater, das kenne ich. Wie sich doch alles wiederholt …

Was auch immer in meinem Leben schiefgelaufen ist, die Sache mit Paul und dass ich meine Enkel wohl niemals kennenlernen werde, sind die einzigen Dinge, die ich bereue.

Mein lieber Tom, im Falle meines Ablebens wirst du über Igor davon erfahren. Er kümmert sich auch um alles andere, du kannst ihn im Notfall weiterhin anrufen. Die Sorge, dass es deinen Kindern in diesem Leben finanziell noch einmal schlecht gehen wird, brauchst du dir nicht mehr zu machen, glaube ich. Schade, dass wir uns nie mehr wiedersehen werden.

Dein Vater

Paul Balzack

66.

»Wenn du dich da nicht täuschst, alter Mann«, sprach Tom halblaut vor sich hin und steckte den Brief wieder in den Umschlag. Er musste zurück. Charlys Geburtstagsgäste würden gleich eintreffen. Als er sich erhob, drückte etwas in der Brusttasche seiner Lederjacke. Ach ja, die Tickets. Vier Stück, FFM-GCI, Abflug 18. April nächstes Jahr.

»Komm, Renault, ich muss dich deinem Frauchen vorstellen«, rief Tom Balzack dem Hund zu und schlenderte in Gedanken versunken zurück Richtung Redaktion.

Als er fast dort war, klingelte sein Handy.

Nachbemerkung

Es ist alles, wie immer, komplett ausgedacht. Die Handlung, die Abläufe bei Verwaltungen, Firmen und Medienkonzernen, die Figuren, die Namen, einfach alles. Speziell gilt das für die Unregelmäßigkeiten bei dieser Sparbank, für die es in der Bankenwelt natürlich kein Vorbild gibt. Bei einem real existierenden deutschen Geldinstitut wären solche Unregelmäßigkeiten doch unvorstellbar, oder? Also: alles erfunden, bis auf BILD. Die gibt es natürlich. Wenn es sie nicht gäbe, müsste man sie erfinden.

Hat Ihnen dieses Buch gefallen und möchten Sie wissen,
wie es mit Schüppe und Balzack weitergeht?
Dann abonnieren Sie unseren Newsletter,
wir halten Sie auf dem Laufenden!

www.grafit.de

Der erste Fall für Balzack & Schüppe

Thomas Schweres

Die Abtaucher

ISBN 978-3-89425-445-2
Auch als E-Book erhältlich

Kommissar Georg Schüppe, genannt ›Der Spaten‹, steht vor einem Rätsel: An den Tatorten dreier Morde finden sich Spuren eines kriminellen Albaners, der selbst schon tot ist und als Täter somit ausscheidet. Doch wer macht sich die Mühe, mit der DNA des Toten eine falsche Fährte zu legen – und vor allem warum?

Unterstützung ungeahnter Art bekommt Schüppe von Reporter Tom Balzack. Der Boulevardjournalist ist pleite und bräuchte dringend mal wieder eine große Geschichte. Das könnte jetzt gelingen, da Balzack als Einziger einen Zusammenhang zwischen den drei Mordopfern kennt. Und diesen Trumpf weiß er zu nutzen …

»Ein knackiger Ruhrgebietskrimi, der alles bietet, was man so braucht: viel Lokalkolorit, ein paar schräge Typen und eine rasante Story, das alles mit trockenem Humor gewürzt.«
Eva Hüppen, www.leserwelt.de

»Ein rasantes, geschickt konstruiertes Krimidebüt mit krachendem Ende, das Lust auf eine Fortsetzung macht.«
Bastian Pütter, bodo – Das Straßenmagazin

»Das pralle Ruhrkrimileben.«
Susann Rehlein, Das Magazin – Die Kulturzeitschrift

»Knapp, prägnant und präzise – Thomas Schweres ... weiß genau, wie er die Story aufziehen muss, damit sie von Anfang an fesselt.«
Reinhard Jahn, Westdeutsche Allgemeine Zeitung

grafit